高《たか》山《やま》樗《ちょ》牛《ぎゅう》

歴史をめぐる芸術と論争

翰林書房

花澤哲文
Hanazawa Tetsufumi

高山樗牛——歴史をめぐる芸術と論争——◎目次

序　章　高山樗牛の明治時代……7

第一章　『滝口入道』論……17

一　『滝口入道』の来歴……18
二　叙景文と『春日芳草之夢』……22
三　時頼における個我主義の構図……26
四　武士の恋愛……29
五　「実世界」の父「想世界」の子……32
六　高山樗牛の重盛像および「平家雑感」……37
七　「想世界」の横笛……43
八　個我的美意識による拒絶と〈音〉の効果……45
九　往生院の場面をめぐる評価……49
一〇　『滝口入道』と『若きウェルテルの悩み』……52
一一　横笛と重盛の死……62
一二　平家滅亡の美意識……67
一三　高野山における時頼・維盛・重景……71
一四　辞世の歌の創作と評価……76
一五　時頼自刃の表現と意味……79

一六　『滝口入道』の論理と機制……82

第二章　歴史劇論争……95

一　高山樗牛における「美」への萌芽……96
二　坪内逍遙『我が国の史劇』……98
三　坪内逍遙の『滝口入道』批判……102
四　『桐一葉』をめぐる諸相……104
五　高山樗牛の『桐一葉』評……110
六　高山樗牛による『牧の方』批判……114
七　シェークスピアを用いた坪内逍遙の反論……118
八　「史か詩か」と「史的発展の隠微」……121
九　坪内逍遙の再反論と歴史劇の三区分……126
一〇　論争における人間関係と評価……129
一一　歴史劇論争の結末……134

第三章　歴史画論争……141

一　歴史画論争研究の意味……142
二　「絵画界の観測」と「歴史画とは何ぞや」……144
三　日本美術院の誕生と展覧会評……148

四　横山大観『屈原』をめぐる論評……152
五　高山樗牛「歴史画の本領及び題目」……163
六　高山樗牛と綱島梁川……168
七　綱島梁川の歴史画論批評……171
八　坪内逍遙「美術上に所謂歴史的といふ語の真義如何」……175
九　高山樗牛「再び歴史画の本領を論ず」……182
一〇　『大阪毎日新聞』掲載「高山君の歴史画論を評す」……188
一一　綱島梁川の歴史的精神……190
一二　五十嵐力による史蹟の美と史的成念……195
一三　五十嵐力と綱島梁川の一致・不一致……199
一四　抽象美の価値と策謀の疑義……202
一五　坪内逍遙「再び歴史画を論ず」……206
一六　高山樗牛「坪内先生に与へて三度び歴史画の本領を論ずる書」……211
一七　歴史画論争の評価とその後……215

付論　『滝口入道』の美文解析……229

一　「美文」と「写生文」……230
二　エクリチュールの物語構造……235

三　「美文」の効能から可能性へ……248

あとがき　253

索引　262

凡例

・ルビは原文に拠ったため、歴史的仮名遣いと現代仮名遣いの統一はしていない。筆者は現代仮名遣いを用いた。
・すべての圏点を原文に関わらず〔例・あいうえお〕に統一した。
・筆者の補足は〔　〕内に記した。
・基本的に旧漢字は常用漢字に改めたが、例外と人名はその限りではない。
・今日では差別的と思われる表現も、歴史的資料としての価値を尊重し、そのままの形で引用した。
・『樗牛全集』（全七巻）は姉崎嘲風と笹川臨風により編纂された第三次版を用いた。これは博文館より一九二五年（大正一四）～一九三三年（昭和八）にわたって刊行されたもので、引用は日本図書センター復刻の第二版一九九四年（平成六）に拠った。
・『逍遙選集』（全一二巻　別冊五巻）は、春陽堂より一九二六年（大正一五）に刊行開始されたものを一九七七年（昭和五二）第一書房が増補復刻した版を用いた。
・『梁川全集』（全一〇巻）は、春秋社より一九二一年（大正一〇）に刊行開始されたものを一九九五年（平成七）大空社が復刻した版を用いた。

序章——高山樗牛の明治時代

樗牛高山林次郎は、一八七一年（明治四）現在の山形県にあたる大泉藩鶴岡に生を受け、一九〇二年（明治三五）神奈川県平塚の杏雲堂佐々木分院で最後を迎えた。そして、みずから遺言したとおり、晩年に傾倒した日蓮宗の龍華寺（静岡県）で眠っている。わずかに三一歳と一〇カ月の短い生涯のうち、樗牛が本格的に表舞台で活躍した時期は八年ほどである。それは、ちょうど日清戦争から日露戦争開戦前までにあたり、まさに日本の近代国家の確立とともにあったことが知れよう。

そのような時代潮流のなかで、樗牛は常に先鋭的な問題意識を把持し、世の中へ提起しつづけることにより、明治の代表的評論家へと駆け上がっていった。それを象徴するかのごとく、没後に発刊された『樗牛全集』は三次にわたって刊行され――一九〇四年（明治三七）、一九一四年（大正三）、一九二五年（大正一四）――、広く世の青年たちを魅了した。しかしながら、これほどに時代の寵児であった樗牛も、昭和に入ると急速に忘れ去られていくこととなる。その事態を招いた原因の究明には多角的な観点が必要であろうが、少なくとも、樗牛特有の美意識に裏打ちされたロマンティシズムと、それを表現した「美文」のスタイルが大きく関係していることは間違いないと思われる。

ただし、このことは逆説的には、日本の近代文学が何を失っていったのかを、われわれに突きつけることにもなるであろう。すなわち、明治文学が内在させる〝可能性〟の一端を探求することと、樗牛を研究することは同様の位置づけをもつことになる。また、それを通過することによって、広義の日本文学の〝可能性〟にまで言及する地平を開くことになるのではなかろうか。

本書『高山樗牛――歴史をめぐる芸術と論争――』は、樗牛の前期――主に二二歳から二六歳――を中心とし、人生唯一の歴史小説で世に出るきっかけともなった『滝口入道』と、歴史創作に関する坪内逍遙との最初の論争、「歴史劇論争」を扱い、さらにはその続編であり、濃厚な連関性をもつ「歴史画論争」――二八、二九歳ごろ――

までを射程に入れた。これら三つのテーマを主眼に据えることによって、総体的には、副題にあるような、明治中期における「歴史をめぐる芸術と論争」の闡明と位置づけを試みた。

『滝口入道』は、『読売新聞』が社告した「歴史小説　歴史脚本懸賞募集」に応募して二等に入選——一等は該当者なし——、日清戦争直前の一八九四年（明治二七）四月一六日から五月三〇日まで、全三三回にわたって新聞連載された作品である。逍遙を相手に行われた「歴史劇論争」は、『滝口入道』連載の翌年——『滝口入道』（春陽堂）が単行本で刊行されてすぐ後の——、一八九五年（明治二八）の後半に始まり、一八九七年（明治三〇）いっぱいまでつづけられた歴史創作の本質と形式をめぐっての論争である。

これらのことは、樗牛二二歳から二六歳までの出来事で、帝国大学に在学中より、卒業後、第二高等中学校教授を八カ月間勤め、再び東京に戻り『太陽』編集主幹に就任、再度、旺盛な評論活動をスタートさせるころまでのことである。期間にして約四年の間のことで、樗牛三一歳の生涯のなかでも、複数の論者たちから、およそ「第一期」と区分される時期に相当する。これを姉崎嘲風は「憧憬の時代」[1]、赤木桁平は「抽象的理想主義の時代」[2]、瀬沼茂樹は「浪漫主義の時代」[3]と位置づけている。「憧憬」、「理想」、「浪漫」という語が示すように、樗牛の人生で最も抽象度が高い〝美意識〟の横溢した時期であったかと思われる。換言すれば、本論は樗牛の文化活動の初動期を捉えたものであり、そこにあらわれた〝美意識〟や〝詩〟〝歴史〟がどのような内実をもち、表現技法を取り、主張されたのかを俯瞰的に解明していくことを目的としている。

歴史画論争のみは「第二期」、すなわち右記の論者たちが「自信の時代」、「国家主義の時代」、「日本主義の時代」と区分する一八九七年（明治三〇）から一九〇〇年（明治三三）に該当するが、問題意識としては完全に「第一期」と地続きになっている部分である。歴史劇において本質を求めたのと同じく、樗牛は歴史画にも、絵画そのものの美を主張した。このことは、思想的には変遷をたどりながらも、「第二期」において「第一期」を媒介している論争と捉えることが可能であり、しかも直接、歴史劇論争の「延長戦」と見なすことができるのである。樗牛の人生では、盛んな批評活動を継続しながらの雌伏の時で、美学研究のためのヨーロッパ留学と帰国後の京都帝国大学教授職の内定によって、論争を打ち切るまでの期間である（その後、留学目前に――歴史画論争から三か月後――喀血し断念）。

本書を構成する三つのテーマ――『滝口入道』・歴史劇論争・歴史画論争――の大枠にふれたところで、やや立ち入ってその概要を以下に示しておこう。なぜなら、本論の詳述に入る前に、全体の見取り図を提示し、主旨を略述するだけでも、また今の世に縁遠くなった樗牛理解の一助になると考えられるからである。

第一章「『滝口入道』論」では、作者の側からの、いうなれば樗牛からの評釈を目的に論を展開した。そして、それらの比定と類推の分析には独自の知見を加えた。つまり、ある種の作家論的な立論を包摂しながらも、筆者の読みを前面に出した章であるということができよう。そのなかで最も特徴的な考察と思われるのは、『滝口入道』の主人公時頼とヒロイン横笛の恋、時頼と世間の相反関係、また父茂頼との対立を分析するために、北村透谷の思考を援用したことである。樗牛と透谷を並列させる手法には異論もあろうが、もともと明治中期の浪漫主義研究の方面から、岡崎義惠や片岡良一が両者の親和性を指摘したこともあった。それに近代恋愛観のバイブルとも称される、透谷「厭世詩家と女性」で展開された理論は、『滝口入道』の登場人物たちが体現している精神的、社会的な位相の解明と物語構造の理解に重要な役割を果たすと考えられる。

透谷の理論の中核となっているのは、詩的な希望と理想からなる「想世界」と、それに対立し現実社会の苦闘を説きあらわす「実世界」の分割規定であるが、こうした観点から見てみると、一面には、『滝口入道』は「実世界」から脱落していく「想世界」の人間の物語でもあることがわかる。そのことは、たとえば時頼と茂頼の親子関係に如実にあらわれている。横笛に恋をして、しかもそのことによって武士の道を踏み外したと自責の念に駆られ苦悩する「想世界」の時頼と、あくまで社会規範たる武門の習《ならい》に則って、然るべき筋目から息子の嫁を得て、出世を心安くしようとする「実世界」の父茂頼の間には、決して相容れない美意識と価値観の認識に截然たる差異が存在するのである。

「想世界」に生きる者は、現実にはロマンティシズムの対象となる美意識を志向するが、その対象は実際の状況や内面の揺れに影響されて変転していく。時頼の場合、「武の美意識」→「恋の美意識」→「悟の美意識」と移り変わり、しかもただ並列的に移転するだけではなく、それ自体が多重的な世界観（物語構造）の提示と連動する弁証法的機能を備えている。そして、この多重性や美意識の対象の変化を根底で下支えしているのが個我主義であろう。これは「想世界」の美意識を全うさせる境位の定立と捉えてよい。時頼が個我主義を貫徹させたことによって、『滝口入道』の美的感興が物語全体に生きているのである。

如上に示した分析の論理が、第一章の要になっているのはいうまでもないが、もう一つ注目すべき点として、ゲーテの『若きウェルテルの悩み』との比較論がある。樗牛は二〇歳のころ、『山形日報』に日本で初めてのまとまった『ウェルテル』抄訳を連載している。この事実から、現在まで多くの論者が『滝口入道』における『ウェルテル』の影響に言及してきた。これらを瞥見したうえで、〈ウェルテル―ロッテ―アルベルト〉と〈時頼―横笛―重景〉の三角関係の対比を試みた。

そこで浮かび上がってきたのは、『ウェルテル』の場合に直接的であった人間関係が、『滝口入道』では間接的になり観念化しているという構図である。それでいて超越志向は共通しており、ウェルテルの自殺は時頼の出家へと照応し、恋愛物語に結末をもたらしているのである。『滝口入道』は『ウェルテル』の影響を受けながらも、「歴史小説」としての形式を維持しつつ、独自の出家後の展開を演出しているということができよう。

第二章「歴史劇論争」は、樗牛と逍遥の間で起こった、歴史劇の本質と形式をテーマにした初の本格的論争の考察である。両者の間には、歴史創作に対する根本的な理解の差があった。樗牛にとって、歴史戯曲とは「一個の有機体」に他ならず、その主人公は「悲劇的勇者」でなければならなかった。つまり、一つの完結的な物語のなかで、読者は主人公とともに「感情の大昂揚」を体験できる底のものでなければならなかったのである。一方、逍遙の方は、歴史がもつ悲劇には壮大なドラマが内在しているという認識のもと、複雑な人間社会で呻吟する人間そのものを描こうとした。いうなれば、相対的な視野を当てはめた、抑制の効いた歴史劇を理想としたのである。

この相違から、「史」と「詩」をめぐっての主張が交わされる。樗牛は「詩」の絶対優位を明言、「所詮史劇は詩なり、史に非ず」として、創造力のプライオリティーを重要視した。逍遙の場合、「詩は史の侍婢にあらねども、史もまた詩の為に濫用せられて故なく其名称を犠牲にせざるべからざる約束なし」といい、事実上の詩史調和論をとった。だが、樗牛は逍遙の折衷案を受け入れず、あくまでどちらを主とし客とするかを迫ったのである。しかし、逍遙は「史」の有する悲劇の述作にこだわり、「史的発展の隠微」の表出こそが理想であると、シェークスピアを援用して反論した。結局、この論争は樗牛が当時演じていたもう一つの論争、「日本主義論争」の方へと移ってしまったため、中途に幕を下ろすこととなった。

第三章「歴史画論争」は、芸術における「歴史」という概念をめぐっての集大成の論争である。逍遙門下である綱島梁川と五十嵐力も本格参戦して、論争は樗牛対早稲田派の様相を呈した。だが、この論争が社会に対して大きな広がりをみせたのは、日本美術界をめぐる紛擾に、アクチュアルな時評を得意とする樗牛が即応したためでもあろう。岡倉天心の東京美術学校長辞任から日本美術院創立に至る流れのなかで、横山大観『屈原』や下村観山『闍維』などを積極的に論評したことは、歴史画流行に棹差すと同時に、歴史画をめぐる議論興隆の契機ともなった。むろん、このとき登場した雑多な議論の過半は、歴史画の内実に批判的なものであったが、それでも開院したばかりの日本美術院と、三一歳の青年画家に過ぎなかった横山大観を一躍全国区にした事実は、今にその影響力を伝える。

さて、樗牛は歴史劇論争で「史」と「詩」の位相に「詩」の優位を掲げたのと同じく、「史」と「画」では、「画」の方に絶対性（人事人心美）を認めた。「歴史画の本領は、歴史の為に画くにあらずして、絵画の為に歴史を仮るにあり」という立場である。これに対して、梁川は各時代の精神を重要視する。つまり、各時代それぞれに美が存在することになり、歴史美は肯定される。五十嵐は、樗牛がいう「絵画そのものの美」という認識を拒絶して、史蹟それ自体が美を有すると考えた。いわば「歴史画の主題として取らるべきは、唯だ、歴史の美、即ち美なる史蹟のみ」となる。そして、その美は五十嵐によって「史的成念」と表される、歴史的事象に関する共通感覚に裏打ちされているのである。

樗牛の人生において最大の論敵であった逍遙であるが、逍遙はやはり時代の特殊性、時代の精神を根拠にした歴史美を主張する。なぜなら、特殊性を否定した樗牛の普遍美（詩美・人事人心美）では、抽象理想論者になってしまうと考えたからである。要するに、普遍美は当然、特殊の否定であるから、この方向を突きつめていくと、歴史画や社会画などというジャンルは消滅することになる。これでは観念論に堕してしまうのではないか、というのが疑念の根幹であった。こうして逍遙は、「歴史画は歴史美を画くことを以て其目的となすものなり」と断言するのである。

樗牛は、早稲田派の一致した歴史美の肯定に、あくまで歴史画は人事人心画の一種に過ぎないと強調する。この基本線から、逍遙のジャンル否定ではないかとの指摘についても、却ってそれを肯う。樗牛は絵画に関するすべてのカテゴリーを、人事人心画へと集約させようとする。そして、歴史に制約を受ける准羈絆芸術の歴史画ではなく、自由芸術の一環としての歴史画を、詩美を第一義とする論拠から導き出し、示したのである。

如上に戦わされた歴史劇・歴史画論争の内実は、双方が一致した結論を出せなかったにもかかわらず、その論争自体が明治における芸術論の理想や論理性といったものを教えてくれる。そのことは、また広くは明治文化生成の豊饒さをもあらわしているのではないだろうか。

なお、付論「『滝口入道』の美文解析」は、第一章「『滝口入道』論」に付属する論考で、その美文における内質構造を解明しようと試みたものである。そこに析出できるのは、一つながりの文章中に多数の視点が伏在している〈非合理な重層性〉で、当然、非合理性は簡潔で明晰な表出を拒む。つまり、こうした性質――『滝口入道』のような文章構成――を排除することによって、日本の近代文学は広範な読者層を形成し、ある意味、平板でも緻密な表現力を手に入れたことになる。しかしながら、それは同時に〈非合理な重層性〉を内包する美文によってのみ可能となっていた読みの豊饒さも断念させることとなった。多義的な解釈を呼び込む美文の方法には、日本文学のもう一つの可能性が潜在力として宿っていると考えられるのである。

以上、駆け足ながら『高山樗牛――歴史をめぐる芸術と論争――』の骨格にあたる部分を俯瞰してみた。本書において、多少なりとも意義を有すると思われるのは、「『滝口入道』論」に関しては、これまでにあらわれた研究史を綿密に検証し、たどったうえで『滝口入道』の位相を新たに捉えなおしたことである。そして、現在でこそ可能となった研究手法をも加味して、評釈に深みを加えることも試みた。また「歴史劇論争」についても、まずは大過なく〈詩美と歴史〉問題の所在を明らかにできたと信じるし、「歴史画論争」と連結させることにより、多様で混沌的な明治の芸術論争史の評価に若干の寄与ができたのではなかろうか。

むろん、これらのことは本来の高山樗牛研究からすればその糸口をつかんだにすぎず、本論で扱った以降の樗牛を考究する前段階でしかない。論考のなかでふれる明治文学が内在させる〝可能性〟や、そこから逆照射されるであろう日本近代文学のポテンシャルなどの大命題は、樗牛の全体像を解明し得て、なお後世を待たなければならない。しかし、それでも、その遠大な里程標に本書が微かながらも歩を進め得るのだとすれば、望外の幸いである。

前記にも示したように、本書は早世した高山樗牛八年余りの活動期の、さらにその初動期に発現した問題を中核にした考究である。いわば、評論家としての樗牛が獅子奮迅の活躍を見せ、わずか三一年の生涯で明治文壇の代表的存在となる前段階、すなわちスプリング・ボードの時代——第三章のみは中期に入るが扱った主題は初期の延長である——に焦点を絞っている。これを意図した理由は、詳しくは本文中に言及しているが、明治二〇年代後半から三〇年代中盤にかけて圧倒的な「大批評家[4]」として存在した樗牛が、なぜその没後——特に昭和期に入って——、急速に忘却されていったのかが問いとして立ちあらわれたからである。また、この問題意識に迫ることで、逆に樗牛（的なもの）の喪失が日本近代文学にどう影響したのかを思惟する手がかりにもなるであろう。その端緒を開くためにも、樗牛の『滝口入道』と「歴史劇論争」、及び「歴史画論争」に巨細な観点から考察を加えていくことは必然であった。

樗牛の人生と思想は飛躍が多く、生前には「豹変博士」の異名をとったこともあった。だが、そこには、いわゆる明治の活力と混沌が渾身に体現されており、保田與重郎からは「樗牛の文学者としての全生涯は十年余であつたが、その短い期間に於て、文明開化期の文人の思想的生涯を殆んど経験したやうな人であつた[5]」と評された。このような樗牛を探究していくことは、多くの命題が包摂されている存在を解明していくことと同義であり、さらには、明治中期における時代や文化の特性までもを照射する試みになるはずであろう。

注

（1）姉崎嘲風「序言」高山樗牛『文は人なり』（再訂増補）博文館、一九一八年一二月、二頁。（初刊 一九一一年一二月）

（2）赤木桁平『人及び思想家としての高山樗牛』新潮社、一九一八年一月、一二四頁。

（3）瀬沼茂樹「斎藤緑雨・石橋忍月・高山樗牛・内田魯庵入門」『斎藤緑雨・石橋忍月・高山樗牛・内田魯庵』（日本現代文学全集

8）講談社、一九六七年一一月、四二三頁。

（4）稲垣達郎「作品解説」『斎藤緑雨・石橋忍月・高山樗牛・内田魯庵』（日本現代文学全集8）講談社　一九六七年一一月　四一七頁。

（5）保田與重郎「高山樗牛論」『近代日本文学研究明治文学作家論』上巻、小学館、一九四三年三月、三八九頁。保田は樗牛が霞んできた理由に、以下のような分析を加えている。「樗牛の思弁的美文を中心とする文学が、むしろ彼の亜流たる哲学美文家達によつて、粗放にして又非文化であると軽んじられた理由は、大正期の文明開化派の文化の考へ方と、明治の志の使命自覚が相容れぬからといふ明白な理由からである。」しかし、これは当時の時局と絡んで、やや樗牛を美化している傾向がある。樗牛は「使命自覚」などより、個我的美意識を特性としたのである。なお、樗牛の生涯を綿密にたどった伝記的研究においては、工藤恆治『文豪高山樗牛』（文豪高山樗牛刊行会、一九四一年九月）が傑出している。

第一章

『滝口入道』論

一　『滝口入道』の来歴

やがて来む寿永の秋の哀《あは》れ、治承の春の楽《たのしみ》に知る由も無く、六歳《むとせ》の後に昔の夢を辿りて直衣《なほし》の袖を絞りし人々には、今宵の歓会も中々に忘られぬ思寝《おもひね》の涙なるべし(1)

「寿永の秋の哀れ」は平家の没落を、「治承の春の楽」は平家の栄華をそれぞれにあらわしている。『平家物語』、『源平盛衰記』を原型とするこの作品の書き出しは、高山樗牛が三一年間の人生で公になった、ただ一篇の小説『滝口入道』である。もっとも表向き、樗牛の生前は著者名が伏せられたまま流通し、その没後に大町桂月が『太陽』に載せた「文芸時評　樗牛の一生」（一九〇三年〔明治三六〕二月）や初版『樗牛全集』第五巻（一九〇六年〔明治三九〕四月）の刊行に至るまでは一般に知られていなかったとされる。

しかし、小野寺凡が子細を明らかにしているように、『現代文』（一八九五年〔明治二八〕三月）や『早稲田文学』（一八九五年一〇月）では、すでに『滝口入道』と高山林次郎の名前がセットで言及されており、その周辺では「公然の秘密」になっていたことが証明されている(2)。

次に、もはや諸先学の手になり『滝口入道』公表までの経緯は考証されているが、本論においても内容考査の前段としてふれておきたい。『滝口入道』は、『読売新聞』が一八九三年（明治二六）に社告で募集した「歴史小説　歴史脚本懸賞募集」に、当時帝国大学文科大学一年生であった樗牛が応募した作品である。投稿締切は翌一八九四年（明治二七）二月一五日で「一等賞　金百円　二等賞　金時計一箇」が入選者に贈与、新聞掲載されるものであった。

結果、小説は一六種、脚本は六種が集まり、「判者尾崎紅葉・依田学海・高田半峯・坪内逍遙の諸氏熟覧精査して懸賞文の優劣を判じたるに其結果小説「滝口入道」を以て優等と為すに決したれども一等賞に当るの価値を欠くを以て二等賞（金時計）を与ふることに評決し明日の紙上〔一八九四年四月一六日〕より掲載することとせり[3]」となった。

一等賞が出なかったことにより、懸賞は追募集されることに決まったが[4]――それでも該当者なし――、『滝口入道』は四月一六日から五月三〇日にかけて『読売新聞』紙上に連載された。樗牛こと高山林次郎は、すでに述べたとおり著者名の公開を拒んだため、その理由が連載開始翌日の新聞内「雑報」で説明されている。

> ●懸賞小説「滝口入道」の著者　先きに我社が賞を懸けて募集したる歴史小説及び脚本中第二の優等賞を得たる「滝口入道」の著者ハ果して何人なるかと諸所より問合せの向もありたれど我社も其何人なるを知らず為めに今日まで披露するを得ざりしが昨日初めて其の帝国大学々生某氏なることを知り得たり、同氏ハ此まで一回も小説を作りたることなく今回の著が初めてなれども小説家を以て身を立てんとするものにあらず且つ修学中にてもありかた〴〵姓名を紙上に披露するハ大に憚かる所ありとの事に付き我社ハ之を承諾したり[5]

修学中であるから姓名を公表できないとは、いかにも当時の小説家の社会的地位を示す好例というほかない。もちろん、判者に名を連ねる坪内逍遙や尾崎紅葉など、日本でただ一つの帝国大学に学んだ経歴――紅葉は中退だが――の持ち主たちの先覚的な進路開拓により立場を強化しつつはあったはずだ[6]。とはいえ、この連載直後に勃発する日清戦争中のジャーナリズムのあり様を見ればいかにも道半ばで[7]、その確立は東京帝国大学講師の職をなげうって朝日新聞社入りする夏目漱石を待たなければならない。

また、樗牛の個人的事情を考慮すると、養父母に対する遠慮が見受けられる。樗牛は生後一歳で実父・斎藤親信

（親信は高山家から斎藤家へ婿養子縁組）の実家であり、樗牛にとって伯父である高山久平の養子となった。そして、樗牛は八歳頃に真実を知ったらしいのだが、そのことをおくびにも出さなかったらしい。しかし、「その頃から彼の天真爛漫な態度の裡に、何となく暗い影がさして来た」[8]ということを、樗牛の二四歳年下の弟・親平からの情報をもとに赤木桁平が書いている。養嗣子として期待されていた樗牛が、当時、社会的には必ずしも市民権を得ていなかった小説に手を染めるということは、考え物であったのであろう。養父母にどう映るかを、樗牛がまったく顧慮しなかったということは想定し難い。ともあれ、樗牛は実家へ入賞を報じた。

扨此度不図せしことより少し金儲を致候、夫れは外之事にも無之、昨年（一八九三年）十月頃より今年二月十五を〆限りにて、読売新聞社にて賞金をかけて小説及芝居之脚本を募集せしが、私事如御存《ごぞんじのごとく》病気にて太田氏方に引篭もり療治致居候時、不図此事に思付き、ドーセ病気中はむづかしき書物もよめぬこと故、慰み半分に小説でも書きて見んと思立ち、去年十二月二十九日より着手して「滝口入道」と言ふ歴史小説作り、読売新聞社に差出候処、此度其結果相明り、二十余種の小説脚本中、僥倖にも私の「滝口入道」が優等と相成、金時計一箇同新聞社より贈られ候。私書生之事故、金時計は用る所なければ、相当の代金にて受取候様同社に申込、右金子落手仕候。（中略）読売新聞社よりもらひし金は五十円に御座候。[9]

この養父に宛てた手紙と同じく、樗牛は実父の方へもほぼ同内容のものを一筆したためているのだが、この二通からわかることは、①叔父太田資順（実母の弟）のもとで病気療養中に慰み半分で書かれた小説であること。②一八九三年（明治二六）一二月二九日に起筆し、二〇日あまりで書き上げたこと（実父宛）。③賞品の金時計を五〇円に換えてもらったこと。の三点である。

このような『滝口入道』をめぐる周辺事情からは、創作につきものの文学的苦心などといった心情は伝わってこない。にもかかわらず、「その当選が報ぜられて、作品が匿名で発表されると、誰もがこれが帝大文科に在学中の一青年の手に成つたとは思はなかつた。相当有力な大家が創作したものと推定した。が、いよいよこれが白面の一帝大生の手に成つたことを確かめるに及び、驚歎の声を発したのである」[10]と高須芳次郎が当時の状況を語っているように、評判は上々であった。

『滝口入道』が世に歓迎されたのには、歴史的なバックグラウンドが存在するであろう。全く同時期に起筆発表された内田魯庵が『文学者となる法』に「惣て世間一切の善男子、若し遊んで暮すが御執心ならば、直ちにお宗旨を変へて文学者となれ」[11]と書き連ねたように、文学史的には明治二〇年代の中盤は低迷期を迎えており、幸田露伴『五重塔』（一八九一年［明治二四］）、尾崎紅葉『三人妻』（一八九二年［明治二五］）があるものの、大勢としては村上浪六の撥鬢小説や黒岩涙香の探偵小説がにわか景気を得たに過ぎない。一方で実作の低迷にかかわらず論争は盛んで、坪内逍遥と森鷗外の「没理想論争」（一八九一年～九二年）、山路愛山と北村透谷の「人生相渉論争」（一八九三年［明治二六］）があり、また日本固有の伝統とキリスト教の関係をめぐって井上哲次郎と内村鑑三とが「教育と宗教の衝突論争」（一八九二年～九三年）で火花を散らしていた。

論争の活況は、一面で明治史を方向づけたといってもよい条約改正問題をめぐる国民的議論と、多かれ少なかれ関係していたであろう。一八九四年（明治二七）に締結された日英通商航海条約は一八五八年（安政五）の不平等条約を改正し、日本の国際的地位の向上を結実させた成果であった。しかし交渉過程にあっては、国権論を背景にした対外強硬派によって反対されるというねじれを起こしていた。それは、条約改正の一部である内地の開放が日本を損なうとの幕末攘夷論を引きずった排外主義であったが、総理大臣の伊藤博文が内地雑居反対論の抑制を天皇に説かねばならないほどの世論を喚起していたのである。まさに明治二〇年代の国粋主義は、『滝口入道』連載終了と時を同じくして起こる東学党の乱から日清戦争へかけてピークを迎えていくのであった。

すなわち、このような時期であるからこそ、懐古的な歴史小説が求められたといえよう。そして『滝口入道』は、その時代潮流に乗ずるかたちで出てきたはずである。だが、同時代において『滝口入道』が特異な点は、平家滅亡の美学が主題に据えられていることである。その抒情性からは、条約を改正し、清国へ打って出ようとする「時代」への肯定性は読みとれない。しかも、それでいて主人公の滝口入道こと斎藤時頼の人物像は、坪内逍遙より、「眼中君父あつて我が身無かりし我が中古の武士魂も自意識のおそろしく鋭き主我的明治男と化し去る也(12)」と、明治の同時代性が否定的に指摘されているのである。

このパラドックスは、のちに小田切秀雄によって、樗牛は「一方に日本近代文学成立期の浪漫派の自我の孤独な魂をわけもちながら、他方に明治の実社会の秩序と習俗のなかで世俗的に生きる生活者としての側面を強くもっていた。この矛盾のなかでゆれ動きながら明治三〇年代をむかえたかれは、時代の新しい可能性を敏感にとらえて自我と社会との新しい関係をつくり出す試みに進み出た(13)」と評された。ここでいわれたことは、おそらく樗牛を解く有力な鍵となるはずであるが、のちの鋭敏すぎるほどの批評家業にも連なる精神のあり様が、「慰み半分」に物された唯一の公開創作であるだけに、よけい露骨に発現しているようにも思われるのである。

二　叙景文と『春日芳草之夢』

小説本編の出だしは本章冒頭に引用したとおりで、抒情的詠嘆を感じさせる始まりである。「春」と「秋」に擬されるのは、題材の『平家物語』と同様の盛者必衰の理《ことわり》、栄枯盛衰の無常であろう。入道相国・平清盛の花見の宴は「六十余州の春を一夕の台《うてな》に集めし〔傍点・花澤〕」ほどの栄華を誇る。その絶景の描写の一部は、次のようなものである。

時は是れ陽春三月の暮、青海の簾高く捲上げて、前に広庭を眺むる大弘間、咲きも残らず散りも初めず、欄干《おばしま》近く雲かと紛ふ満朶《まんだ》の桜、今を盛りに匂ふ様に、月さへ懸りて夢の如き円なる影、朧に照渡りて、満庭の風色碧紗に包まれたる如く、一刻千金も啻《ただ》ならず、内には遠侍《とふざむらひ》のあなたより、遥対屋《はるかむかひや》に沿うて楼上楼下を照せる銀燭《ぎんしょく》の光、錦繡《きんしう》の戸張、龍鬢《りうびん》の板畳に輝きて、さしも広大なる西八条の館に光到らぬ隈もなし、あはれ昔に有りきてふ、金谷園裏《きんこくえんり》の春の夕もよも是には過ぎじとぞ思はれける(14)

ここにあらわれているような叙景文を、樗牛の福島中学時代の日記『光陰誌行』と重ね合わせ、樗牛生得の「実写」力と見ているのが池内輝雄である。池内は、樗牛一四歳（一八八五年〔明治一八〕）のときの「校庭、開花の盛時たり。右に団桜の綽態《しやくたい》あり、左に清梅の妍姿あり、幽桃其中に交り、梨花之を綴る。一眸漫然として、身亦白雲漠々の間にあるが如く、香雪郁々の中にあるが如し。呫嗶《せうくわ》の余暇、其間に彷徨すれば、一胸爽々手として宛然水晶宮裏に逍遥するが如し(15)」を引き、「ここには漢詩文の影響があるとはいえ、情景描写と合わせて自身の心象風景を写そうとしており、注目に値する。その試みはやがて「滝口入道」に生かされることになる(16)」と述べている。『光陰誌行』には、花や空を歌うように表白した記述が目立つ。また池内は、来歴不明で「本篇は著者〔樗牛〕が同窓の友たりし中桐〔確太郎〕氏の当時筆写せられたる(17)」小説『春日芳草之夢』（明治一九）の名もあげるが、こちらは早く赤木桁平によって「主として漢文から来た影響(18)」が指摘されている。「一朶の桜花、瑤欄干に懸り、三台の胆瓶、翡翠簾を罩め、習々たる春風は徐《おもむろ》に楼簾を払ひ、裊々《じょうじょう》たる彩煙は淡く門柳を染む」などは明確に連関性をもつであろう。他にも『春日芳草之夢』は、管鮑の交わりや孔子があげられ、巫山、巴峡といった中国の地名が登場する。漢文を基礎にした美文調からは、中国古典の影響は覆うべくもない。

ただし、プロットや物語としての方向性は、前年から連載が始まっていた坪内逍遙の『一読三歎当世書生気質』や東海散士『佳人之奇遇』の影響があったのではないかと疑われる。長谷川義記が、「文筆に志す林次郎は、すでに当時の傑作とされた『佳人の《ママ》奇遇』を読みはじめていて、「春日芳草の《ママ》夢」という試作小説をかいている」[19]と連結させているように、それは古典的美文調であっても、男性主人公の高木秀一は商業学校へ通う書生、女性主人公たる相楽梅も「某校」――一八八二年（明治一五）開設の高等女学校か――に通学する女学生、つまり近世の女郎を対象とした「色事」から抜け出した学生どうしの「恋愛」を設定しているからである。しかも、そればかりでなく、梅はまずもって卓越した進歩性を有している。

妾、姓は相楽、名は梅史、幼にして孤なり、叔母、妾を養ふて厘に飢寒を免るを得たり、妾年十四のとき、熟々《つらつら》今日社会百般の事業に於て女子を待するの状況を観るに、口頭は喋々として男女同権論を旨張するも、内実は却て之を圧抑し、以て社会の世論に参するを得ず、以て独立の権利を有するを得ず、偶々才女の学を勉むるものあれば、世人は之を排して以て温柔の女徳を失するとなし、誹謗蝟集、之を嫌斥するや甚し、故に当今の如き、婦女一身の学芸は有益実理の学に非ずして却て朝粧暮飾の弊習に過ぎず、故に婦女にして天稟の才を有するも、涯生の快楽は徒らに男子の玩弄物に過ぎざるもの比々皆是れなり[20]

一五、六歳の樗牛が「其目的とする所は他日業成り学卒へて後社会に立ち、男女の同権を実行して以て古来の弊風を破壊するに有るのみ」という、志の高い女性像をつくり出していたのは驚くべき事実であろう。もちろん、ここには『明六雑誌』以来の啓蒙主義――たとえば森有礼「妻妾論」――や、この小説が書かれる前年、明治女学校校長・巌本善治により創刊された『女学雑誌』に象徴されるようなキリスト教的男女同権論の底流が、すでに社会一般に浸透していたことを前提としている。

『当世書生気質』に「酔うてはァ、枕すゥ、美人のゥ、膝ァ引。醒てはァ、握るゥ、天下のゥ、権引。」[21]と狂詩があるが、当時の立身出世タイプの男性にとっては、上記の進歩的女性と相容れないという以前に、「女は二の次」であったというしかない。親友・秀山耿吉は、この当時のオーソドックスな価値観で高木秀一に忠告する。

各自其志す所の学科を卒業し、後社会の業務を執り、大は以て国家の公益を計り、小は以て一身の芳名を青史に伝へんが為ならずや、然るに君の才学を以て車螢孫雪の勉励を務めずして、却て放逸者会の流を掊むは果して何事ぞ[22]

秀山耿吉は、美女を「亜片《あへん》」にたとえる。これに対して、高木秀一は「大夢豁然」して泣きはらし一度は学業に専念するのであるが、結局のところ梅にほだされ「阿嬢又憂ふる勿れ、先に僕が無礼を顧みずして言ひし所のものは、素志の存するあるに非ず、皆之れ虚言仮語、以て戯れに阿嬢を試みたるのみ」と再転向をとげるのである。こうして「正に之れ破鏡再び合して密情語睦ましく、覆水盆に反《かえ》りて親意交り濃かなり」という幼稚な通俗小説並の終わり方をしてしまう。しかし大事なのは、樗牛が梅に幸福な結末を与えていることではないだろうか。梅のごとく主張する女性に対する理解なくして、この結末はありえない。近代の恋愛観を独自の美意識と接続して物語化する手法は、一〇年近い歳月をへた『滝口入道』でも遺憾なく発揮されている。たとえ、その材を中世の軍記物語にとろうとも、である。

三　時頼における個我主義の構図

『滝口入道』には、まず主人公の斎藤時頼とともに物語を展開していくことになる二人の脇役が、饗宴のなか青海波を舞いあらわれる。ひとりは平家第一の美男とされる四位の少将・平維盛で、清盛―重盛の正嫡にして二二歳。栄華を誇る平家の象徴よろしく、「露の儘なる桜かざして〔傍点・花澤〕」華やかな衣装に身を包んでいる。もうひとりは足助二郎重景。維盛の二歳年下で「二人共に何れ劣らぬ優美の姿」が描かれる。

清盛邸の宴はつづき、ヒロインを演じる横笛が舞の収めに登場する。年齢は一六、七で、その艶やかな春鶯囀は「栄華の夢に昔を忘れ、細太刀の軽さに風雅の銘を打ちたる六波羅武士の腸《はらわた》をば一指の舞に溶《とろか》したる〔傍点・花澤〕」ほど魅力的なものである。横笛は儀礼用の飾り太刀である「細太刀」着用の若殿原を夢中にさせただけでなく、実戦用の「蛭巻の太刀」を身につけた「骨格逞しき一個《ひとり》の武士」をも虜にする。この虜にされた武士こそが、主人公の斎藤滝口時頼である。

ところで、維盛が用いているのは「螺鈿《らでん》の細太刀」、重景のは「平塵《ひらぢり》の細鞘」で、両者ともに細太刀である。平家の繁栄と惰弱を意味する細太刀を拒絶することによって、主人公・時頼が対照的な人物であることを明確にしていることがわかる。物語の後半、出家した時頼は平家滅亡の危機をまえに、「螺鈿の細太刀に風雅《みやび》を誇る、六波羅上下の武士を如何にするを得べき」と世間を嘆じている。さらにいえば、時頼は平家の隠喩たる「春」や「桜」に何のあわれも感じていない。宴から帰る集団を冷ややかに打ち笑う態度からは、横笛への恋もさることながら、平家の世（世間）への冷顔が透けて見える。

時頼が仕えるのは、本文中の「小松殿」こと平重盛である。ここに解説するまでもなく、清盛の長子――維盛の父――にして武勇の誉れ高い、保元・平治の乱で活躍した平家の次期当主である。重盛と近しい関係にある時頼の父・左衛門茂頼も数度の戦場で手柄をたてた七〇歳の老武者で、重盛から「茂頼、其方は善き悴《せがれ》を持ちて仕合者ぞ」と褒められるのを無上の喜びとしている。維盛が宴で注目されるのを喜ぶ清盛に比して、そのような息子の姿を物憂げに見つめていた重盛が時頼のどこを褒めたのかというと、それは次のような人物像であったであろう。

時頼是時年二十三、性闊達にして身の丈六尺に近く筋骨飽くまで逞しく、早く母に別れ武骨一辺の父の膝下に養はれしかば、朝夕耳にせしものは名ある武士が先陣抜懸けの誉ある功名談に非ざれば、弓箭《ゆみや》甲冑《かつちう》の故実、髻《もとどり》垂れし幼時より剣の光、弦《ゆづる》の響の裡に人と為りて、浮きたる世の雑事《ざれごと》は刀の柄の塵程も知らず、美田の源次〔渡辺綱〕が堀川の功名〔愛宕山の鬼退治〕に現《うつつ》を抜して、赤樫《あかがし》の木太刀を振舞はせし十二三の昔より、空肱《からひじ》撫でて長剣の軽きを喞《かこ》つ二十三年の春の今日まで、世に畏《おそろ》しき者を見ず、出入の息を除きては六尺の体、何処を胆と分くべくも見えず、実に保平の昔を其儘の六波羅武士の模型なりけり[23]

この時頼の造形には、最も典型的な武士像があらわれているようにも感じられる。しかしながら、注意深く引用文を見れば、「六波羅武士の模型なりけり」という一文に気づくはずである。ほかの箇所にも「一見凛々しき勇士の相貌」という表現が窺える。「模型」や「一見」という単語が示すように、横笛とのロマンスがのちのち時頼の本性を露見させていく。後述で詳細に論じるが、時頼出家後の「形は枯木の如くなれども、息ある間は血もあり涙もあり」も、やはり外形の皮相性が読みとれる表現である。ただし、それでも樗牛の時頼像は一貫して肯定的に描かれているのである。おそらくは、史実を曲げて時頼の年齢と自身の年齢を「是時年二十三」と重ね合わせるのと同様、樗牛は自身のパーソナリティの一部を時頼に託していたからであろう〔傍点・花澤〕。

世の中は平家の盛りにもかかわらず、「平和の世の中面白からず、あはれ何処《いづく》にても一戦《ひといくさ》の起れかし、いでや二十余年の風雨に鍛へし我技倆を顕して、日頃我を武骨者と嘲りし優長武士に一泡吹かせんずと思ひけり」という時頼の心事は、平家によるパクス（平和体制）の否定といった誇大な反逆ではなく、どこまでも「時代」に背を向ける個我主義的[24]な道行きのあらわれである。「銀造《しろがね》の細鞘」（流行）に対し、あからさまな「鉄巻《くろがねまき》の丸鞘」（個我）をあてるのも「君の御馬前に天晴勇士の名を昭《あらは》して討死すべき武士《もののふ》」というロマンティシズムが成立してのことであり、そのロマンティシズムが個我主義的な点でロマンの対象が更新されると、いとも簡単に旧対象は捨てられることになる（やがて時頼も細鞘になる）。我執から自由になれない時頼が、人々から疎んじられるのはあたりまえで、時頼の「衆人酔へる中に独り醒むる者は容れられず」という不満は、実は逆で、衆人の現実のなか（「実世界」）、ひとり酔っている（「想世界」）時頼の構図がありありと浮かびあがってくるのである。

その構図を解明していくためには、本作品の中核でもある恋の考察をしていかなければならないが、これに関連して『滝口入道』起筆の前年（一八九二年［明治二五］）に近代恋愛観のバイブルといってもいい北村透谷の「厭世詩家と女性」が『女学雑誌』に発表されている。樗牛と透谷を並べて、「ともかくこの二人程はつきり自我の生といふものを、人生の中に発見した人はこれまで日本にはなかつたといひ得る[25]」と評したのは岡崎義恵であるが、片岡良一も樗牛と透谷に共通の精神的基盤を捉え、「そういう世代にとってあくまでも悲劇的なものであった時代の奥深い感覚を痛感したところに、この「滝口入道」における悲哀の詩情が生れたのだと思うのである。それがつまり透谷を殺した時代の悲しさに触れたものと見られる所以なのである[26]」と説明する。このように、ある種、通底的とも考えられる「厭世詩家と女性」で示された透谷の論理構成は、『滝口入道』の時代と個我をめぐる構図を解く重要なツールとなるので、これを手がかりにして論究していきたい。

「恋愛は人世の秘鑰《ひやく》なり、恋愛ありて後人世あり[27]」で始まる高名なこの一文は、世の中のありようを「実世界」

と「想世界」に分割規定して、「実世界」に圧倒される「想世界」の悲しみを説くものである。「実世界」とは単に物質界を意味するわけではなく、現実社会の厳しさ、夢を挫折せしめる浮世の苦しさのことである。「実世界は強大なる勢力なり、想世界は社界の不調子を知らざる中《うち》にこそ成立すべけれ、既に浮世の刺衝《ししよう》に当りたる上は、好しや苦戦搏闘《はくとう》するとても、遂には弓折れ箭《や》尽くるの悲運を招くに至るこそ理の数なれ」と透谷は述べる。希望と理想からなる「想世界」であるが、その「想世界と実世界との争戦より想世界の敗将をして立籠らしむる牙城となるは、即ち恋愛なり」という。恋愛こそが、世俗的価値観から精神世界を防衛する最後の拠り所として措定されているのである。しかし、つまるところ「想世界」は「実世界」に敗れ去る運命にあるので、恋愛の行きつく先が結婚ならば、「想世界」の住人たる厭世詩家は、結婚に否定的ならざるをえない。それは「婚姻は人を俗化し了する者」であり、「恋愛の厭世家を眩せしむるの容易なるが如くに、婚姻は厭世家を失望せしむる事甚だ容易なり」となるからである。

四　武士の恋愛

『滝口入道』には、「恋ほど世に怪しきものはあらじ」とあるが、「恋の奴」になってしまう時頼の性質は、完全に透谷のいう厭世家、「想世界」の住人の姿である。すでにふれた、作中にあらわれたる時頼の個我主義的ロマンティシズムは「想世界」に淵源し、その対象は理想的武士像たる「武の美意識」――ひとりだけ実戦用の野太刀を身につけるような――から、理想的女性像を横笛に投影した「恋の美意識」に取って代わられる。樗牛の個我主義的ロマンティシズムは、透谷のいう「想世界」へと直結する美的感覚を宿しているのである。『滝口入道』で、恋は次のように語られる。

恋せる今を迷と観れば悟れる昔の慕ふべくも思はれず、悟れる今を恋と観れば昔の迷こそ中々に楽しけれ、恋程世に訝しきものはあらじ、そも人、何を望み何を目的に渡りぐるしき恋路を辿るぞ、我も自《みずか》ら知らず、只《ただ》朧《おぼろ》げながら夢と現の境を歩む身に　ましてや何れを恋の始終《はじめをはり》と思ひ別たんや、そも恋てふもの何《いづ》こより来たり何こをさして去る、人の心の隈は映ずべき鏡なければ何れ思案の外なんめり(28)

「今」と「昔」が、「恋」と「悟」の錯綜のなかで揺れ動いているが、「武の美意識」が「恋の美意識」に変遷したところで、「夢と現の境を歩む身」は同根である。清盛主催の宴で衆人環視のなか舞う横笛を、名も知らないまま時頼が常軌を逸して惚れ込むのは、「実世界」の横笛ではなく、「想世界」の横笛を創造——理想の恋——しているからであろう。そして、時頼はみずからつくりあげた横笛のために、「武の美意識」を捨てて今様（流行）の格好をし、ついには細太刀である「摺鮫《すりざめ》の鞘巻」を身につけるに至る。そこには、もはや平家への忠節など眼中になくなっている。自身、「若し我ならざりせば一月前の時頼、唾も吐きかねざる花奢《きやしや》の風俗なりし」という時頼は、ついに主君重盛の熊野参籠の供もしなくなる。

『滝口入道』連載後、最初の批評をした関大和（厳二郎）が「此の「滝口入道」こそ将来の文学界に於ける歴史小説の起点と見るを得バ、いくばくか人意と慰さむるに足るべき歟(29)」と述べている。関が樗牛に捉えた将来性とは、おそらく中世を扱った近代歴史小説が、近世の遊郭文化を基礎とした「色道」、いわば「町人的恋愛観」を克服すると期待されたからであろう。もちろん、この流れは明治の近代化と軌を一にしている点で、必ずしも樗牛の独創とはいい難い。

「近代日本の恋愛思想は、ついに、男の女に対する忠誠という観念を育てえず、近世的段階にとどまったにすぎないのである」と論評する小谷野敦は、次のような見解をとる。

北村透谷や二葉亭四迷の「志士」肌の気質が「恋愛」と結びついたとき、そこにまったく新しい「武士的恋愛論」の生まれる余地が成立した。彼らがまず排斥しようとしたのは、意識的無意識的にかかわらず、徳川時代の町人的、遊戯的な「色道」だったのだが、そのいっぽうに仏教的な、そして彼らの「志士」肌の基調をなす儒教的な、あるいは朱子学の道徳が背後に潜める女性蔑視が控えていたのである。「こちらを思ってもいない女に執着する」という感情をすくいあげたときこそ、「相愛」の呪縛から逃れる道は開けるはずだが、「女性崇拝」の精神を欠く彼らにとって、こうした感情は、「恥」なくしては意識することができなかったのである。(30)

透谷や四迷とならんで樗牛の『滝口入道』も「武士的恋愛論」の一種であろう。特に「恥」が前面に出てしまっている点では。岡崎義惠も、「「滝口入道」も武士の恋愛だから感動したので、光源氏や業平でもいけないし、一代男世之介でも興味はなかつたであらう。それで浪漫主義といつても、男性的・積極的浪漫主義なのであつて、その点、同時代の作家でも、一葉・鏡花ではなく、透谷の方に近い(31)」と述べる。ただし、樗牛が独善的ともいい得るほどの個我主義的な美感を恋愛に組み込んでいることは、内面構成の面で特異といえる。

樗牛は、しきりに「恋の奴」、「恋路の闇」、「恋てふ魔」、「恋てふ魔神」というように、恋をネガティブなイメージと結びつけ、「哀れ、恋の鴆毒《ちんどく》を渣《かす》も残さず飲み干せる滝口は、只坐して致命の時を待つの外なからむ」ところまで時頼を追いつめる。それらは、武士的な「恥」の意識からきている。「浮きたる都の艶女《たをやめ》に二つなき心尽しのかずく〲は我身ながら恥しや、ア、心なき人に心して我のみ迷ひし愚さよ〔傍点・花澤〕」の嘆きは、樗牛の「武士的恋愛論」のあらわれであるとともに、「武の美意識」と「恋の美意識」との結節点をも示している。

「嗚呼過てり〱、弓矢の家に生れし身の天晴功名手柄して、勇士の誉を後世に残すこそ此世に於ける本懐なれ、何事ぞ、真《まこと》の武士の脣《くちびる》頭に上《の》するも忌はしき一女子の色に迷うて、可惜《あたら》月日を夢現《ゆめうつつ》の境に過さんとは、あはれ南無八幡大菩薩も照覧あれ、滝口時頼が武士の魂の曇なき証拠、真此《まつこ》の通り[32]」

右の性質の恋愛感情は、わが心身の誤りとして沈殿し、「嗚呼過てり〱[33]」という自己嫌悪を呼び込まざるを得ない。ここには明治社会が抱えた、二つの方向性とその矛盾が隠されている。それは一方に、当時の旧制高校を中心に存在した「末は博士か大臣か」式のエリート社会一般の立身出世主義と、もう一方には、これも当時拡大しつつあった社会のなかでの位置づけを完全に否定するような個人主義の徹底方向である。この二方向の矛盾は作品内で、時頼が恋に迷って武士——立身出世——を捨て、出家という社会からの離脱をはかりながら、武士を捨てるのに「武士的恋愛論」を用いていることにあらわれている。

時頼においては、武士という社会化された価値観が個人的な恋愛の温床になるという、激しいねじれを起こしていることがわかろう。しかし注意しなければならないのは、既述のごとく、時頼は武家社会でも「武の美意識」を個我主義に特化していることである。その意味で個人の志向性の変化という側面をあくまで維持するが、それでも時頼の内向的性格の高まりとして、この矛盾の構図はどうしても把握しておかなければならないのである。

五　「実世界」の父「想世界」の子

そして、時頼の内向的性格が行き着かざるをえないのが、宗教的悟りの美感である。苦悩の果てに、「滝口が顔に憂の色漸く去りて、今までの如く物につけ事に触れ、思ひ煩ふ様も見えず、胸の嵐はしらねども、表面は槙の梢のさらとも鳴さず、何者か失意の恋にかへて其心を慰むるものあればならむ」という状態になる。これは、先の「一見凛々しき勇士の相貌」と同じで「表面は」次の美的対象に向かって変貌しつつあったのである〔傍点・花澤〕。

落ち着き払った時頼は、父の茂頼に横笛を妻に迎えたい意中を申し出る。だが、この時点で時頼は父の返答を予測していたと思われる。それは父・茂頼がどこまでも「実世界」の人であることを、時頼は知っていたからである。父は中世の一般常識家で、時頼の妻に門地の確かな「御内」か、平家「御一門」の女性を当然考えていた。よって、「小室〔地名〕わたりの郷家の娘」である横笛など論外であった。一見、近代自由恋愛の観点からすれば、理解のない堅物な父に感じられるが、貴族主体の権門体制社会を舞台にしているかぎり、「時頼、そは正気の言葉か」という父の驚倒は時代の良識から発せられたものといえよう。

いうまでもなく、一夫一妻制は西欧社会の申し子であり、日本の中世身分社会では正妻は似通った出自から得て、横笛のような身分の低い女性は囲うのが通例であった。もっとも時代設定は源平期であっても、『滝口入道』の展開に明治世相がトレースされているからこそ、一夫多妻の家庭像が作品内でほとんど言及されていないのである。

先に述べたが、時頼は「衆人酔える中に独り醒むる者」などではなく、断然、「衆人醒むる中に独り酔える者」であった。そして、この父の怒りが二重写しになっているのは、中世社会体制を背景にした怒りが、明治の立身出世主義を代弁しているところにある。

やよ〔やあ〕時頼、言ふまでもなき事なれば、婚姻は一生の大事と言ふこと、其方知らぬ事はあるまじ、世にも人にも知られたる然るべき人の娘を嫁子にもなし、其方が出世をも心安うせんと、日頃より心を用ゆる父を其方は何と見つるぞ、よしなき者〔くだらない者〕に心を懸けて家の誉をも顧みぬほど無分別の其方にてはなかりしに、扨は兼てより人の噂に違はず、横笛とやらの色に迷ひしよな[34]不埒者め、話にも聞きつらん、祖先兵衛直頼殿、余五将軍〔平維茂〕に仕へて抜群の誉を顕せしこのかた、弓矢の前には後れを取らぬ斎藤の血統に、女色に魂を奪はれし未練者は其方が初ぞ、それにても武門の恥と心付かぬか、弓矢の手前に面目なしとは思はずか、同じくば名ある武士の末にてもあらばいざしらず　素性もなき土民郷家の娘に、茂頼斯くて在らん内は、斎藤の門をくゞらせん事思ひも寄らず[35]

息子・時頼の「出世をも心安うせん」とした自家の武門に執着する茂頼の姿は、先にあげた『春日芳草之夢』に出てきた、主人公高木秀一の親友秀山耿吉と基本的には重なりあう。また、高木が女性評を云々する同輩たちにむかって「豈在国父兄の辛苦に成れる貴重の学資を以て空しく之を紅笑緑顰〔女性の魅惑的表情〕の間に徒費して可ならんや」と説教をし、「甚しい哉高木君の固陋なるや」との嘲笑を浴びて孤立してしまう姿。さらに、そうした言を吐きながら、その本人が女性に恋をするという構図は全くの同定といえる。してみれば、樗牛はこの手のプロット・パターンにかなりの程度規定されていたのかもしれない[36]。

父・茂頼の立身出世主義は、よく明治世相の「実世界」を反映している。そして透谷によれば、「想世界」は「実世界」に比して弱かった。「想世界」の牙城である恋愛が破れたことにより、時頼はさらなる「超越」へと進むのだが、それが宗教的美感たる「悟の美意識」であったのである。「悟の美意識」はその対象を無常とし、完全に観念化——「武」も「恋」も観念化されているものの対象はひとであった——されている点を特質とするであろう。時頼が物語後半で高野山へと向かうのも、真言宗の観想や根本教義たる即身成仏が実質としての美的超越への志向を孕んでいるからであり、高野山そのものがもつ神秘的な密教イメージも不可分に働いていたからにほかならない。

ここには「悟の美意識[37]」を類型化させるだけの内実がたしかに存在しているであろう。

樗牛の墓碑には、「吾人は須《すべか》らく超越せざるべからず」とあるが、日本主義から個我主義を通って宗教主義に逢着するその行程は、まぎれもなく本作に胚胎しているといえる。しかも「武の美意識」、「恋の美意識」から「悟の美意識」への変遷は、やはり同時にロマンティシズムの変転を伴っている。「武の美意識」の重盛に対する忠誠は、「恋の美意識」で横笛への葛藤となり、ついに「悟の美意識」で脱俗の境地を理想とするに至るのである。「悟の美意識」を支える宗教的世界は、右にもふれたように、超越志向を伴い「想世界」の極致——出家という「実世界」からの離脱——を生きようとする。樗牛は晩年になって日蓮宗に傾倒するが、それは直接にはニーチェ主義の延長としての「日蓮」、偉大な戦闘的宗教者への共感であるものの、一つの境地を追う点では美意識の産物以外の何物でもないと考えられる。その構造を示せば、【図1】のようになる。

【図1】

（世界観）		（美意識）	（対象）	（具象）		
実世界	↘	武の美意識	＝ 主君	＝ 重盛	↙	
↔	↓	恋の美意識	＝ 女性	＝ 横笛	↓	美感
想世界	↙	悟の美意識	＝ 無常	＝ 仏教	↘	

時頼が父の問い詰めに答えて、「否、少子《それがし》こと色に迷はず香にも酔はず、神以て恋でもなく浮気でもなし」と言い放つのは、すでに「悟の美意識」へと移行しているからである。時頼にとって、〈「武」→「恋」→「悟」〉とそ

の対象がいかに転化しようとも、美意識自体を全うすることの方がなにより大切であったと考察される。忠義を語りながらの平家への無関心と同じく、横笛への恋愛を語りながら、時頼は自身の立場を容易に変じていくのである。そのあり様は、ロマンティシズムを基底にした積極的個人主義のあらわれと推定できるであろう。

さて、恋の表現が一様にネガティブであることは先述した。その符牒に「天魔」が用いられ、第六天魔の仏敵とされていることに関しては、これを乗り越えるのは「仏・法・僧」の「三宝」しかない。「今日を限りに世を厭て誠の道に入り、墨染の衣に一生を送りたき少子《それがし》が決心」を披露した時頼は、父の茂頼を打ちのめした。なぜなら、「鉄巻の丸鞘（野太刀）」から「摺鮫の鞘巻（細鞘）」への軟弱化は、未だ武家社会からの離脱を意味しなかった。ところが「墨染の衣」となると、実の息子が「木の端《はし》とのみ嘲りし世捨人」として完全に自己の築きあげてきた価値観から断絶してしまうからである。

〈「鉄巻の丸鞘」（武）→「摺鮫の鞘巻」（恋）→「墨染の衣」（悟）〉の変転は、何度か述べたように、あくまで時頼の美意識が志向した対象の表象（具象化）であった。すなわち、もともとからして父など関係ない個我的ロマンティシズムであったのだが、「武の美意識」の段階では父・茂頼のもつ世俗的価値観と一致しており、何の問題もなかった。しかし、「墨染の衣」たる「悟の美意識」に至っては、価値の共有は不可能となる。それにしても、父の茂頼がいかに世俗的価値観の擁護者であったかは、このとき時頼に投げかけられる以下の発言によっても窺える。

やよ〔やあ〕悴《せがれ》、今言ひしは慥《たしか》に斎藤時頼が真の言葉か、幼少より筋骨人に勝れて逞《たくま》しく、胆力さへ座りたる其方、行末の出世の程も頼母しく、我白髪首《しらがくび》の生甲斐あらん日をば、指折りながら待《まち》詫《わ》び居たるには引換へて、今と言ふ今　老の眼に思ひも寄らぬ恥辱を見る者かな、奇怪とや言はん、不思議とや言はん、慈悲深き小松殿〔重盛〕が　左衛門〔茂頼〕は善き子を持たれし、と我を見給ふ度毎のお言葉を常々人に誇りし我れ、今更乞

食坊主の悴を持て、いづこに人に合する二つの顔ありと思うてか　〔傍点・花澤〕(38)

まず、時頼の「行末の出世の程」に期待をかけ、「生甲斐」としていたことがわかる。さらに、それが裏切られ「恥辱」を感じるのは、重盛の褒称「左衛門は善き子を持たれし」を常々ひとに誇っていたのに、「乞食坊主」に成り下がるなど、もはや他人にあわせる顔がないというものである。これらの内容から推察できるのは、茂頼がかなりの程度、世間体を気にしているという事実であり、時頼が武士《もののふ》の社会倫理から外れていくことを許せないという、息子との断絶である。

茂頼のように、世俗の立場から世俗の価値である「平家のご恩」や「行末の出世」をいくら説いたところで、個我的美意識で動く「想世界」にいる時頼に通じるはずもなく、結局は「七生までの義絶ぞ」ということに相成る。それでも、父の説得さえ受け入れない「悟の美意識」を纏った時頼が唯一、名残惜しさから暇乞いまでしているのが、主君の重盛なのである。一見、出家を目前にして感傷的武士道が頭をもたげてきたようにも見えなくはない。けれども、この一事をもって武門の習《なら》いを時頼にあてはめてはならない。もとより、どのようなポーズをとろうとも、時頼が「忠孝の道」や「君父の恩」などと別の価値体系（個我的美意識）で動いていたことについては、ここまで順を追って見てきたとおりである。

六　高山樗牛の重盛像および「平家雑感」

『滝口入道』の主人公時頼と、作品が発表されたときの樗牛の年齢は、同じ二三歳であったと既述した。そしてまた時頼が重盛に抱いた想いも、そのまま樗牛のものと連鎖しているのである。樗牛の重盛への言及は古く、一八八五年（明治一八）、一四歳のときの日記『光陰誌行』第八集の記事には、重盛に事寄せて自身の出自の苦悩を表白している。

慈親其之〔こどもを大切に育てること〕を成す所以のものは、必ず後日揚名以て天下に顕はすを期す、然るに少子《それがし》性不肖、猥《みだり》に恩慈に狎れて報酬を思はず、慈親の失望如何ぞや。昔し帝舜、暴父を諫めて旻天《びんてん》〔大空・天〕に叫び、重盛、驕親〔清盛〕を諫めて熊野に祈死す、嗚呼少子何の面目あつて二孝に対せん。(39)

「二孝」と同じく、「二親」という表現も同日の記事に出てくる。通常ならば、父母と捉えて問題ないが、樗牛が養子であったことを勘案すると、「二孝」は実の親と育ての親を指していることがわかる。戸籍調べの警察官の不用意なひと言で、八歳にして出生の秘密――叔父斎藤親信・芳子夫婦が実親であると――を知った樗牛は、その事実に苦しんだらしいことはすでに述べた。宿命的な自己規定の思惟に、両親より殺されそうになっても孝を貫いた帝舜と、同じく父・清盛のために「祈死」した重盛をあげているのは興味深い。なぜなら「二孝」にひき裂かれた樗牛は、「忠孝」にひき裂かれた重盛と重ねあわせて見ることが可能だからである。『滝口入道』では、重盛を次のように描写している。

父入道が非道の挙動は一次再三の苦諫にも及れず、君父の間に立ちて忠孝二道に一身の両全を期し難く、驕る平氏の行末を浮べる雲と頼なく、思積りて熟々《つらつら》世の無常を感じたる小松の内大臣重盛卿、先頃思ふ旨ありて、熊野参籠の事ありしが、帰洛の後は一室に閉籠りて、猥《みだり》に人に面《おもて》を合せ給はず、外には所労〔病気〕と披露ありて出仕もなし、然れば平生《へいぜい》徳に懐《なつ》き恩に浴せる者は言ふも更なり、知るも知らぬも潜《ひそか》に憂ひ傷まざるはなか

りけり〔傍点・花澤〕[40]

樗牛と養父母の関係は良好であった。であればこそ、自家撞着を起こした「忠孝二道に一身の両全を期し難」かった重盛のように、「二孝」の分裂も切実――実親を思えば養親に不孝、養親のみを思えば実親に不孝――になっていたのではなかろうか。その点、樗牛の重盛理解は並々ならぬものがあり、作中の白眉となっている。

しかし、作者のパーソナリティとの連関を超えて作品の人物造形が見事であるのは、時頼と重盛の対比から見えてくるであろう。時頼と重盛は、物語内で互いに相当な好感を寄せあっているが、それは「想世界」の共有に帰因する。病の重盛は、平家の衰運を「治に居て乱を忘れざるは長久の道、栄華の中に没落を思ふも徒に重盛が杞憂のみにあらじ」と語り、自身の寿命も長くはないといい、時頼に維盛の行末を頼み置く。しかし、その内容は、まさしく「想世界」からの美意識に満ちている。

> 我もし兎も角もならん跡には心に懸るは只少将〔維盛〕が身の上、（中略）一旦事あらば、妻子の愛、浮世の望に惹《ひか》されて、如何なる未練の最後を遂ぐるやも測られず、世の盛衰は是非もなし、平家の嫡流として卑怯の挙動などあらんには、祖先累代の恥辱是上《このうえ》あるべからず、維盛が行末守り呉れよ時頼、之ぞ小松〔重盛〕が一期《いちご》の頼なるぞ[41]

重盛は、息子維盛の生命より滅亡の美感の全うに心をくだき、「一期の頼」とまでいうのである。そこには時頼同様、もはや平家政権維持のための具体的方策など「実世界」の苦心は、どこにも見いだせない。平家の棟梁のみならず、天下の柱石と目される人物が、無常観に襲われ念珠を爪繰りして「悟の美意識」へと接近していることがわかる。もっとも、同時に重盛はあくまで「武の美意識」のうちにあり、「一時の太平に狎れて衣紋《えもん》装束《しやうぞく》に外見《みえ》を飾れども、誠武士《もののふ》の魂あるもの幾何《いくばく》かあるべき、華奢風流《きやしやふうりう》に荒める重景が如き、物の用に立つべくもあらず」と、以前の時頼と同一の立ち位置を保持している。物語冒頭の花見の宴でも、周囲の盛りあがりのなかで「小松殿は差し俯《うつぶ》きて人に面《おもて》を見らるゝを懶《ものう》げに見え給ふぞ訝しき」状態であったが、これは時頼が「衆人酔へる中に独り醒むる者は容れられず」と「鉄巻の丸鞘」を帯びていたのと同じ構図である。

本来の『平家物語』では、桜の花をかざして青海波を舞う維盛に、「女院より関白殿を御使にて御衣をかけられしかば、父の大臣〔重盛〕座を立ち、是を給は（ツ）て右の肩にかけ、院を拝し奉り給ふ。面目たぐひすくなうぞ見えし」(42)という貴族社会一般の重盛が語られているだけである。つまり、樗牛が時頼の理解者として「想世界」の重盛を創作した結果が、作品内で重要な役割を果たすことになったのである。

樗牛は死の前年の一九〇一年（明治三四）に、「平家雑感」と題する一文を書いている。『太陽』（四月五日）に掲載されたのちも、樗牛はこの一篇の推敲をやめていない。その苦心のあとは、今も『全集』に「故人〔樗牛〕が行文に心を傾けしことの偲ばるれば、其の趣をとゞめしなり」(43)との編者の意向によって残されている。ここでも小松の内府重盛は、「君臣の大義を説き、忠孝両全の歎きに父子の私情を訴ふるさま、申し受くる所詮は、只々重盛が首を召され候らへとまでの諫言こそ、世にもあはれの極みには覚ゆれ」(44)との共感があらわされている。

樗牛の重盛に対する思い入れが、並々ならぬものであったことは、既述のとおりである。だが「想世界」のメカニズムは、どれほどシンパシーを内包させても、結局他者と相容れないところに特徴をもつ。重盛より「繰言ながら維盛が事頼むは其方一人、少将事あるの日、未練の最後を遂ぐる様の事あらんには、時頼、予は草葉の蔭より其方を恨むぞよ」と涙まで流して懇願されたのに、「あゝ何事も因果なれや」と時頼は去っていく。そしてまた、こののちに時頼の出家を知った重盛も「あゝ我れのみの浮世にてはなかりしか――時頼ほどの武士も物の哀には向はん刃なしと見ゆるぞ、左衛門〔茂頼〕、今は嘆きても及ばぬ事、予に於て聊《いささ》か憾《うらみ》なし、禍福はあざなへる縄の如く、世は塞翁が馬、平家の武士も数多きに、時頼こそは中々に嫉《ねた》ましき程の仕合者ぞ」と気持ちを汲みとっている。全身全霊で頼んでおきながら、実に淡白なあきらめであるが、これも「想世界」に発する個我主義の一つの帰結であろう。

その徹底はやはり時頼にあるが、この作品では世を捨てること――「想世界」――が、近代的個人主義に置き換えられている。いくら仏教的な装いを凝らそうとも、ここにあらわれているのは、どこまでも近代的自我意識に規定された現代人の姿なのである。

ところで「平家雑感」には、『滝口入道』ではほとんどふれられていない平清盛が最初に論じられている。そこでは「入道相国こそ男の中の男なりけれ」と理想的な男性像として把握され、「男たらむはかくもこそありたけれ」と樗牛晩年の思念が横溢している。それは特に、清盛と「我意」を肯定的に結びつけている点と、平家の没落をものともしない、前進的態度に生死一如を見る点においてであろう。

飽くまで我意を徹し道に背きて心に疚しからず、善悪、一我の択ぶにまかせて、毫末も悔ゆる所なし。天も落ちよ、地も裂けよ。四海の波をひるがへしてわが頭にかくるとも、なほこの一我を如何ともするなし。六尺の眇躯こゝに至れば天地の大にも較ぶべく、運命われに於て浮塵に等し。所謂る死して而して生くるもの、入道こそはまことに古今の大丈夫にてありけれ[45]。

上記にふれたが、『滝口入道』（一八九四年〔明治二七〕）と「平家雑感」（一九〇一年〔明治三四〕）の発表年次には開きがある。「平家雑感」の清盛は、単に「実世界」の権力者ではなく、「一我」を貫く積極的個人主義者の意匠が施されている。その姿は『滝口入道』の頃よりも、さらに進んで樗牛自身に重ねあわすことを可能にしているといい得る。

ただし、両作品で一貫しているのは、絶対に解消することのない嫡男・重盛との意思疎通の齟齬である。そして、清盛を「古今の大丈夫」とする歴史的基盤も維持されている。その意味するところは、清盛という武士の英雄の裏返しにいる、英雄ではない重盛や時頼の暗々裏のあり方の比較であろう。本作が日清戦争開戦の直前に著されただけに、ある種、武士ではない武士を描いた試みは、作者の意図を超えて時代に対する反定立を含んでいる。そして、それを支えているのが個我的美意識であるのは、もはやいうまでもないことである。

この美感は樗牛の死後、日露戦争を経てのちの虚脱感へと流れていくことになるが、当時の国論を背景にした塚原渋柿園の歴史小説『山崎合戦』などと比べてみれば、『滝口入道』がいかに屹立した作品であったかがわかるはずである。『山崎合戦』は『滝口入道』とほぼ同時期の一八九四年（明治二七）五月二七日から九月九日まで、『東京日日新聞』に連載された。題名の『山崎合戦』にあるように、ちょうど豊臣秀吉が明智光秀を討って勃興するさまが、日本の対清国戦争とオーバーラップされる一種の戦争文学といえよう。(46) それに引き比べ、あまりにもナイーブな美意識が前面に出てしまっている『滝口入道』は反時代的とまではいえないものの、表面よりもむしろ歴史に伏在している意識を捉えた小説であるように思われる。

ナイーブに感じられるのは、心の揺れ動きがあるからである。美意識それ自体は貫徹されるにしても、対象の変化によって葛藤や煩悶が生じる。さながら「悟の美意識」へ転じたはずの時頼が、一時的にせよ重景の策略——横笛への恋を父に密告する——を知ったときの怒りは「恋の美意識」への揺り戻しであるし、重盛の言葉に流した涙は「武の美意識」のあらわれというほかはないであろう。

七　「想世界」の横笛

さて、主人公の時頼、敵役の重景、双方より想いを寄せられる横笛とは、いかなる人物として作中に描かれているのであろうか。

其の振上ぐる顔を見れば、鬚眉《すうび》〔男子〕の魂を蕩して、此世の外ならで六尺の躰を天地の間に置き所無きまでに狂はせし傾国の色、凄き迄に美はしく、何を悲みてか、眼に湛ゆる涙の珠《たま》、海棠の雨も及ばず、膝の上に半《なかば》繰拡《くりひろ》げたる文《ふみ》は何の哀を籠めたるにや、打見やる眼元に無限の情を含み、果は恰も悲に堪へざるもの、如く、ブル〳〵と身震ひして、文もて顔を掩《おほ》ひ、泣音《なくね》を忍ぶ様いぢらし(47)

ここにあらわれている横笛は、際立った外見の美しさと、時頼の文に「無限の情」をもって泣くあわれ深い人柄である。だから、重景との仲を取り持とうとする「六十路に近き」齢のいった冷泉《れいぜい》を邪険に扱う。作品内で悪く描かれている冷泉であるが、この老婆の役割は、父の茂頼と同じく「実世界」からの問いかけ、もしくはしがらみの体現者としてである。成功の暁には重景から礼物を受け取ろうとする俗物であるからこそ、逆に「実世界」一般人の功利性を備えた人物となっている。

年弱《としわか》き内は誰しも同じながら、斯くては恋は果てざるものぞ、女子の盛は十年とは無きものなるに、此上《こよ》なき機会《をり》を取り外して、卒塔婆小町《そとばこまち》〔小野小町のなれの果て〕の故事《ふるごと》も有る世の中、重景様は御家と謂ひ、器量と謂ひ、何不足なき好き縁《えにし》なるに、何とて斯くは否み給ふぞ、扨《さて》は滝口殿が事思ひ給ふての事か、武骨一途の滝口殿、文武両道に秀で給へる重景殿に較ぶべくも非ず、（中略）花も実もある重景殿に只一言の色善き返り言とし給へや、軈《やが》て兵衛〔高級武官〕にも昇り給はんず重景殿、御身が行末は如何に幸ならん(48)

重景を推す冷泉の下心に、よしんば礼物のことがあったにしても、標準的「実世界」の発言は世評を代表しているといってよいであろう。すなわち、重景の社会的地位までも鑑みた将来性は婚姻の相手——近代の一夫一婦制が前提となっているが——としては極めて妥当であり、六〇歳になんなんとする冷泉の忠告は、社会常識の観点からも異常なものとは断定できない。

しかし横笛は、「無礼にはお在さずや、冷泉さま、栄華の為めに身を売る遊女舞妓と横笛を思ひ給ふてか、但《ただし》は此の横笛を飽くまで不義淫奔《いたづら》に陥れんとせらるゝにや」と烈女のごとく怒りだす。だが、この時点で時頼と横笛の間に面識はなく、横笛はわずかに手紙に見受けられる程度の時頼に「不義淫奔に陥れん」とするまでの操をたてるのは不自然であろう。つまり、一般常識的な婚姻〔実世界〕を退ける点で、横笛もまた時頼と同じく「想世界」に生きる存在であったのである。当然、重景のことも文と噂のみの知識しかなく、同一の条件下にあっては「二人の文を見るに付け、何れ劣らぬ情の濃《こまや》かさに、心迷ひて一つ身の何れを夫《それ》とも別ち兼ね」る状況にあったのである。では、両者の評価を別けたのが何かといえば、時頼の出家という劇的な行為である。「想世界」の住人は「実世界」の安定的な価値観よりも、精神的な美感を求める。「想世界」の横笛が「想世界」の時頼を選んだのは、けだし当然の選択であったろう。そして、周囲の「罪造りの横笛殿、可惜《あたら》勇士を木の端とせし」という囃し立ては、自分のせいで世を捨てさせたという自責の陶酔において、「想世界」に一層の拍車をかける。

時頼が「細太刀」の世間に反発して「野太刀」を用いたように、「可惜武士に世を捨てさせし」——この表現は字句を変じつつ頻出する――という法界悋気はかえって「世を捨てん迄に我を思ひ給ひし滝口殿が誠の情《こころ》と並ぶれば、重景が恋路は物ならず」と横笛を掻き立てたのである。そして、そのような時頼は横笛にとって、「六波羅上下に名を知られたる屈指の武士、希望に満てる春秋長き行末を二十幾年の男盛りに断截《たちき》りて、楽しき此世を外《よそ》に身を仏門に帰し給ふ」人物でなければならなかった。実際に花も実もあったのは重景の方であったはずだが、恋のため「希望に満てる春秋」をなげうつ設定を演出した時頼の方が、横笛の「想世界」に適ったのである。

八　個我的美意識による拒絶と〈音〉の効果

そうして手紙の返事もしなければ、一度も会ったことのない出家した時頼を訪ねて、横笛は奥嵯峨の地へ踏み入っていく。「頃はなが月の中旬すぎ」とあるから、太陽暦の一〇月中旬で、秋の入りにあたる。すでに夜で「やがて月は上りて桂の川の水烟《みづけむり》、山の端《は》白く閉罩《とぢこ》めて、尋ねる方は朧にして見え分かず」といったなかを進んでいく。途中で一人の僧に出会い、時頼の居場所を「往生院《おうじやういん》と名《な》づくる古き草庵に」いると教えられる。横笛が入っていく「朧」な世界は、仏教的「悟の美意識」の暗喩にほかならない。とかく幻想的に描かれるのは、現在の中宮御殿に仕える曹司横笛とは次元の異なる美意識の世界に、まさに往生院に行くからである。滝口入道となった時頼に会うまでもなく、「恋の美意識」をもつ横笛は、この「悟の美意識」の世界から歓迎されるわけがない。往生院の場所を教えてくれた無関係の僧ですら、「暫したゝずみて訝しげに〔横笛を〕見送れば、焚きこめし異香、吹き来る風に時ならぬ春を匂はするに、俄に忌はしげに顔背けて小走りに立去りぬ〔傍点・花澤〕」といった次第である。

本作が「治承の春の楽」と「寿永の秋の哀れ」の比較から始まったのは、本編冒頭に述べたとおりだが、樗牛は明確に「春」「秋」に一般的栄枯盛衰の観念と世界観の弁別を託しているであろう。長月の秋〔「悟の美意識」〕の舞台で、春の匂い（「恋の美意識」）を振りまく横笛は、最初から遊離した存在でしかなかった。

横笛が往生院に着き、「振鈴の響」を聞いて躊躇するのは、ひとりで来てしまったことの怯えとともに、美感の相違に予感があったからではないだろうか。「半ば頽れし門の廂《ひさし》に、虫食《は》みたる一面の古額、文字は危げに往生院と読まれたり」という鄙びた庵室と、横笛が暮らす中宮の御殿とはあまりにかけ離れ、「春」と「秋」の格差を具象的に示している。横笛がいくら門を叩いても、「振鈴の声」が響くばかりで応答はない。鈴の音が絶えて始めて時頼が門を隔てたまま対応する。これまでの経緯を述べ、「一には妾《わらわ》が真の心を開明《うちあ》け、且は御身の恨の程を承はらん為めに茲まで来りしなれ、こ、開け給へ滝口殿」と忍び泣く横笛の懇願に、時頼は冷厳そのものの態度をとる。

一切諸縁に離れたる身、今更返らぬ世の憂事《うきこと》を語り出で、何かせん、聞き給へや、女性、何事も過ぎにし事は夢なれば、我に恨ありとな思ひ給そ、己に情《つれ》なき者の善知識となれる例《ためし》世に少からず、誠の道に入りし身のそを恨みん謂れやある、されば遇ふて益なき今宵の我、唯《ただ》何事も言はず、此儘《このまま》帰り給へ、二言とは申すまじきぞ、聞き分け給ひしか、横笛殿(49)

時頼がこのように拒絶できるのも、やはり個我的美意識が根底にあるからである。それは横笛も「想世界」の存在であり、「恋の美意識」を保持する同一タイプの人間であるからこそ、その個我主義は永久にパラレルなままなのである。もとより「恋の美意識」の「悟の美意識」への接近と断絶は、プロット上わかりやすいものとなっているが――出家しているから拒絶されるという筋において――、構造的にはたとえ「恋の美意識」どうしであっても個我的認識を所有する両者が交わることはない。その点で前田愛が「犢牛のばあい、感傷もまた自我表現の一形式なのである(50)」といったのは、正当である。

自己陶酔であり、主観主義への固執である。しかも、物や他人に向って自己を投げかけ、そのことによって自己のありようを確かめる客観性の欠如が感傷の本質とされるかぎりで、それは容易に露骨な自己主張へと暗転する。むしろ、感傷の過多そのものがエゴの放恣な肥大を指し示す病的症候であるといってもいい。感傷的な武人として造型された樗牛の滝口入道が、横笛や平維盛に示す冷酷な態度は、その自己中心的な境位のまぎれもないしるしであって、そこには感傷と倨傲の両極のあわいをはげしく揺れ動いてやまなかった樗牛独特のエゴの機制が反映されている。(51)

前田が「病的症候」と見た「感傷と倨傲」は、しかしながら、ここまで言及してきたような美意識の表裏である。前田における否定的評価は、一方で「考える葦」としての近代的自我に通じるものがあり、その「自己中心的な境位」こそが国民的統合へとひた走ろうとしていた日清戦争をまえにして、いかなる意味をもつかは吟味の余地を残すであろう。

横笛が「情《つれ》なきのみが仏者かは」と門を叩きつづけるのに、「振鈴の響起りて、りん〳〵と鳴渡るに、是はと駭《おどろ》く横笛が呼べども叫べども答ふるものは庭の木立のみ」という状況を呈する。ここで注目したいのは、〈音〉である。音は『滝口入道』で「悟の美意識」との関連を象徴的にあらわしている。いわば「想世界」における「恋」と「悟」の朧な境界を画す役割を受けもっているのである。その点で、横笛の名を知ったばかりの時頼が「大覚寺の鐘の音」でわれに返ったのは、のちに宗教的美感へ行き着く暗示であったろうし、重盛が「念珠を爪繰る響」をカツカツと鳴らしていたのも、音によって「悟の美意識」への接近を説いていたのである。

さらにいえば、出家を決めた時頼が密かに重盛に別れを告げたのも「虫の音亘《わた》りて月高」い秋の夕であったが、その帰りに重景の姑息な企みを知った時頼の怒りに「垣根の虫、礑《はた》と泣き止みて、空に時雨《しぐ》る、落葉散る響きだにせず〔傍点・花澤〕」と無音状態になる。しかし、「友を売り人を詐る末の世と思へば吾が為に善知識ぞや、誠なき人を恋ひしも浮世の習《ならひ》と思へば少しも腹立たず」と思い返した段階で「琴の音」が微かに聞こえ始める。このように、樗牛は要所要所で「振鈴の響」に託されるべき、象徴の伏線を張っていたと考えられる。

よって「悟の美意識」に没入した時頼に、横笛が「など斯くは慈悲なくあしらひ給ふぞ」と叫んだところで、時頼は揺るがない。

春の花を欺く姿、秋の野風に暴《さら》して、恨みわびたる其様は、如何なる大道心者《だいだうしんじや》にても、心動かん計《ばかり》なるに、峰の嵐に埋れて嘆の声の聞えぬにや、鈴の音は調子少しも乱れず、行ひすましたる滝口が心、翻るべくも見えざりけり〔傍点・花澤〕(52)

調子の乱れない「鈴の音」が時頼の内面と連動していることは、もはやいうまでもない。こうして横笛は泣く泣く帰っていき、数日後に行方知れずになる。また入道となった時頼は、これ以後、行くところ「錫杖」とともにある形体で、「鉄巻の丸鞘（野太刀）」から「摺鮫の鞘巻（細太刀）」を経て、「巡錫」するに至る。ようするに時頼の手にするものの変化は、「武の美意識」→「恋の美意識」→「悟の美意識」の表徴にほかならない（36頁の「墨染の衣」と同じ役割）。如上に見てきた「悟の美意識」の徹底は、本文中でさらに強調されて、この一つの山場は幕を降ろす。

其横笛の音づれ来りしこそ意外なれ、然れども滝口、口にくはへし松が枝の小揺ぎも見せず、見事振鈴の響に耳を澄して、含識《がんしき》の流、さすがに濁らず、思へば悟道の末も稍《やや》頼もしく、風白《ほのしら》む窓に、傾く月を麾《さしまね》きて、冷に打笑める顔は天晴《あつぱれ》大道心者に成りすましたり〔傍点・花澤〕(53)

横笛が「音づれ」たのは、「訪れ」にかかり、しかも「音づれ」しなかった「振鈴の響」の一途さが、出家した時頼のあり様を浮き彫りにしているというより、率直に「天晴大道心者に成りすましたり」と語られている。「想世界」における美意識は、その外形をいかに変じようとも、一貫して個我主義である。それは「冷に打笑める」時頼の冷厳さが、人と人の関係性を等閑にした美意識に起因していることからもわかるであろう。

九　往生院の場面をめぐる評価

如上の横笛を追い返す場面は、本文でいえば「第二十二」にあたり、「第三十三」までつづく物語のまだ三分の一を残したあたりに過ぎない。だが、はやく関大和は、この場面をもって最大の山場と捉えた。往生院の箇所をして、「只だ此の一段、是れ実に本篇の中枢にして滝口入道の滝口入道たる所以、著者着眼の全脳ハ実に此の一段に存する如く、筆力亦大に是に於て発揮せるを見る」(54)という。そして、次のような批判をしている。

世にハ三年の恋、四年を忍び、五年かけて慕へど甲斐なく、十年の思ひに胸をこがす者さへあるなり、然るに時頼の如き只の一度も其面前に於てかきくどきし事もなく、たゞ手紙ばかりにて返事なしとて半歳の日子《につし》を思ひ悩み、果ハ其人をつれなしとかこち、我身を愧《はづか》しと悟りて遁世するとハ、さても軽々しき遁世ならずや(55)

関の批判はもっともで、本論でもすでにふれたことだが、時頼は宴で舞う横笛を見ただけであり、横笛にいたってはおそらく時頼の実物を知らないはずである。のちには中村武羅夫も、「滝口時頼が横笛にたいして恋を感ずる動機も、余りたわいないと言はねばならないし、従つて失恋して沙門に入る過程にも、少しの必然性もないと言つていい」と述べ、横笛についても、「初めの間は時頼の必死の恋に少しも心を動かされることなく、時頼が出家遁世してから初めて恋に眼覚めるといふやうなことは、これも便宜主義である[56]」と剔抉した。しかし、だからこそ今までくり返してきたように、「想世界」における個我的美意識の展開をそこに把捉することができるのである。

つまり、関や中村は「実世界」の立場から論評しているのであり、その点でも出家の理由が薄弱であるとの批判は道理に適っている。だから関による、「自然に著者が理想を注入して、時人〔源平期の人々〕に反映せしめんと勉むる以上ハ、必ずや時人をして彼れの遁世ハ実《げ》に尤もなりと絶叫せしむるの余地を与へざるべからず、時頼が精神上の苦ハ未だ彼《か》の事実を以て時人を満足せしむる能はず[57]」との批判的論評は、逆に樗牛の近代的自我を作中人物にトレースする立場からは当然のことで、最初から「時人」を写実しようなどとは思ってもみなかったことであろう（このことは第二章の歴史劇論争の中心テーマとなる）。その点で、樗牛と関の論点はかみ合っていなかったといえる。もっとも、樗牛の死後、姉崎嘲風はこの関の見解に反対し、「平家時代の人物は大に質樸であつて、一旦思ひ詰めれば、それが可《い》けないとして他に移り気などは起さず、心機一転に躊躇しなかつた風でせう。これは高山君もさういつて居ました[58]」といっているが、これは少々雑駁に過ぎる。

次に、石丸久も「高山樗牛『滝口入道』」で「一篇のクライマックスはやはり横笛が嵯峨の奥なる往生院に滝口を訪ねて行くところ、滝口が頑なに会ひ見ることを拒むところにあらう[59]」と述べるが、関とは違った見解をとっている。

樗牛の滝口入道は君に背き親にさかひ慕ひよる者をしりぞけて結局立て通すのは我意の一筋、それがこの上もなく強調されてほとんど超人を思はしめる。滝口が入道の動機を如来〔関大和〕のやうに失恋にのみ解するは浅いが、かうした主我の頑妄は由来東洋隠者の多くの自から気付かざる通弊であつた。「情なきのみが仏者かは」と愁訴する横笛の言葉の端には蓋し横笛一人が意識した以上の意味があつた。〔傍点・花澤〕[60]

関の解釈を浅いとしながらも、山場を往生院の場面に捉えているのは同じである。石丸は時頼の出家に「我意の一筋」を読み取っているが、そのうえに「皮相の観念的な厭世観を超えて窺はれるものは、（中略）樗牛の超人讃仰の精神である」と結論づけている。しかし、これはやや飛躍であろう。そもそも時頼の行動を限定する動因が観念（美意識）であったのは見てきたとおりであるし、「超人讃仰」に至っては「美的生活を論ず」以降の樗牛に寄りかかりすぎである。ただし、関のように作品の中核を「恋」でとどめずに、「我意」にまで踏み込んだのは時頼解釈に適合している。

またほかに『平家物語』との比較から、本来別物であったはずの横笛と維盛主従の物語を関連づけようとした樗牛の誤謬の論証を企図した、廣島一雄の見解もある。「「滝口入道」覚書」では、関の「恋」や石丸の「我意」と異なり、「発心」という仏教的立場から評を加えている。往生院で外から呼びかける横笛に対して、門扉を閉ざしたまま応じた時頼をめぐる論じ方には、特にそれがあらわれている。

この応答という動作が、主人公〔時頼〕によって直接とられている。たとえ女主人公〔横笛〕の願いを入れるものではないにしても構想の展開過程から考えて、この場面遁世した者が直接応答するのは不用意である。かつて女主人公の反応を得られず、父親の許諾も得られなかったことを善知識と観じた、その遁世の意味が崩れ

ることになる。(61)

廣島は、『平家物語』の時頼が横笛と会話することなく帰したことを称美し、「発心した者の行動としては、この方がむしろ自然である。また発心の固さの裏に、愛着の深さをひそめている。いわば人間味の漂う主人公の行動でもある」という。たしかに、純仏教的な方面からの人間解釈ではそうなるであろう。廣島が樗牛の『滝口入道』を、「悲劇の構想をとりながら、その悲哀に透徹したものがないとすれば、それはあくまでも作者の感傷と甘さに由縁する」と批判したのも、故なしとはしない。

ただし、これは志向性の差というもので、樗牛の『滝口入道』は中世に題材をとっても、あくまで近代小説の範疇に入り、仏教説話ではない。それに往生院の解釈にしても、時頼と横笛の関係には、基本的直截性は一切なかった。そのふたりが唯一、門扉を介在させたかたちでダイアローグを実在させたのは、「想世界」に生きる美意識のすれ違いを描いたものとして成功しているのではないだろうか。閉じられたままの門扉は、それぞれが独立した「想世界」にあることを証拠立てるシンボルとしての機能を有している。決して交わることのない両者の本質的関係が開くことのない門扉として表徴されており、出家を恨む横笛はいても、心のすれ違いが見られない『平家物語』よりも悲劇性は明らかに増しているであろう。

一〇　『滝口入道』と『若きウェルテルの悩み』

このような内面性（個我性）の徹底と、外面性（社会性）との相互影響が織り成す悲劇的近代小説の枠組みはどこから導入されたのであろうか。そこに強く影響したのは、ゲーテと考えられる。樗牛は『滝口入道』を書く三年前の一八九一年（明治二四）七月二三日から九月三〇日まで、『山形日報』にゲーテの『若きウェルテルの悩み』を『淮亭郎《エルテル》の悲哀』として日本で初めてのまとまった訳出をしている。[62]完訳とは到底いえないにしても――いきなり原作の「五月四日」が飛ばされて「五月一〇日」から始まっているなど――、弱冠二〇歳の仕事とは思われない早熟さを示している。

『ウェルテル』はいうまでもなく、『滝口入道』よりおよそ一二〇年前の一七七四年に出版されたゲーテの書簡体小説であり、「シュトゥルム・ウント・ドラング（疾風怒濤）」の代表的作品と歴史的評価が定まっている。明治日本が立国構想上、多くドイツに範をとったことは知られているが、ドイツ近代初発期にあたる『ウェルテル』がいわば「近代的内面」の啓蒙として受容されたのは皮肉といえよう。それは「シュトゥルム・ウント・ドラング」が、西洋合理的啓蒙主義の打破を唱えて出現したことを考えれば明らかである。

もっとも樗牛においては、比較的核心部を心得ていたのではないかと思える節もある。それは広範な西洋哲学の理解とともに、樗牛生得的とも考えられる抒情的耽美性の非合理が、極めて「シュトゥルム・ウント・ドラング」と近接的であるからである。その理解がなければ、二〇歳で『ウェルテル』を地方紙に訳出するという「偉業」は達成されなかったであろう。

では実際、樗牛の『滝口入道』とゲーテの『ウェルテル』はいかに関わっているのかを見ていきたい。両者の関係について本格的に論じた先行研究はほとんどないが、短文や注でふれるなど、そこに着目した研究者は幾人か存在する。

片山宏行は「時頼と横笛の悲恋を書いた樗牛の念頭にはおそらくこの作品（『ウェルテル』）が浮かんでいた」[63]と推定しているし、笹淵友一も「滝口時頼の恋愛の悲哀に「淮亭郎の悲哀」の感化があることも明らかである」[64]と述べる。廣島一雄にいたっては、「邂逅の場を花見の宴に置いたのは、「平家物語」と無縁である。主人公は、その宴で舞った女主人公の姿に心うばわれたのであるが、そこに「若きヴェルテルの悩み」の、たとえばヴェルテルが初めてロッテと舞踏会に行くことを約束した部分などが、屈曲した経路のはてに浮び出たのではないだろうか[65]」と大胆な予測をたてている。もっとも、花見の宴は明らかに『平家物語』巻十「熊野参詣」にある「法住寺殿にて〔後白河法皇〕五十御賀[66]」から来ているので、これは読み違いである。ほかにも池内輝雄が「恋に悩む時頼が「暁とも言はず屋敷を出でゝ」さまよう様子は、ゲーテの『若きウェルテルの悩み』を作者が翻訳した「淮亭郎の悲哀」と関係が深い。淮亭郎（エルテル）は紗娘（チヤーロット）との叶わぬ恋に苦しみ、（中略）「彷徨」（五十九翰）をくりかえす。本作にはゲーテの影響が見られる[67]」と指摘している。あとは片岡良一が「「エルテル」やハイネから出発してやがてはそういうところ〔浪漫主義批評〕に発展して行くべき若い世代の人らしい感受が、そういう世代にとってあくまでも悲劇的なものであった時代の奥深い感覚を痛感したところに、この「滝口入道」における悲哀の抒情が生れたのだと思うのである[68]」と感想をもらす。

また、翻訳文学研究の側からは、川副國基が「ゲーテのものではさすがに「ヴェルテル」が明治二十二年ごろからはやく訳出されはじめていて、その欝憂を湛えた浪漫性が青年子女の間に青春の悩みや恋愛への憧れを抱かせたことは、たとえばそれが高山樗牛の「滝口入道」（二十七年）に反映していることからもうかがえる[69]」と言及したり、番匠谷英一が「読売新聞の懸賞小説に応じて当選した「滝口入道」において明らかに「ヴェルテル」模倣の跡をとどめている[70]」と指摘している。

管見のかぎり、これらが今までにあらわされた『滝口入道』と『ウェルテル』の関係論考のおおよそである。『滝口入道』研究の進捗状況や連関容量の差からして当然であろうが、『平家物語』との考察に比べると『ウェルテル』のそれは明らかに少ない。如上のほか、やや例外的に踏み込んだのが河合靖峯と小谷野敦の二人である。

河合は『滝口入道』と『ウェルテル』の共通項に「愛の悲哀」を見いだした。要するに、「ウェルテルの愛は、結ばれぬ愛であり、愛してはならない愛であるが故に、深い苦悩となり、悲哀となる」[71]ところから、『滝口入道』への影響関係を捉えたのである。河合は、「この愛の悲哀は、青春特有のものである。樗牛は、これらの愛の悲哀を求めて、ウェルテル、平家物語、近松を愛読したともいえる」とまで述べている。さらに『滝口入道』においては、時頼と重景の間にあって悩む横笛の「愛の悲哀」のもとが『平家物語』にないことから、「この二人の男の間で悩む愛の悲哀は、「若きウェルテルの悩み」の影響のようである」と導き出したのである。河合が男女の三角関係から「愛の悲哀」を抽出しようとしたこと自体は理解できるが、しかし、河合の論は具体的な論証を欠いており、結論のみが浮き上がっている。そして後述するように、樗牛の三角関係移転の試みは必ずしもうまくいっていない。

もう一人、小谷野の方は、「『ウェルテル』は明治中期の文学青年たちに愛読されたらしいが、どうやら彼らはそこに、「恋」と「青春期の憂鬱」の二要素を見いだしただけらしく、男女の恋愛における非対称性や、女をめぐる三角関係のような主題はあまり取り入れようとはしなかったようだ[72]」と切り口をつけた。小谷野のテーマが〈男の恋〉を歴史的に探ることにあったために、やむをえないけれども、『滝口入道』と『ウェルテル』の人物造形の比較はもう少し慎重を期すべきであったと思われる。小谷野は次のように論じている。

これは『平家物語』に出てくる斎藤時頼と横笛の悲恋を題材にしたものだが、かつて『若きウェルテルの悩み』を『淮亭郎の悲哀』として訳出した樗牛は、どうやらこれを日本版『ウェルテル』のつもりで書いたらしい。だが、これこそ「月とスッポン」といわざるをえない。時頼はたしかに恋に敗れて出家をするのだが、そこには横笛との身分違いの結婚に対する両親の反対があり、横笛の心にもない愛想づかしがある。これとは逆に、ウェルテルには、大望を抱きながら堅固な階級社会から排斥される若者の悲哀があり、ロッテの拒絶がある。なるほどロッテもまたウェルテルを愛し、夫のある身として心ならずも彼を遠ざけようとしていたのだ、ともとれるが、少なくともロッテが、もはや夫アルベルトを愛していない、とは読みとれない。ロッテは自分と愛し合っている、とウェルテルはしばしば夢想するが、これに恋する者特有の拡大解釈が混じっていることは自明だろう。それが「恋愛心理」というものであるが、『滝口入道』にそんなものはまったくない。むしろ、横笛は時頼の断念とは裏腹に彼を愛しているのであって、嵯峨の往生院に時頼を訪ねて、自分の本心を聞いてくれ、と懇願し、退けられるのである。(73)

小谷野が「月とスッポン」と評したのは、たしかに社会的センセーショナルの面では肯える話であろう。『ウェルテル』は多数の若者の自殺を招き発禁騒動まで起こしているし、ヨーロッパ全体に話題を提供してナポレオンがこの作品をもって戦場を馳駆したことも、知られている事実である。『滝口入道』の、清新な歴史小説を求めた日本人の一部を満足させた程度の影響とはわけが違う。しかし、それでも内容自体に『ウェルテル』の反映を見いだす手続きと分析を経ると、また異なった面が現前してくるのである。

まず『ウェルテル』には、内面世界を開く基となる階級社会との対決が一大特色として打ち出されている。ウェルテルの個我意識の確信は、階級意識の否定に始まる。

> 此等の痴漢は知るや知らずや、人間真正の幸福を形成する所のものは決して人為の階級に非ざることを。彼の最高の位置を有するひと、多くは塊然たる偶像に過ぎざるにあらずや。幾多の帝王は其の大臣の為に支配せられ、幾多の大臣は其の書記官の為に左右せらる。然らば則ち何人か最も有力なるものありやと問はば、予は断言せん、其の徳望は以て他人の感情と勢力とを制して自家の意に従はしむるに足るの人と。〔傍点・花澤〕(74)

「最も有力なるもの」としての個人を理解しながら、それが挫折せしめられるところに、最高度の苦悩が生まれてくるであろう。その挫折の具体的シーンの訳を、『淮亭郎の悲哀』は省いてしまっている。ウェルテルは伯爵邸で催された上流の社交界にまぎれ込んでしまい、心理的圧迫を受けたすえに屈辱をもって追い出される。この決定的な箇所を訳さなかったのは、樗牛の迂闊というべきであるし、単なる抒情的美文者としてしか評価されない傾向を生んだ要因もここら辺にあるのかもしれない。だが、小谷野が「ウェルテルには、大望を抱きながら堅固な階級社会から排斥される若者の悲哀があり」、『滝口入道』にはそれがないとしたのは勇み足である。

時頼に大望があったことは、横笛に恋した当初に「嗚呼過《あやま》てり〳〵、弓矢の家に生れし身の天晴功名手柄して、勇士の誉を後世に残すこそ此世に於ける本懐なれ」との煩悶より容易に知れる。しかも、「細太刀」のなかにひとり「野太刀」を身につける屈折は、「衆人酔へる中に独り醒むる者は容れられず」との「排斥される若者の悲哀」を、まさしく味わっていたものといえよう。

もちろん本論で強調してきたように、「武の美意識」とは個我意識の極致に成立するものであるが、その武士的浪漫が合戦での「功名手柄」に連動したときに社会化する。そして、「日頃我を武骨者と嘲りし優長〔世故に長けた〕武士に一泡吹かせんず」という、社会からの脱落感と反発、齟齬がかえって個我意識を強化していくのである。これはディオゲネス風の「樽の中」に独立した個人主義と異なり、社会的価値観――社会的実態ではなく――と相補的に関係する美意識であるだろう。ただ、その美意識が露骨に政治的でないため、ロマン主義的な対象（目標）に特化した独特な個我主義を成立させたのであり、この点はウェルテルと同根、というより『ウェルテル』に学んだ成果ということができよう。

時頼とウェルテルの差は、ウェルテルが階級そのものに苦しんでいるのに対し、時頼は自身が上層に位置していることである。もっとも時頼の場合、階級の問題は恋愛の問題に転化され、階級の低い横笛との恋が叶わない原因となっているのである。ウェルテルとロッテの恋愛関係においては、階級の問題は出てこない。それよりも、ロッテがアルベルトという婚約者をもちやがて結婚してしまった、社会道徳上、恋してはならない相手に恋してしまった悲哀にウェルテルの内面形成の胆がある。

同じく恋してはならない相手でも、横笛は階級差ゆえに、ロッテは既婚者であるがゆえに、と理由が違うのである。つまり、時頼とウェルテルを結びつけているのは、社会規範への反逆と逃亡という根本的な一点なのである。よって構成上、ロッテとアルベルトのアナロジーたる横笛と重景とでは、当然趣が異なってくるし、またそこに『平家物語』を用いた『滝口入道』の独自性があらわれているともいえよう。

重景とアルベルトについては、物語中の役割にずいぶん開きが出てしまっている。重景はヒロインである横笛に嫌われてしまい、時頼と横笛の相愛のもととなっているが、アルベルトはロッテと結婚しており、ロッテの気持ちも最後までアルベルトを離れていない。ウェルテルとアルベルトの友情に影が差すのも、アルベルトがロッテを手に入れてしまっているからである。時頼と重景は人間的に最初から距離があるため、両者の間に負い目などは存在せず、ゆえに重景の個性が著しく弱くなってしまっている。

樗牛は、おそらく『ウェルテル』の三角関係を『滝口入道』にトレースする意図をもっていたはずだが、中世に材をとったため西洋社交界のように男女の関係を密にすることができず、それぞれの人物がそれぞれの世界観を抱えたまま物語が展開してしまったのであろう。

ロッテが、ウェルテルとアルベルトとの直接の関係において思い悩むのに比べて、横笛は間接の関係にあり、時頼と重景、どちらとも会ってさえいない。『ウェルテル』が「現代小説」であったのに対し、『滝口入道』が「歴史小説」であったことも制約を大きくしたと考えられる。しかしながら、それでもロマン主義的な対象に殉じる姿勢は一致するし、樗牛はよく「歴史小説」との間に整合性を得たと評価すべきではないだろうか。

ウェルテルが自殺へ向かう過程は、恋愛に対する極度の観念性にある。

　予は幾度となく思へり、如何なれば渠女は予を措いて他人を愛し得るかと。我心は渠女只々一人の支配する所となれり、渠女の美しき影像はあらゆる思想を包容し、而もあらゆる他の考を擯《しりぞ》くるなり。如何なれば渠女は仮初にも他人を愛するを得るやと。(75)

どのように考えればロッテは自分以外の他人を愛しうるのか、とは甚だしい自己完結ぶりである。時頼が思い余って出家を決める前段の煩悶も、第三者はおろか当事者の横笛さえも介在しないひとり芝居であったが、心性の高まりが独善的な点でウェルテルのそれと一致する。

そして、その恋愛の悲哀は人間全般の悲哀へと拡大していく。すなわち宗教の問題である。ウェルテルは宗教的懐疑とともに、「人はそも何者なりや」と問う。時頼は、「惟《おもんみ》れば誰《た》が保ちけん東父西母〔仙人〕が命《いのち》、誰が嘗めたりし不老不死の薬、電光の裏に仮の生を寄せて、妄念の間に露の命を苦む、愚なりし我身なりけり」と悟りを得る。ただ、先にも言及したが、恋愛による悲哀の内面形成は個人のものでも、ウェルテルにおける契機は直接的人間関係に発する。

　心も半ば狂乱し、紗娘《チヤーロット》〔ロッテ〕の足下に其身を倘と打伏し、渠女の両手を執りて初めは其目に、次に其額《ひたひ》に押当てぬ。（中略）渠女は徐々に其頭を淮亭郎〔ウェルテル〕の方に傾くれば、燃ゆるが如き其の紅顔は、端なくも男の頰と相触れぬ。此感情の高まりたる時に当りて、渠等は互の愛情の外は何事をも知らず。淮亭郎は其腕に渠女を抱きて、其轟く胸に圧し付け、渠女の震へ居る唇に幾度となく熱心に接吻しぬ。(76)

このような情景は、『滝口入道』にはなかった。ましてや「接吻」などは。時頼はただ恋文を送っていただけで、横笛はそれに困惑していたに過ぎない。しかし、違いはあっても両者――『滝口入道』『ウェルテル』――とも、否定的脱俗へと歩を進める。しかも、それは心的激情を通りこしたすえの確かな判断として選び取られる。

ただし、ここで強調しておきたいのは、ウェルテルの自死に照応するのは時頼の自死ではなく、出家であるということである。『滝口入道』『ウェルテル』ともに、主人公の自死をもって幕を閉じる。ゆえに、その死を重ね合わせることを妥当とみる向きもあろうが、恋愛を軸に解析した場合、ウェルテルの死に相当するのは時頼の出家である。

ウェルテルが自殺を決意するのは、未来のない恋愛のためである。

此時頃より可憐なる淮亭郎は深く自殺のことを考え初めぬ。此事は已に久しく渠の思考の題目となり居りしが、今や漸く其の胸中に撫育せられたり。されど渠は此非常の手段をば粗暴と狼狽とを以てするを好まず、飽くまで一個の男子として、烈然、静然、以て之を決行せんと念《おも》へるなり。[77]

ここに働いている内省は、みずからの死を「烈然、静然」に判断する諦念を含んだ決行へ向かう覚悟の構築である。それは時頼が出家に際して父親に表明した、「只是れまで思ひ決《さだ》めしまで重ね〴〵し幾重の思案をば、御知りなき父上には定めて若気の短慮とも、当座の上気とも聞かれつらんこそ口惜しけれ、言はゞ一生の浮沈に関る大事、時頼不肖ながらいかでか等閑に思ひ候べき、詮ずるに自他の悲を此胸一つに収め置て、亡らん後の世まで知る人もなき身の果敢なさ、今更是非もなし」との冷徹さと結節してくる。時頼の出家の決意にも「重ね〴〵し幾重の思案」があったのである。

両方ともが恋から脱出するための仕儀であったが、しかし、ウェルテルが恋愛それ自体を理由にしているのに対し、時頼のは恋愛を経ての無常観が理由になっており、ワン・クッション置かれている。いわば「日本的」処置が施されているといってよい。つまり時頼の「出家」は、横笛を追い返した段階でやっと完了するのであり、ウェルテルの「自死」によって物語そのものを截ち切る強さはなく、ひどく緩慢なのである。だが、その出家も自死も行き着く先はロマンティシズムに包まれた超越である。時頼の出家はいうに及ばず、ウェルテルの場合でも「死！そは決して失望にあらず、只々此生活の保つべき価値なきを思へばなり」と恋を清算したうえでの超越（脱俗）が説かれているのである。しかも、『ウェルテル』のバック・ボーンをなすキリスト教は自死を認めていないために、ウェルテルの死後の葬送において牧師がつかないという、徹底的な超越的結末を迎えるのである。ここのあたり、仏教文化で肯定的な側面をもつ出家とは東西文化の、そして作品構造の分岐点をなしているということができるであろう。

如上に述べてきたとおり、『滝口入道』は『ウェルテル』の深い影響下にあり、まさに「日本版『若きウェルテルの悩み』」と称しても差し支えない代物だったのである。もっとも、恋多き人物が出家遁世する類型の文学的伝統が日本には上代以来あるので、『滝口入道』の超越志向を一概にゲーテ流入によるものとの断定もできない。実態はおそらく、『滝口入道』が「歴史小説」の形式を維持しているので、それらの折衷と考えられよう。それでも、人物造形と人物関係性に顕著な影響を捉えることができるのである。

しかしながら、時頼の出家とウェルテルの自死で話型を相殺することは、逆にいえば、ここから『滝口入道』もう一つのクライマックスへは『ウェルテル』を脱した「死後」の世界がつづいていくことになる。すなわち、『滝口入道』全体においては、あくまで『ウェルテル』は限定的な位置を占めるにとどまることが理解されよう。

一一　横笛と重盛の死

『滝口入道』に関する大方の見方というのは、①出家した時頼が訪ねてきた横笛を追い返す　②維盛と重景が入水して時頼も後追い自殺する　の二つの場面をもって物語の核心部分とするものである。この見解は合理的で――『平家物語』との主な違いも二つのクライマックス箇所についてである――、大筋においては肯定できる。しかし、それゆえに盲点になっているのが、その大きな山場にはさまれた、横笛と重盛の死についての記述である。

まず横笛の死であるが、時頼が都をはさんで南の深草にまで巡錫したときに――時頼の住まいは北の嵯峨――、「六十余とも覚しき老婆」との茶話で偶然明らかになる。なにか珍しいことはないかと聞く時頼に、老婆は「恋塚の謂《いわれ》に就《い》きて最とも哀なる物語の候なり」といい、これに時頼は「恋塚とは余所ならず床しき思《おもひ》す、剃らぬ前の我も恋塚の主《あるじ》は半《なかば》はなりし事もあれば」と打ち笑う。

そもそも「恋（＝恋愛）」と「塚（＝斉場）」は、それぞれ「想世界」の違う一面であり、それが同居して「恋塚」という一つの象徴を織り成すこと自体が「想世界」の極致をあらわしているといえよう。そんな横笛がもはや生前から、「実世界」の里人たちより「天人の羽衣脱ぎて袈裟懸けしとて、斯くまで美しからじ」と噂されたのももっともであるし、「塚」が「出家」と連動しているのは、時頼が「我も恋塚の主は半はなりし」といっていることからも明らかである。ただし、これほどの同経路をたどっていようとも、個々の美意識に基づく世界では、都を真ん中に南北――南・深草、北・嵯峨――に分断して世を捨てたごとく少しも交わらない。

開東新の「横笛説話物語」では、「小説滝口入道では、滝口入道が托鉢の途中、京梅津の里で老主婦からの恋塚説話を採用している。つまり、京梅津の里横笛恋塚説話は、後の和歌山県伊都郡天野の里横笛恋塚説話の置き換え説話ではなかったか、とも考えられる[78]」と指摘している。しかしながら、天野恋塚説話の横笛は、高野山（女人禁制）で修業する時頼を追って麓の天野の里へ移り住み、それを知った時頼と歌のやりとりまでしている。ほかにも能や長唄の方では、前提として二人の仲は夫婦同然のものとなっている。そうであるならば、樗牛の脚色には最初から時頼・横笛分断の意図が働いていたと見てよいだろう。両者がかろうじて共有するのは、仏教的罪業と因果の世界観のみである。

　恋塚の主が横笛であることを教える老女は、時頼に向かって「同じ世に在りながら、斯る婉《あで》やかなる上臈（横笛）の様を変へ、思ひ死するまでに情《つれ》なかりし男こそ、世に罪深き人なれ、他《あだ》し人の事ながら誠なき男見れば取りも殺したく思はるゝよ〔傍点・花澤〕」と、「情なかりし男」が目の前の時頼と知らぬままに非難する。老婆の態度は、「余所の恨を身に受けて、他とは思はぬ吾が哀れ、老いても女子は流石にやさし」と好意的に描かれている。いわば、「実世界」住人のプラス面を代表する人物であろう。

　ここで思い起こしておきたいのは、もう一人の「年の頃五十許りなる老女」冷泉の存在である。冷泉は「実世界」の実益から判断し、重景に肩入れして横笛を怒らせた、「実世界」住人のマイナス面を代表する人物であった。物語中、一見、正反対に見える描かれ方の正負はともかくも、その半面を代表する二人の時頼評は「武骨一途の滝口殿、文武両道に秀で給へる重景殿に較ぶべくも非ず（冷泉）」、あるいは「誠なき男（老婆）」と打ち揃って低い。同じく「想世界」の横笛が「実世界」老婆の同情を買ったのは、「卒塔婆小町」になる前に死んだからであろう。「実世界」を拒絶して「想世界」を生きた者の行く末は、恋塚の悲惨なありさまに凝縮されてあらわれている。

> 滝口入道、横笛が墓に来て見れば、墓とは名のみ、小高く盛りし土饅頭の上に一片の卒塔婆を立てしのみ、里人の手向けしにや、半枯れし野菊の花の仆れあるも哀れなり、四辺《あたり》は断草離々として跡を着くべき道ありと

も覚えず、荒れすさぶ夜々の嵐に、ある程の木々の葉吹落されて、山は面瘦せ、森は骨立ちて目もあてられぬ悲惨の風景、聞きしに増りて哀なり(79)

このすさまじい光景とコントラストに浮かびあがってくるのが、冷泉の「未だ浮世慣れぬ御身〔横笛〕なれば、思ひ煩ひ給ふも理《ことはり》なれども六十路に近き此の老婆、いかで為悪《ためあ》しき事を申すべき、聞分け給ひしか、や」との説得である。横笛の悲劇は、作品中、悪役に甘んじている冷泉の俗物性に違った一面を開く。すなわち、「いかで為悪しき事を申すべき」という台詞が、五十歳になんなんとするまでの宮廷経験に裏打ちされたプラグマティックな判断力に基づいていたのではなかったのかという推定である。平安末期の権謀術数渦巻く宮廷をしたたかに生き抜いてきたと思われる冷泉だからこそ、「実世界」の価値を代表できるのである。しかも本作で善玉（時頼・横笛・重盛）は、「想世界」的人間に独占されるかたちとなっているので、よりいっそう冷泉の俗人根性が際立つことになってしまっている。それは作者樗牛が、「想世界」を主軸に物語を構築していることの証でもあろうが。

恋塚の荒れはてた模様に時頼は涙するのだが、時頼にとってその悲惨な情景は「想世界」を加速させる装置となる。「世にありし時は花の如き艶やかなる乙女なりしが、一旦無常の嵐に誘はれては、いづれ遁れぬ古墳一墓の主かや」との横笛に関する慨嘆がすぐさま、「都大路に世の栄華を嘗め尽すも、賤《しづ》が伏屋《ふせや》に畦《あぜ》の落穂を拾ふも、暮すは同じ五十年の夢の朝夕、妻子珍宝及王位、命終る時に随ふものはなく、野辺より那方《あなた》の友とては、結脈一つに数珠一聯のみ、之れを想へば世に悲むべきものも無し」と無常の悟りを確かなものにしていく。このような個人の生から普遍的理屈への飛躍は、「想世界」の一大特色であろう。

むろん、横笛が冷泉の言に従っていたとしても、『滝口入道』の登場人物すべてが寄っていた大樹たる平家政権そのものが倒れてしまうため保証のかぎりではない。しかし、『平家物語』本来の無常とは「実世界」のリアリズムが打ち破られるところに成立する全き悲哀を基底にしており、「想世界」の過度な美意識のそれとは根本的に異なる。そして、そうであるからこそ時頼は、事ここに至ってもまだ「悟の美意識」から「聞くも嬉しき真の道に入りし御身〔横笛〕の、欣求浄土の一念に浮世の絆を解き得ざりしこそ恨なれ」と横笛を断罪するのである。

樗牛は『滝口入道』執筆の二年ほど前に、「吾妹の墓」という一篇を書いている。ゲーテの一節をエピグラフに掲げたこの創作は、まるで時頼と横笛のロマンスを題材に詠んだ抒情詩のごとき趣をもつ。後藤丹治も、「樗牛が滝口入道の此の一条〔時頼が恋塚を訪う場面〕を書き続けて行つた時に、この旧作「吾妹の墓」をも念頭に置いてゐたことは、これを認めてもよいと思ふ(80)」と考察したが、次の一節は「恋の美意識」の時頼が、恋塚を前にして述べたとしても全く違和感はない。

見渡せば〳〵、膝をもかくす夏草は、眠れる妹が胸の上に、蔭黒きまで生茂り、ありし昔の面影は、いづこぞ、尋ぬ由もなし。薔薇にも色香なき唇は、今は閉ぢられて―― 今や永久閉ぢられて、真珠を欺く双の眼は、湿りたる土の塞ぐなり。湿りたる土は天を閉ぢ、湿りたる土は宇宙を掩ひ、あゝ茲に吾妹は、重き、重き眠に就けるなり(81)。

妹の死を悲しむ韻律は、「「悠久」は只々恨を増すあるのみ」と仏教的諦観とは距離を置く。「悟の美意識」ではなく「恋の美意識」の立場とした理由であるが、それでも二つの段落を締め括っている「あゝ茲に吾妹は、重き、重き眠に就けるなり」との悲哀は時頼に罪の自覚をもたらしたものと同類であろう。しかし、時頼の「嵯峨の奥に夜半《よは》かけて、〔横笛〕迷ひ来りし時は、我情《つれ》なくも門をば開けざりき、恥をも名をも思ふ遑《いとま》なく、様を変へ身を殺す迄の哀の深さを思へば、我こそ中々に罪深かりけれ」という後悔は、「逢ひ見しとにはあらなくに、別れ路つらく覚ゆることの我ながら訝しさよ」とみずから不審を抱くほど個我的なものである。なにしろ、互いに「逢ひ見し」ことがなかったのであるから。

そして、もうひとりの重盛である。その関係はもはや前述してあるのでくり返さないが、時頼の「想世界」の最も有力な理解者であり、衆望をも一身に担っていた。ために、その死に「都も鄙もおしなべて、悼み惜まざるはなく」という状況に陥った。そのようななか、平家に圧迫されている後白河院と源氏の残党のみが喜んでいる。

材を『平家物語』に取っているからとはいえ、「ありし昔の滝口が、此君の御為ならばと誓ひしは天が下に小松殿只一人」という主人公の肯定に比して、「時の乱を願はせ給ふ」後白河院の存在はあくまでも敵役である。日清戦争を目前にして、天皇への忠誠や尚武の気風が強化されていくなか、こうした設定自体が世の中へのアンチ・テーゼと見られなくもない(82)。それが純然たる「歴史小説」ではなく、「明治の主我的男（逍遙）」を表現したものならなおさらである。もっとも「士は己を知れる者の為に死せんことを願ふとかや」という忠誠は、当然体感的なるものを含むであろう。ゆえに平家の衰運に、「入道ならぬ元の滝口は平家の武士、忍辱の袈裟も主家興亡の夢に襲はれては今にも掃魔の堅甲となりかねまじき風情なり」ということになるのであるが、実働は伴わず、やはり回向三昧で終わってしまう。これは横笛が眠る恋塚への回向と同様に、事態が不可逆になってのちの邂逅機会の喪失が悲哀の増強に一役買っているためである。

悲哀の増強は、いうまでもなく「想世界」への沈潜を意味する。だが、それは現実の死がもたらす美意識の内部闘争を前提とするであろう。悲哀を脱出するための出家であり、克服するための修行を続けることは、逆に悲哀の確かな実在性と影響を証明することになる。いうなれば、二人の死も「悟の美意識」の糧となり、同時に「恋の美意識」と「武の美意識」の隠れた併存状況——完全に悟る者に悲哀はない——を示すものにほかならないのである。

先には横笛、深草の里に哀をとゞめ、今は小松殿〔重盛〕、盛年の御身に世をかへ給ふ、彼を思ひ是を思ふに、身一つに降かゝる憂き事の露しげき今日此ごろ、滝口三衣〔袈裟〕の袖を絞りかね、法躰の今更遣瀬《やるせ》なきぞいぢらしゝ、実《げ》にや縁に従て一念頓《とみ》に自理《じり》を悟れども、曠却《くわうごふ》の習気〔長い間の習慣〕は一朝一夕に浄むるに由なし、変相殊躰〔出家の姿〕に身を困《くるし》めて、有無流転と観じても、猶《なお》此世の悲哀に離れ得ざるぞ是非も無き[83]

横笛の死は「恋の美意識」の揺り戻しを、重盛の死は「武の美意識」の揺り戻しを、それぞれの死の悲哀とともに内部闘争に転じ、かつ、「有無流転と観じても猶此世の悲哀に離れ得ざるぞ是非も無き」という葛藤が、よりいっそう「悟の美意識」を自覚的にしていく構図をもつのである。

一二　平家滅亡の美意識

「治承の春」より始まった物語も、ようやく「世はおしなべて秋の暮、枯枝のみぞ多かりける」平家の没落を迎える。物語冒頭で青海波を舞った維盛が、「天晴平門公子の容儀に風雅の銘を打」って率いた一〇万騎が、水鳥の羽音に驚き敗走したのを手始めに、平家は次々と敗れ頽勢のなかで清盛は病没する。平家は、「一門の評議まち〳〵にして定らず、前には邦家の急に当りながら、後には人心の赴く所一ならず、何れ変らぬ亡国の末路也けり」といった状況に立ち至る。

樗牛は「平家雑感」で、「凡そ人国のつたへ遺しゝ史は多かれど、平家の都落ばかり、あはれの極みにもまた目覚しきはあらじ。東夷北狄なんどの、夢にだも知りがたき美はしき歴史は、げにこれよりぞ始まりぬる」と断言する。『平家物語』を舞台にしたのは、「美はしき歴史」を樗牛がそこに見いだしたからであろう。時頼が平家滅亡の美感に猛烈なまでにこだわるのは、一門揃っての運命に「げに名門の最後はかくてこそあるべかりけれ。およそ邦家の滅亡、必ずしも美はしからず、たゞ平家の没落にいたりては、何物の美かよくこれに類《たぐ》ふべき」といった、樗牛の美の基準が反映しているからである。その美意識がいかに強いかは、平家を逆照射している源氏への断罪により、かえって理解することができよう。

> 源氏の興亡の如き、あづまゑびすの品下れる、言ふばかりなし。重代の仇未だ報いざるに、同門の隙早く開け、四海僅かに一に帰せば、兄弟の争ひ直ちに始まる。兵衛佐〔頼朝〕は、げに智謀に長けたる大将にはおはしけれども、みやびたる優しき心、露ばかり有ち給はざりき。我執の念、余りに強かりければにや、ねたみ深く、心ひがめり。されば讒奸やゝもすれば骨肉の間に入り、一族の連枝、時に路傍の人にも劣れり。[84]

樗牛がこだわっているのは、〈美〉であり〈品〉である。「あづまゑびす」の源氏ではなく、「六波羅」の平家に肩入れするのは、時頼や重盛が拘泥する散り際の美意識があってこそなのである。樗牛に「あゝ吾れをして時を同じうせしめむか、願はくは源氏となりて興らむよりは、むしろ平家となりて亡びなむ」と詠嘆させているのも、盛衰興亡を度外視した美意識が前提となっている。

「悟の美意識」があるから平家の没落を前にしても、時頼は「人の噂に味方の敗北を聞く毎に、無念さ、もどかしさに耐へ得ず、双の腕を扼して、法躰の今更、変へ難を恨むのみ」である。つまり、横笛を追い返したときと同じく、「双の腕を扼して」みるくらいで微塵も動かない。事後——平家の都落ちしたあと——になってようやく都へ行くさまは、横笛の死後になって恋塚に回向するさまと軌を一にしている。

平家は、都を放棄するにあたって火をかける。この所業は純戦略上の観点から出たもので、古来より敵に都市機能を使用させないための常道である（例外は源義経で撤退時に都を焼かなかった）。また京の地は地政学上、防衛に適しておらず、「実世界」の判断として撤退はありえる術策の一つであったと考えられる。しかし「想世界」の時頼は、都落ちに関係していないにもかかわらず、「あツとばかりに呆れて、さそくの考も出でず、鬼の如き両眼より涙をはら〳〵と流し」といった、恋塚での反応と似通った状態を示すのである。それは現実の戦略云々よりも、あくまで次のような美意識を優先させているからであろう。

栄華の夢早や覚めて、没落の悲方《まさ》に来りぬ、盛衰興亡はのがれぬ世の習《ならひ》なれば、平家に於て独《ひとり》歎くべきに非ず、只まだ見ぬ敵に怯《おそれ》をなして軽々しく帝都を離れ給へる大臣殿〔宗盛〕の思召こそ心得ね、兎ても角ても叶はぬ命ならば、御所の礎《いしずゑ》枕にして、魚山の夜嵐〔寺院の声明〕に屍を吹かせてこそ、散りても芳しき天晴名門の末路なれ、三代の仇を重ねたる関東武士が野馬《やば》の蹄《ひづめ》に祖先の墳墓を蹴散させて、一門おめ〳〵西海の陲に迷ひ行く、とても流さん末の慫名《うきな》〔後代の悪評判〕はいざ知らず、まのあたり百代までの恥辱なりと思はぬこそ是非なけれ[85]

時頼が平家の没落を「独歎くべきに非ず」として、それよりも「天晴名門の末路」を完遂させることを望んでいるのがわかる。「有為転変の世の中に、只最後の潔きこそ肝要なる」と説く時頼の心的構造は、「有為転変」を観ずる仏教的諦念と「最後の潔き」を求める武士道的修養が奇妙にかけあわされている。

こうして焼野原になった都を、時頼は「尽きぬ名残に幾度か振廻《ふりかへ》りつ、持ちし錫杖重げに打鳴して、何思ひけん、小松殿の墓所指して立ち去〔傍点・花澤〕」っていく。池内輝雄は樗牛によって「何思ひけん」と時頼の心中が隠されているのは、「読者の興味を引く手法[86]」と述べる。この「何思ひけん」を解く手がかりは「錫杖重げに打鳴」す様子に集約されており、ここから推測できるであろう。既述のように、「音」は『滝口入道』において重要な役割をもつ。往生院の時頼を訪ねた横笛の必死の呼びかけに応えたのは、調子の乱れない「振鈴の響」であった。この働きは外部からの「悟の美意識」をかき乱す刺激を防ぐものであり、他の美意識から一線を画す象徴にほかならない。すなわち、ここでの時頼が「錫杖重げに打鳴」すのは、都が焼け落ち主家敗滅の現実に「君の御馬前に天晴勇士の名を昭《あらは》して討死すべき武士」のロマンティシズムの誘惑が可能的となってきたからであろう。よって錫杖を鳴らしながら重盛の墓所へ向かう時頼の心事は、密かに生前の重盛に出家の別れを告げたと同様の「悟の美意識」の確認作業であると推測できるのである。

焼け落ちる六波羅をよそに、重盛の墓所に世の喧騒はなく、ただ「鏘々《さうさう》として響くは松韵、戛々《かつかつ》として鳴るは聯珠、世の哀に感じてや、鳥の歌さへいと低し」といった雅致ある「音」で仏教的世界（「想世界」）の只中へ存在することが表現されている。生前の重盛が時頼に「朝《あした》の露よりも猶空《なほあだ》なる人の身の、何時消えんも測り難し」といった哀感は、武家の棟梁としての立場よりも「悟の美意識」の優位を意味しており、死後墓前で時頼が「君〔重盛〕は元来英明にましませば、事今日あらんことかねてより悟らせ給ひ、神仏三宝に祈誓して御世《みよ》を早うさせ給ひけるこそ、最《い》と有り難けれ」と死を肯定しているのも当然のことなのである。

そしてまた、時頼が「願ふは尊霊〔重盛〕の冥護を以て、世を昔に引き返し、御一門を再び都に納《い》れさせ給へ」と「実世界」の努力ではなく、単に神頼みに走るのも「想世界」的立場の一環の例証にほかならない。むろん、この神頼みが平家の再興に資するはずもなく、どこまでも時頼の「想世界」を満足させるためのツールでしかない。「常無しと見つる此世に悲しむべき秋もなく、喜ぶべき春もなく」といいながら、「春」の重盛の死を肯定し、「秋」の平家の没落に心を乱すのは、常に個人の個我的精神状態を動因としているからである。

斯くて滝口、主家の大変に動きそめたる心根を、辛くも抑へて、常の如く嵯峨の奥に朝夕の行を懈《おこた》らざりしが、都近く住みて、変り果てし世の様を見る事を忍び得ざりけん、其年七月の末、年久しく住みなれし往生院を跡にして、飄然と何処ともなく出で行きぬ　〔傍点・花澤〕(87)

「主家の大変に動きそめたる心根」とは、「武の美意識」への変調を内容としている。これを「辛くも抑へ」たところで、時頼の鋭敏な神経は耐えきれなかったので都に近い往生院を出て行ったのである。

一三　高野山における時頼・維盛・重景

寿永二年、三年と平家は加速度的に没落していく。物語冒頭でいわれた「寿永の秋の哀れ」がやってきたのである。「咲きも残らず散りも初めず、欄干《おばしま》近く雲かと紛ふ満朶の桜」は、すでに「散り行く桜の哀を止め」るばかりになっており、「今は屋島壇の浦に錨《いかり》を止めて、只《ひた》すら最後の日を待てるぞ哀なる」状況に陥っている。

嵯峨の往生院を出た時頼は、紀州高野山に庵を構えている。そこへ零落した維盛、重景の主従が訪れるのだが、維盛は幾度の合戦を経たにもかかわらず、未だに「平塵の細鞘」を下げている。ここに至って、なお儀礼用の細太刀しか帯びない維盛のあり様が窺われるが、それに比べて重景は「黒塗の野太刀」を用いている。この重景の変貌は、直接的には主の維盛を守るためであり、間接的には主と生死を共にするという覚悟のあらわれであろう。高野に登る二人に「入相《いりあひ》の鐘の音に梵缶《ぼんふう》の響」、「読経の声振鈴の響」が聞こえ、宗教的世界へ入っていく様子が描かれる。

「実世界」のあれこれをもろに抱えた主従の侵入は、「想世界」の時頼を惑わせる異質な存在でしかない。時頼が嵯峨の往生院からさらなる宗教的風土の強い高野山へと移ったのは、平家の都落ちなど現世の混乱からの徹底的な逃避にあったはずであろう。それを崩すのは、現実の平家の没落を一身に表白する二人の存在自体である。維盛と重景を前に時頼が、「こは現《うつつ》とも覚え候はぬものかな」と感嘆とも当惑ともつかない感想をもらしたのは、文字通り「扨《さて》も屋島をば何として遁れ出でさせ給ひけん、当今天《あめ》が下は源氏の勢に充ちぬるに、そも何地《いづち》を指ての御旅路にて候やらん」という疑問とともに、なぜ宗教的世界たる高野山へ来たのかという思いがあったと推測できる。でなければ、結末に向かって時頼が激しく「実世界」の二人に「想世界」の選択肢を押し付けるあり様が理解できないからである。

「平塵の細鞘」をもちつづける維盛を、「平門第一の美男と唱《うた》はれし昔の様子何《いづ》こにと疑はるゝばかり」になってまで動かすのは、現実の妻子への愛である。

重ね重ねし憂事《うきこと》の数、堪へ忍ぶ身にも忍び難きは、都に残せし妻子が事、波の上に起居《たちゐ》する身のせん術《すべ》無ければ、此の年月は心にもなき疎遠に打過ぎつ、嘸《さぞ》や我を恨み居らんと思へば弥《いや》増す懐しさ、兎ても亡びんうたかたの身にしあれば、息ある内に、最愛《いと》しき者を見もし見られもせんと辛くも思ひ決《さだ》め、重景独り伴ひ、（中略）辛《やうや》く此地《ここ》までは来つるぞや、憐《あはれ》と思へ滝口(88)

右の維盛の態度は、ちょうど時頼が横笛にとった態度と対照的である。時頼は相見知ることのないまま横笛を想い切るために出家したが、維盛は「息ある内に、最愛しき者を見もし見られもせん」ために高野山に登ってきているのである。理想の横笛への愛で身を変えた時頼と現実の妻子への愛で動く維盛とでは、当然ながら宗教的世界のウェートが違ってくる。維盛にとっての出家は「戒を受け様を変へ、其上にて心安く都にも入り妻子にも遇《あ》はゞやとこそ思ふなれ」と、ほとんど妻子に会うための方便でしかなく、源氏が占領する都へ入る変装の手段と化してしまっている。そんな両者の懸隔はすぐにあらわれる。

時頼は維盛の心事について、「変りし世は随意《まま》ならで、指せる都には得も行き給はず、心にもあらぬ落髪《らくはつ》を遂てだに、相見んと焦《あくが》れ給ふ、妻子の恩愛は如何に深かるべきぞ」と的確に読み取りながら、「悟の美意識」の無常、「十年《ととせ》にも足らぬ間《ひま》に変り果てたる世の様を見るもの哉」と哀調に沈んでいる。だが、ここから一転して思い起こされるのが、重盛の頼み言葉であって、「不図《ふと》電《いなづま》の如く胸に感じて」武士の「ご恩と奉公」の関係が復活してくるのである。それを誘発したのは、選ばれし者の陶酔と優越であることが次の一節より理解されよう。

余所《よそ》ながら此世の告別に伺候せし時、世を捨つる我とも知り給はで、頼み置かれし維盛卿の御事、（中略）「少将は心弱き者、一朝事あらん時、妻子の愛に惹かされて、未練の最後に一門の恥を暴《さら》さんも測られず、時頼、たのむは其方一人」、幾度と無く繰返されし御仰《おんおほせ》、六波羅上下の武士《しやうか》より、我れ一人を択ばれし御心の、我は只忝《かたじけ》さに前後をも弁へざりしが、今の維盛卿の有様、正に御遺言に適中せり〔傍点・花澤〕(89)

重盛の遺言が適中したことにより、事態は俄然、美的様相を帯びる。主君重盛の遺志を叶え、維盛の「妻子の愛にめゝしくも、茲まで迷ひ来られし御心根」を正し導くのは自分しかいないのである。もちろん、「武士は桜木、散りて後の名」を惜しませ、平家嫡流の終わりをよくし、時頼の面目を施すのは「武の美意識」である。ここにきて「武の美意識」は復活し、「此処ぞ御恩の報じ処、情を殺し心を鬼にして、情なき諫言を進むるも、御身の為、御家の為」といい、出家を前にしたときの「所詮浮世と観じては、一切の望に離れし我心、今は返さん術もなし、忠孝の道、君父の恩、時頼何として疎かに存じ候べき、然りながら一度人身《ひとたびひとみ》を失へば万劫《ばんがふ》還らずとかや」といった決意は見事に裏切られる。そして、もはや「忠義の為」というあからさまな表現まで出てくる。しかし、この「忠義」も時頼の美に殉ずるためのものであって、平家再興が慮外であることは既述のとおりである。

こうして時頼が「武の美意識」を固めつつあったときに、重景が横笛の件につき謝罪を申し出る。若気の至りであったと懺悔する重景に対し、横笛を思い出し涙するものの、時頼の返答は冷徹そのものである。

若き時の過失《あやまち》は人毎《ひとごと》に免れず、懺悔めきたる述懐は滝口却て迷惑に存じ候ぞや、恋には脆《もろ》き我れ人の心、など御辺一人の罪にてあるべき、言ふて還らぬ事は言はざらんには若かず、何事も過ぎし昔は恨もなく喜もなし、世に望なき滝口　今更何隔意《なにかくい》の候べき、只々世にある御辺の行末永き忠勤こそ願はしけれ(90)

重景の謝罪を「迷惑」と切って捨てる時頼の根底には、「恋の美意識」を今さら蒸し返される「迷惑」が存する。その理由は、「何事も過ぎし昔は恨もなく喜もなし、世に望なき滝口」と仏者面しながらも、この時点で重盛の遺言や平家の行末に関わろうとする矛盾があるからである。よって、「淡きこと水の如きは大人《うし》の心か、昔の仇《あだ》を夢と見て今の現《うつつ》に報ひんともせず、恨みず乱れず、光風霽月《くわうふうせいげつ》の雅量は流石《さすが》は世を観じたる滝口入道なり」との感嘆表現も、「恋の美意識」からの超越に限られるであろう。あるいは、「雅量」というのも美の対象外にあるための無関心に近いのではないだろうか。重景に向かって「行末永き忠勤」を願う時頼のあり様は、この段階で「武の美意識」に舵を切ってクライマックスへと展開していく。

一夜明け、時頼と維盛、重景の三人は重盛の霊位に経をあげる。時頼の回向をほめる維盛に、時頼は「然ほど先君の事御心に懸けさせ給ふ程ならば、何とて斯《かか》る落人《おちうど》にはならせ給ひしぞ」と言い放つ。維盛を叱咤する時頼の美意識には、樗牛が「平家雑感」でいった「あはれ故入道大相国〔清盛〕、浄蓮大禅門〔重盛〕も照覧あれ、世は是非なうも武運の末とこそ覚ゆれと、名門の最後はかくてこそあるべけれ」という思いが乗り移っているかのようである。時頼の非難は敗れたことにではなく、どこまでも「落人」になるという維盛の美意識の欠如に向けられている。

> そも君は正《まさ》しく平家の嫡流にてお在《は》さずや、〔中略〕そも寿永の初め、指す敵の旗影も見で、都を落ちさせ給ひしさへ平家末代の恥辱なるに、せめて此上は、一門の将士、御座船枕にして屍《かばね》を西海の波に浮べてこそ、天晴名門の最後　潔しとこそ申すべけれ、然るを君には宗族故旧を波濤の上に振捨て、、妻子の情に迷はせられ、斯く見苦しき落人に成らせ給ひしぞ心外千万なる〔傍点・花澤〕[91]

時頼にしろ重盛にしろ、「想世界」の人間は美意識に適った死にこだわる。「見苦しき落人」になるなどは論外で、特に平家の嫡流という冒しがたい名門意識の全うは何にもまして堅持されなければならない。重盛の遺言、「平家の嫡流として卑怯の挙動《ふるまひ》などあらんには、祖先累代の恥辱是上あるべからず、維盛が行末守り呉れよ時頼、之ぞ小松が一期の頼なるぞ〔傍点・花澤〕」と言い置いたのは、「死すべき命を卑怯にも遁れ給ひしと世の口々に嘲《あざけ》られ」る「恥辱」を避けるためであったろう。時頼が「平家末代の恥辱」、「一門の恥辱」と「恥辱」を強調するのも、これと同じである。また、「何とて無官の太夫〔平敦盛〕が健気なる討死を誉《ほまれ》と思ひ給はぬ」と平敦盛を称揚するのも、一六歳にして熊谷直実に挑み討たれた、謡曲や浄瑠璃に脚色されるような美感が「想世界」を満足させるからである。

如上のように掻き口説く時頼の心中は、維盛主従が訪ねた当初「義理と情の二岐《ふたみち》」に揺れ動いていたのが、はや

「恩義と情の岐巷《ちまた》」に格上げされている（傍点・花澤）。これを受けた維盛は「至極の道理に面目なげに差し俯」くが、あくまで武士の「道理」に服したのであり、時頼が仏者の所業としてはいかなる心的葛藤があろうとも酷薄に過ぎる。そもそも、時頼の忠誠の所在は亡き重盛にあるのであるから、いかに維盛に親身になったところで本来の忠誠の余剰分でしかない。そのことは、「面《ま》のあたり主《しう》（維盛）を恥しめて、忠義顔なる我はそも如何なる因果ぞや」と嘆きながらも、「あはれ故内府（重盛）在天の霊も照覧あれ、血を吐くばかりの滝口が胸の思ひ、聊《いささ》か二十余年の御恩に酬《むく》ゆるの寸志《すんし》にて候ぞや」という激烈な告白に照応する。むろん「血を吐くばかりの滝口」も、実際には重盛を見捨てるかたちで出家しているのであるから、この「胸の思ひ」はロマンティシズムの結晶の一つと見なせるのである。

一四　辞世の歌の創作と評価

時頼に諫められた維盛と重景は、時頼が閼伽桶《あかおけ》に水を汲みに行っている隙にいなくなる。庵に帰ってきた時頼が訝しんでいると、維盛の筆と思われる二首の和歌（樗牛創作の和歌）が経机の上に置かれている。

かへるべき梢《こずゑ》はあれどいかにせん
　風をいのちの身にしあなれば

浜千鳥《はまちどり》入りにし跡をしらせねば
　潮のひる間に尋ねてもみよ(92)

一首目で維盛は、自身を枝から落ちた一枚の落葉にたとえている。直後の行文に「哀れ、御身を落葉と観じ給ひて元の枝をば屋島とは見給ひけん」とあるから、「かへるべき梢」が屋島に立てこもっている平家とわかる。しかし、維盛としては今更どうにもならず、風に舞い落ちる一葉のように運命の変転に境涯を詠んでいる。

後藤丹治は、この和歌が樗牛、第二高等中学校時代の一八九二年（明治二五）九月一六日に、帰郷していた鶴岡から仙台に戻るにあたって妹のために詠んだ三首の和歌の一つと関係があるとみる。「離別に臨みて我妹に残せる」と題して、樗牛は妹の直子と別れる感慨を歌った。

思ひ見よまがきに咲ける里のはな
　かぜを命の桐の一葉を(93)

自分の属すべき平家の枝から離れてしまったあわれを表現した維盛の一首と、学校へ戻るために妹との別れを惜しむ一首とでは、スケールに差があるようにも思われる。しかし後藤によれば、「第四句に「かぜを命の」と詠み込んだこと、一つづきの歌〔複数ある歌〕の最初に置かれてゐること、別離の際の歌であること、樹木に縁のある歌であることなど、此れも彼れも相通ずる点はすくなくない。この樗牛が妹に和歌を与へたことが素材化して、約一年後に滝口入道の一場面となつたのではあるまいかと思ふ(94)」ということである。上に「スケールに差がある」といったが、通底しているのはむしろ無常観であろう。両歌に共通の、「風」という運命に翻弄されるひとひらの葉にこそ、抒情の胆があらわされている。

『滝口入道』のために創作された和歌は、よく維盛の苦衷と哀切を表現しているが、妹との別離に詠んだ歌の方は、リズムが単調で決して佳作とはいえない。だが、にもかかわらず妹のメタファーたる「まがきに咲ける里のはな」を「思ひ見よ」とみずからにいい聞かせながら、「かぜを命の桐の一葉を」と結びつける一連の流れは、どこか切実な迫力を感じさせる。

故郷から仙台の二高に戻った樗牛は気管支カタル（肺結核の兆候か）を発症し、約三週間学校を欠席している。赤木桁平や高橋通などは、「この時の風邪が、樗牛の生涯を悩ませ、命取りになる肺結核の現れではないか」[95]と疑っている。樗牛の発病に関しては、一八九五年（明治二八）の一一月からとする説（桑木厳翼）もあるので、一概にはいえないものの、体調を悪化させつつあったかもしれない樗牛の和歌が、死を前にした維盛の無常と重ねあわされたのも不思議ではなかろう。後藤の注意を引いたのも、語の一致ばかりではないと思われる。

二首目の「浜千鳥入りにし跡をしらせねば　潮のひる間に尋ねてもみよ」も本文中に簡単な解説があり、「入りにし跡を何処《いづこ》とも知らせぬ浜千鳥、潮干《しおひ》の磯に何を尋ねよとや」と時頼の疑問に即するかたちで入水が暗示されている。どちらかといえば、時頼への伝言にも似た句で、維盛を擬した浜千鳥は跡なしで入水を意味し、一日に二回起こる潮汐ほどの間に尋ねてみよとは、そこに何かがあることを示唆したものであろう。

池内輝雄は、『源平盛衰記』における維盛の同場面の二首と比較したうえで、樗牛は「屋島の一族を思いやる武士としての〔維盛の〕悲痛な思いを表す歌に作り変えた。創作意図が明確に示された箇所」[96]と指摘するが、この最も創造力を駆使した部分を評価する声は早くからあった。『滝口入道』が単行本出版された翌月の『早稲田文学』（一八九五年〔明治二八〕一〇月）「新刊」のコーナーには、次のようにある。

本篇中予をして追想一番涙下るを禁ぜざらしめしはその横笛の最後にあらず滝口の入道にあらず反りて三十二回の末三十三回の初滝口の苦諫に身を責めらるゝより死に至るまでの維盛の心事なり[97]

いうまでもなく、維盛は脇役のひとりに過ぎない。だが、樗牛の独創力が高度に発揮されたこの箇所は、物語の最後へ向かうスプリング・ボードに相応しいインパクトを有していると評価できよう。

一五　時頼自刃の表現と意味

時頼は、「予《かね》て秘蔵せし昔の名残の小鍛冶の鞘巻、狼狽《あわただ》しく取出して衣《ころも》の袖に隠し持ち」、維盛と重景のあとを追い、途中、行き先が和歌の浦であると聞いて、夜もすがら駆けつづけて着く。そこには、「見渡せば海原《うなばら》遠く烟籠《けむり》めて、月影ならで物もなく、浜千鳥声絶えて、浦吹く風に音澄める磯馴松《そなれまつ》、波の響のみいと冴えたり」という光景が広がっている。しかし、「浜千鳥声絶えて」と書かれているので、上記の二首目の和歌「浜千鳥入りにし跡をしらせねば　潮のひる間に尋ねてもみよ」の浜千鳥が維盛の比喩として機能していることを鑑みれば、これも一つの入水をかたどった表現といえよう。

時頼が維盛・重景を探して浜辺をあちこち歩いていると、大きな松の幹を削ったあとにまだ墨痕の乾いていない数行の文字を見つける。

「祖父太政大臣平の朝臣清盛公法名浄海、親父小松の内大臣左大将重盛公法名浄蓮、三位の中将維盛年二十七歳、寿永三年三月十八日和歌の浦に入水す、従者足助二郎重景年二十五歳殉死す(98)」

これを見た時頼は、「あはやと計り、松の根元に伏転《ふしまろ》び、「許し給へ」と言ふも切なる涙声」という状況になる。

そして、「哀《あはれ》を返す何処《いづこ》の花ぞ、行衛《ゆくゑ》も知らず二片《ふたひら》、三片《みひら》、誘ふ春風は情か無情か」と場面は締め括られる。花が散るさまは、散華に象徴されるごとく、死や敗滅、あるいは戦死など潔い終わりをイメージさせるであろう。「花の二片、三片は三位中将維盛、足助二郎重景か、あるいは滝口入道か[99]」と池内輝雄は注釈するが、ここには明確に美意識があらわれており、「天晴名門の最後」は遂げられたのである。また、このことは重盛の遺言、「平家の嫡流として卑怯の挙動《ふるまひ》などあらんには、祖先累代の恥辱是上《このうへ》あるべからず、維盛が行末《ゆくすゑ》守り呉れよ時頼、之ぞ小松が一《いち》期《ご》の頼《たのみ》なるぞ」が守られたことをも意味する。

登場人物のメタファーたる花びらを散らすのは「春風」で、これが「情か無情か」と、まさに無常観をあらわそうとしているのであるが、ここで想起しておきたいのは、物語冒頭の華やかな「春」である。清盛邸で行われた宴は、「六十余州の春を一夕の台《うてな》に集め」たような盛大なもので、「咲も残らず散りも初めず、欄干《おばしま》近く雲かと紛ふ満《まん》朶《だ》の桜〔傍点・花澤〕」があった。このとき維盛も、「露の儘なる桜」をかざして立っていた。

これらの満開の桜の情景が、物語末尾には二片、三片の花びらとなって春風に舞い落ちるだけとなる。本来、「治承の春」に始まった物語は「寿永の秋」に没落するので、冬を終わりとしてもよかったはずである。そうしなかった樗牛の意図は――むろん歴史事象との兼ね合いもあったであろうが――、無常の代名詞たる四季の循環だけでなく、同じ季節の逆説をも描こうとしたからではなかったか。すなわち、冒頭と末尾に示された「春」のアンビヴァレントな二面性――満開の桜と二片三片の花びら――こそが無常と、それを人間の生に結びつけた美感の表現になっていると思われるのである。

維盛と重景の死を記した松の根元に、時頼が「許し給へ」と詫びた翌日の朝、和歌の浦の漁夫が「松の根元に腹掻《かき》切《き》りて死せる一個《ひとり》の僧」を発見する。いうまでもなく、この「一個の僧」こそが時頼であるが、しかしながら、僧（「悟の美意識」）の象徴たる「墨染の衣」は松の枝に打ち掛けられ、黒衣の反対である「白衣《びやくえ》」の姿になっている。

白衣は俗人をあらわすので、ここで時頼が還俗して死んだことが理解される。よって語り方も、「刃持つ手に毛程の筋の乱れも見せず、血汐《ちしほ》の糊《のり》に塗《まみ》れたる朱溝《しゆみぞ》の鞘巻逆手《さやまきさかて》に握りて、膝も頽《くづ》さず端坐《たんざ》せる姿は、何《いづ》れ名ある武士《もののふ》の果ならん」となっており、「武の美意識」に殉じて切腹した様子が描かれているのである。そして、これにつづく締めの一文こそが、最も『滝口入道』の本質を内包したものとなっている。

> 嗚呼是れ、恋に望を失ひて、世を捨てし身の世に捨てられず、主家の運命を影に負うて、二十六年を盛衰の波に漂はせし、斎藤滝口時頼が、まこと浮世の最後なりけり(100)

ここに述べられた一文には、時頼の変遷とそのメカニズムが凝縮してあらわれている。とりもなおさず、横笛への恋に望みを失って出家したものの、平家の運命から影響を絶ちきれずに、結局は「二十六年を盛衰の波に漂はせ」つづけざるを得なかった時頼の人生である。

「まこと浮世の最後なりけり」と、樗牛が「まこと」の部分にわざわざ圏点をふったのは、必ずしも僧であった時頼が武士に戻って死んだことを指し示すものばかりではなかろう。これは同時に、そのような最後に向かっていった行程、人生の波といっしょに漂っていた美意識にも「まこと浮世の最後なりけり」はかかっているはずである。そうでないならば、取り立てて時頼の人生の盛衰や変遷をここで振り返る必要はなかったのではないだろうか。つまり、「まこと浮世の最後なりけり」は物語構造そのものと同義の多重的な総体をも締め括っているのである。

一六　『滝口入道』の論理と機制

物語構造を総括するというのは、なにも物語の一貫性を保証する謂いではない。むしろ『滝口入道』の場合、分裂傾向を保持したまま一つの物語として昇華させたところに意義を有すると考えられる。ただし、このことはいわゆる「近代小説」の流れからは浮き上がり、肯定的に評価する論者は少ない。それは、たとえば片岡良一による以下のような発言にも窺える。

> 正に不調和と齟齬との連続で、それだけ悲劇性は強調されているわけだが、これでは主人公の立場に全然一貫性がなく、ただ場面場面の悲劇を成立たせるのに都合のいい傀儡として働かされているだけのことになろう。だからそこには色濃い作者の感傷と物語的作為とがあるだけで、はっきりした生の立場とか命をかけた人間主義の思想とかいうものを生ききれぬがゆえの悲劇という、この時代の悲劇性の底から生れてきたものらしい性格がないのである。(101)

片岡が当然の前提としているのは、一つのテーマに首尾一貫したプロットをもつ近代小説であるだろう。もちろん、そうした一連の日本近代文学の流れから淘汰されてきたのが『滝口入道』であるが、片岡がいうほどに樗牛は「時代の悲劇性」を顧みなかったわけではない。ただ、強固な抒情性をまえに見えにくくなっているだけで、むしろ複数の価値体系と切り結ぶ内質には、変化する明治日本の縮図があらわれている。

こうした点をよく把握しているのが小野寺凡で、「質の上下はあろうが、いわゆる「近代の憂愁」に苦悩する明治二十年代中期の青年の原型を、そこに見い出すことは可能だろう」と、『滝口入道』の物語構造に人間を読み取っている。

安定した時代のなかで人となり、忠孝をよりどころにし、完璧な型を持った武人としてゆるぎない存在でありえたかに見えたものが、忠孝とはまったく異質の価値体系をもつ「女」の前に、存在の基盤をすっかり揺がされ、右往左往した果てに「まことの道」をめざすものの、結局それにも徹しきれずに果てるという、いわば遁れる道をどこにも見い出せずに終る悲劇的な生涯が、女に苦悩する武人として造型されているわけだ。行儀よくいえば、恋愛か忠孝か、実か名か、封建的倫理か宗教的解脱かという、二者択一を迫られるはざまにおりながら、そのいずれの一方をも選びえないで苦悩する人物を描くところに、この作品の主眼はあったのである。[102]

異種の価値体系の狭間にあって、ゆらぐ主人公像を浮き彫りにした小野寺の論は卓抜なものといえるだろう。ただ惜しむらくは、時頼が苦悩した美意識の対象を「恋愛か忠孝か、実か名か、封建的倫理か宗教的解脱かという二者択一」で捉えてしまっている点で、このシンプルに並列させただけの観点からは、各対象に通底する苦悩の源泉たる美意識の存在が明確にならない。

そこに関してのみは、笹淵友一の弁証法的な見解の方が的を得ている。笹淵は、「恋愛と孝との矛盾が宗教によって止揚され、宗教と武士道との矛盾が宗教を棄てて武士道に殉ずるという形で解決を与えられたということは、樗牛の浪漫性が封建倫理の制約を強く受けていたことを示すものであり、後年の樗牛が日本主義に傾いたことと無関係ではあるまい[103]」と主張する。

笹淵がいう「孝」は、本論の「武の美意識」に回収されるから、さしあたり「恋愛と孝との矛盾が宗教によって止揚され」というのは、「恋の美意識」と「武の美意識」が「悟の美意識」によって止揚されていると考えればよい。「宗教と武士道の矛盾」もその通りであろうが、その前段たる恋愛（「恋の美意識」）と宗教（「悟の美意識」）の相克がすっぽり抜け落ちてしまっている。「武」と「恋」と「悟」は、三者が美意識の対象として機能しながら、より大きな世界観や時代相――小野寺凡の表現に従うなら「「近代の憂愁」に苦悩する明治二十年代中期の青年の原型」――を形成しているのである。つまり、調和的なプロットを持たないにもかかわらず、『滝口入道』は一つの大きな象徴を提示しているということができる。

しかし、樗牛を最も高く評価した研究者である小野寺ですら、『滝口入道』の筋が「必ずしも有機的に結合していないことを」気にしている節がある。けれども、まさにその不調和にこそ、『滝口入道』の読みの可能性が孕まれていると思われるのである。もし、そうした仮定が成り立つとすれば、先の笹淵の引用にあった、時頼の切腹は樗牛が封建倫理の制約を強く受けていた証であり、「後年の樗牛が日本主義に傾いたことと無関係ではあるまい」とする接続が、いかにも単調な図式であって、公式になってしまっていることがわかるであろう（樗牛の「日本主義」も国家主義と個人主義が入り混じる面妖なものであるが、その内実は稿を改めて述べたい）。

笹淵が主張する、『滝口入道』が封建倫理の制約を強く受けていたという見解に反発したのが高橋通で、「私は「滝口入道の自刃」の根底には、自己犠牲的な「日本主義」ではなくて、自己主張的な「美的生活」に通ずる近代的な感覚、樗牛の根底に流れる「樗牛の本性」のようなものが、滝口自刃の結末にさせたのではないかと推察しています[104]」と述べる。基本的な解釈の方向性は間違っていないと思われるが、この高橋の主張にも問題はある。それは、樗牛の「日本主義」にも「樗牛の本性」は共通しているのであって、必ずしも「自己犠牲的な「日本主義」」とは規定できない（それは右にも述べたように、本章のテーマとは別に論じる必要があるが）。だが、それにしても、高橋が時頼の切腹に「自己主張的な「美的生活」に通ずる近代的な感覚」を捉えたのは正しい。

時頼の死を「日本主義」と接続させた笹淵と同じく、小野寺も「最後にたどりついたのが、忠孝二道であったことは、日本主義者としての樗牛を、目前に控えた象徴的な姿ともよみとれる(105)」と書いたことがあった。むろん、こうした「誤解」が生じるのも、理由あってのことである。主人公の時頼が「あまりにも英雄的でありすぎ、写実性に乏しいのである」といい、「小説としては失敗作(106)」という烙印を押した河合靖峯の論考には、その原因を窺わせる解析がある。河合は、時頼の志向が簡単に変わっていき――恋から道心、道心から武士の道と――、つじつまが合わない点を衝き、それが樗牛の道徳的理想主義に起因すると論じた。

「滝口入道」の弱点は、この樗牛の道徳的理想主義の結果生まれたのであり、この時頼に見られる無常、死、凋落、愛の悲哀の過剰もまた、これらの理想主義が強ければ強いだけ、現実の人生から受ける無常観、悲哀感も強くなるだけに、樗牛の道徳的理想主義から生れているといえる(107)。

要するに、河合は『滝口入道』に通底する観念を道徳的理想主義と捉えており、この観点を進めていくと、笹淵や小野寺がいう自己犠牲的な「日本主義」と容易に結びついてしまうのも無理はない。当然、否定にせよ肯定にせよ、そのような論調が出てくること自体は理解できる。それは先に『滝口入道』の有する不調和や飛躍に弁証法的解釈を用いたごとく、また対象を変遷させながらも通底している美意識に言及したように、作品そのものに大きな一つの磁場が発生しているように考えられるからである。ただし、ここにこそ『滝口入道』の理解はもとより、樗牛のロジックの最も注意すべき点が蔵されている。それはつまるところ、河合が主張する道徳的理想主義と、これに対応する本論での美意識が結合しないという事実であり、このことは同時に笹淵や小野寺がいう「日本主義」とも結節しないことを意味する。

本章で論じた美意識は、ロマンティシズムを基盤とする個我主義と結びついていた。すなわち、そこにあるのは自我の強度と美的対象の変遷であって、自己犠牲すらも個我の満足を前提とする底のものである。だから統一的観念の側から——ここでは道徳的理想主義や「日本主義」——自己犠牲を強制していく通路とは正反対の道行きとなっており、一見、共通して見える世界観や磁場といったものが全く異なる構造を有していることがわかるはずである。つまり、個我の側から統一的観念を創造し、使役し、手管としているのである。

元来、『滝口入道』研究において、こうしたロジックが的確に指摘されてこなかったのは、作品刊行後、——坪内逍遙との論争を経て——樗牛により最初に主張された大きなテーマが「日本主義」であったことと、第二次世界大戦後の文学研究の風潮が（それは無理からぬことにせよ）「日本主義」などの特殊性を否定する方向へと舵を切ったことが関係しているであろう。塩田良平の『滝口入道』論などは、その典型であるといえる。

> 運命の果敢さは強調されているが、人間の強さ、少くとも人間の持つ自由さというものには考慮をはらわれていない傾きがある。これは作者樗牛が元来政教社の保守的思想に影響されており、やがて日本主義思想にまで発展する、その道程に於て書かれたものであるからとも解釈できる。ヒューマニズムとか個性の自由とかいう問題よりも、時代や運命の動きの中に人間を当てはめて行こうとする見解が強かつたからである。その意味で、この作品は近代文学としての知的要素は欠けていると云つてよい。[108]

この塩田論に代表されるような、「日本主義」から書かれたとする『滝口入道』論にこれまでの研究が規定されてきたからこそ、作者である樗牛の「小説と云はむよりは寧ろ抒情的叙事詩として見るべかりき」という言説に引きずられてきたのである。いわば、ロマン主義に彩色された「叙事詩」的観念が『滝口入道』を創作させたとする一面的な評価がまかり通り、研究史に記載されてきたのではないかという疑念である。そして、このことは評論家としての樗牛がその没後、急速に忘却されていったことと無関係ではないと思われる。[109]

『滝口入道』は、たしかに樗牛みずから評したような、抒情的叙事詩を想起させる文辞とロマンティシズムに満ちた作品である。しかし、それだけではなく、登場人物には明確な個我主義が貫徹されており、美意識の変遷にあらわれた「想世界」には多様な価値のなかで生きた人間が表現されていたのではないだろうか。歴史小説であるとともに、そこには明治の時代意識や価値の相克がメタ・レヴェルで内包されていると考察できよう。

これらのことから、『滝口入道』がもつ深淵なメカニズムを解き明かす試みは、明治文学の〝奥行き〟と近代文学成立の過程で喪失してしまった――あるいは切り捨ててしまった――可能性を見つめ直す作業でもあると考えられるのである。そしてまた、それを通過しなければ、わずか三一歳の人生で明治論壇の大立者となった、時代の体現者たる高山樗牛の出発点を正確に把握することは適わないであろう。

注

（1）『滝口入道』三一三頁。テキストは『明治名作集』（新日本古典文学大系　明治編　三〇）岩波書店、二〇〇九年三月）に収録の『滝口入道』（池内輝雄　校注）を用いた。底本は一八九五年（明治二八）九月二〇日に春陽堂より出た初版本である。『樗牛全集』版を避けたのは、校注者の池内が「編者による表記の改変がある」と指摘しているように、樗牛没後に編纂された全集のテキストクリティークに問題があるからである。ただし全集だけでなく、『滝口入道』の多くの刊本には差異があることを後藤丹治は明らかにし、「版が改まる度毎に、本文が多少とも改正されて行つた、明治文学の作品の例は他にもいくらもあり、滝口入道またその例に洩れぬことを痛感するのである」（「樗牛の歴史小説」）と述べる。なお本論注での引用は「『滝口入道』〇〇頁。」と記す。

（2）小野寺凡「人間高山樗牛（十一）」（『評言と構想』第一九輯、一九八〇年一〇月）や「高山樗牛『滝口入道』」（『解釈と鑑賞』一九九〇年一二月）に詳しい。後者において小野寺は以下のような感想を述べる。「表では名を匿しながら、裏ではちらつかせるという樗牛の内心は、仏門入信後、生前の横笛や重盛の前では仏者になるものの、両者なきあとは世俗的なこだわりを露わにしていくこともある滝口入道の心根と、なにやら符合するところがあって興味深い。」また、江見水蔭は一八九五年晩秋の園遊会で「『あれが高山林次郎だよ。』と誰やらから教へられたので、自分は初めて、曩に『読売』の懸賞で当選した『滝口入道』の著者を知つたのであつた」と書いている。ちなみに、同書で早熟の樗牛が文芸評論家として認められつつあった光景が「あの気取り好きの、若い者に向つては位取りを怠らなかつた桜痴翁も、高山林次郎には、相当の敬意を払ひながら語つてゐるのを見て、自分は驚異の眼を見張つた位であつた」と描かれている。（『自己中心明治文壇史』）

（3）「募集懸賞文に就て社告」『読売新聞』一八九四年四月一五日。

（4）この再募集で江見水蔭が「山水生」の筆名をもってした『旭将軍』が三等に入り、三〇円を得て連載された。（『自己中心明治文壇史』）また、國木田独歩は応募しようとしたが作品を完成させることができなかった。（『欺かざるの記』）

（5）『読売新聞』一八九四年四月一七日。姉崎嘲風は『樗牛全集』五巻（初版）の「序言」で以下のようにいう。「著者（樗牛）は其少年時より既に研究と評論とに依て世に立つべき覚悟を抱きしかば、小説に筆を執るはその本意にあらず、又小説家を以て目せらるゝ事を避くるに勉めたり。此を以てこの一篇が日就社（『読売新聞』）懸賞の選に当りしも、新聞には匿名掲載を要求し、その後も決して自らその作者たることを公言したることなし。」しかし、実際には樗牛の存在はこの作によって知れ渡った。

（6）江見水蔭は『自己中心明治文壇史』（博文館一九二七年一〇月）で逍遙が『当世書生気質』を書いたときのことを、以下のように回顧している。「当時、文学士と云つたら、今の博士よりもズツと偉く思はれてゐた。その学者が小説如き戯作物に筆を染めたいといふので、先づ世人は驚いた。」

（7）大谷正「日清戦争と従軍記者」（『日清戦争と東アジア世界の変容』下巻、ゆまに書房、一九九七年九月）には通信手段や検閲などの問題に加え、「新聞記者の待遇は差があり、部隊によっては足手まといの邪魔者扱いされかねない場合もあった」と指摘されている。

（8）赤木桁平『人及び思想家としての高山樗牛』新潮社、一九一八年一月、一二頁。

（9）【書簡】高山樗牛→高山久平、一八九四年（明治二七）四月一九日『樗牛全集』七巻、三三三頁。

（10）高須芳次郎「解説」『滝口入道』（岩波文庫）一九三八年一二月、一〇九頁。ちなみに高須は選者を間違えて幸田露伴を加えている。

（11）内田魯庵『文学者となる法』『風刺文学集』（新日本古典文学大系 明治編 二九）岩波書店、二〇〇五年一〇月）二六三頁。

初出は三文字屋金平（魯庵）名義で右文社より一八九四年四月に刊行。

(12) 坪内逍遙「歴史小説に就きて」『逍遙選集』七巻、三七七頁。『逍遙選集』では二つの論説「歴史小説に就きて」「歴史小説の尊厳」が前者の題名で一つに統合されている。（初出『読売新聞』一八九五年一〇月七日、二八日。）

(13) 小田切秀雄『近代日本の作家たち』法政大学出版、一九六五年六月、五九五頁。

(14) 『滝口入道』三一四頁。

(15) 高山樗牛「光陰誌行」第八集（一八八五年（明治一八）五月一日）『樗牛全集』七巻、六六頁。

(16) 池内輝雄「歴史小説「滝口入道」の誕生」『明治名作集』（新日本古典文学大系　明治編　三〇）岩波書店、二〇〇九年三月、四八六頁。

(17) 「春日芳草之夢」末尾「編者云」『樗牛全集』六巻、四一頁。

(18) 赤木桁平『人及び思想家としての高山樗牛』同上、二一頁。

(19) 長谷川義記『樗牛――青春残夢』暁書房、一九八二年一一月、二五頁。

(20) 高山樗牛「春日芳草之夢」『樗牛全集』六巻、九頁。

(21) 坪内逍遙『一読三歎当世書生気質』『逍遥選集』別巻一、一八頁。（初出　一八八五年六月〜八六年一月、晩青堂）

(22) 高山樗牛「春日芳草之夢」『樗牛全集』六巻、二七頁。

(23) 『滝口入道』三一九頁。

(24) 樗牛は多くの論者に「個人主義」と評されてきた。それ自体は概ね正しいが、問題もある。「個人主義」の歴史的変遷による多義的解釈――個人性倫理の実現から功利主義的な自我や宗教的な単独者など――の蔓延によって、概念規定に精確性が保ちにくくなっているという事実である。そこで、樗牛の内省と美意識の葛藤から形成される個人主義を、特に「個我主義」として本論では用いることにした。親友の姉崎嘲風は、「今高山の我執を見るに、彼れは自己を頼める者なり、彼は自己を信ぜる者なり」として、「我執」という表現を使った。しかし、姉崎自身が肯定的に評価した樗牛の「根本性格」の一徹、すなわち表面的にどれほど志向が変わろうとも、「彼は決して進路を転じたる者に非ざりき」という実体の表出には、否定的な仏教用語である「我執」は折り合いがよくない。「根本性格」を機関にした樗牛の「個我」の展開には、「個我主義」をもってあてるのが適当と判断される（姉崎の引用は『樗牛兄弟』所収の「高山樗牛と日蓮」）。なお、「個我」の語を最初に用いたのは、管見のかぎり長谷川義記（『樗牛――青春残夢』）である。

(25) 岡崎義恵「高山樗牛論」『明治大正文学研究』第三輯、東京堂、一九五〇年五月、九頁。(『高山樗牛 島村抱月 片上伸 生田長江 集』(現代日本文学全集 五九)筑摩書房、一九五八年六月 所収)

(26) 片岡良一「日本浪漫主義文学研究」『片岡良一著作集』六巻、中央公論社、一九七九年一〇月、二八四頁。ただし、片岡はこうも述べる。「樗牛の若く鋭い感受性は、時代の奥深く磅礴する悲哀感によく触れていながら、彼の(『滝口入道』)の態度にはそうした悲哀感の由来するところを正しく見究めようとするだけの沈潜がなかったのである。」つまり、片岡は『滝口入道』の悲劇に、時代の悲劇との連動を認めなかった。しかも、片岡は「透谷を殺した時代の悲しさ」の内実を説明していない。

(27) 北村透谷「厭世詩家と女性」『北村透谷選集』(岩波文庫)一九七〇年九月、八一頁。(初出『女学雑誌』一八九二年二月)

(28)『滝口入道』三二二頁。

(29) 関大和「滝口入道を読む」『読売新聞』一八九四年六月四日。

(30) 小谷野敦『〈男の恋〉の文学史』朝日新聞社、一九九七年一二月、一三八頁。

(31) 岡崎義恵「高山樗牛論」同上、七頁。ここで岡崎は「男性的・積極的浪漫主義」といっているが、これは近世の儒教意識と近代思想が絡み合った徒花としての性質も併せもっており、男尊女卑的なロマン主義とも捉えられる。

(32)『滝口入道』三三〇頁。

(33)『滝口入道』三二九～三三〇頁へかけて三カ所出ている。

(34)『滝口入道』三三三頁。

(35)『滝口入道』三三四頁。

(36) ちなみに高木秀一も「想世界」の範疇に入る人物である。

(37) 時頼に「悟の美意識」が認められるのは、本文の密教とともに、『平家物語』の時頼が維盛に「三世の諸仏は一切衆生を一子の如におぼしめして、極楽浄土の不退の土にすゝめいれんとし給ふ」(「維盛入水」)と説教するなど、浄土思想の影響も間接的に働いていると思われるからである。笹淵友一は、『平家物語』における「滝口の浄土信仰は主家の一大悲劇に際しても少しも動揺しなかったのである」と述べ、そこから『滝口入道』との差を指摘するが、浄土への憧憬は美意識への没入と引き合うところがある。

(38)『滝口入道』三三七頁。

(39) 高山樗牛「光陰誌行」第八集(一八八五年[明治一八]五月一九日)『樗牛全集』七巻、八八頁。

(40)『滝口入道』三四一頁。
(41)『滝口入道』三四四頁。
(42)『平家物語』巻十「熊野参詣」(引用　日本古典文学大系三三『平家物語』(下)岩波書店、一九五五年一一月)一八八頁。
(43)高山樗牛「平家雑感」『樗牛全集』六巻、三八八頁。(初出『太陽』一九〇一年四月五日)
(44)高山樗牛「平家雑感」『樗牛全集』六巻、三九二頁。一方でこうも述べられる。「世は如何にもなりなむ、ただ力を尽し忠を励みても及ばざらむとき、かねてなき身のせんすべなからめやは。さるを、君父を捨て、門下を去り、偏に一身の安慰を冥々の後に祈願し給へるこそ、かへすぐ〵も心得ね。」しかし、右、行文は文脈上、肯定の裏返しである。また、この批判めいた論評にもかかわらず、ほとんど時頼の出家の内実と重なりあうことがわかる。
(45)高山樗牛「平家雑感」『樗牛全集』六巻、三九一頁。
(46)塚原渋柿園については、高木健夫が次のような考察をしている。「かれの武士的エスプリは、新聞記者になっても消えなかった。歴史小説を書くようになったのも、維新後の文明開化の浮薄な世相にあき足らず、新国家建設のための国民意識を高める〝手段〟として、歴史小説を書いたふしが見える。」(『新聞小説史　明治篇』)日清戦争に関連して朝鮮に強い関心を抱いていたという塚原の歴史小説には、やはりある種の政治性が含まれるであろう。
(47)『滝口入道』三五二頁。
(48)『滝口入道』三五四頁。
(49)『滝口入道』三六六頁。
(50)前田愛「井上哲次郎と高山樗牛」『前田愛著作集』四巻、筑摩書房、一九八九年一二月一一九頁。(初出『日本近代文学』一八、一九七三年五月)
(51)前田愛「井上哲次郎と高山樗牛」『前田愛著作集』四巻、同上、一一九頁。
(52)『滝口入道』三六八頁。
(53)『滝口入道』三七一頁。
(54)関大和「滝口入道を読む」『読売新聞』一八九四年六月四日。(『文芸時評大系　明治編』一巻、ゆまに書房、二〇〇五年一一月所収)
(55)関大和「滝口入道を読む」『読売新聞』一八九四年六月四日。

(56) 中村武羅夫「高山樗牛と創作」『古典研究』明治文学研究—高山樗牛—雄山閣、一九四二年三月、二二頁。さらに中村は、「実感がなく、同情を誘はれないゆえに折角の悲劇が、作者がムキになつて叫び、愬《うつた》へてゐるにもかゝはらず、却つて一種の茶番じみた感じもするのである」と手厳しい意見を述べる。
(57) 関大和「滝口入道を読む」『読売新聞』一八九四年六月四日。
(58) 姉崎嘲風「「滝口入道」に就いて」『歌舞伎』第七三号、一九〇六年五月、七二頁。
(59) 石丸久「高山樗牛『滝口入道』」『明治大正文学研究』第五輯、東京堂、一九五一年四月、四四頁。
(60) 石丸久「高山樗牛『滝口入道』」『明治大正文学研究』第五輯、同上、四四頁。
(61) 廣島一雄「「滝口入道」覚書」『文学論藻』東洋大学国語国文学会、一九六八年三月、六八頁。
(62) 日本における『ウェルテル』訳出は番匠谷英一によると、「明治二十二年の新小説に中井錦城が「旧小説」と題してその数節を英訳から重訳して紹介し、鷗外も同年十月の「国民之友」に「少年エルテルの憂」と題する小文を草し、あわせて七月十六日の手紙の一部を抄訳している」のが嚆矢らしい。(「ドイツ文学の翻訳と日本文学」)
(63) 片山宏行「注三五」「高山樗牛」『日本文芸鑑賞事典』ぎょうせい、一九八七年八月、二一九頁。
(64) 笹淵友一「解説」『滝口入道』(岩波文庫)第三二刷改版、一九六八年一〇月、一一五頁。
(65) 廣島一雄「「滝口入道」覚書」『文学論藻』東洋大学国語国文学会、同上「注2」七〇頁。なお廣島は、「それが「平家物語」巻十の、なかでも「横笛」「高野巻」「維盛出家」「維盛入水」などを主な素材としていることは断るまでもない」としている。つまり「熊野参詣」との比較を怠ったがために、花見の宴を『ウェルテル』の舞踏会とつなげてしまったのではないか。
(66) 『平家物語』巻十「熊野参詣」(『平家物語』(下) 同上) 二七九頁。
(67) 池内輝雄「補注一三」『滝口入道』(『明治名作集』(新日本古典文学大系 明治編 三〇) 所収) 岩波書店、二〇〇九年三月、四二六頁。
(68) 片岡良一「日本浪漫主義文学研究」『片岡良一著作集』六巻、同上、二八四頁。
(69) 川副國基「明治文学史における翻訳文学」『国文学』—解釈と教材の研究—学燈社、一九五九年四月号、一六頁。
(70) 番匠谷英一「ドイツ文学の翻訳と日本文学」『国文学』—解釈と教材の研究—学燈社、一九五九年四月号、三九頁。
(71) 河合靖峯「初期の高山樗牛」『立教大学 日本文学』一九七一年一二月、一九頁。
(72) 小谷野敦『〈男の恋〉の文学史』同上、二〇一頁。

(73) 小谷野敦『〈男の恋〉の文学史』同上、二〇〇頁。
(74) 高山樗牛 訳『淮亭郎の悲哀』（ゲーテ『若きウェルテルの悩み』一七七四年）『樗牛全集』六巻、一〇七頁。一八九一年七月から九月まで『山形日報』に連載。ただし、当該新聞は現存しない。
(75) 高山樗牛 訳『淮亭郎の悲哀』『樗牛全集』六巻、一一一頁。
(76) 高山樗牛 訳『淮亭郎の悲哀』『樗牛全集』六巻、一三九頁。
(77) 高山樗牛 訳『淮亭郎の悲哀』『樗牛全集』六巻、一三二頁。
(78) 開東新「横笛説話物語」『滝口入道』口語訳、歴史春秋出版社、二〇〇一年七月、一五一頁。管見のかぎり、『滝口入道』唯一の口語訳である。
(79) 『滝口入道』三七五頁。
(80) 後藤丹治『中世国文学研究』磯部甲陽堂、一九四三年、二三四頁。
(81) 高山樗牛「吾妹の墓」『樗牛全集』六巻、二五三頁。（一八九一年）
(82) 生方敏郎は『明治大正見聞史』で日清戦争時の世相を以下のように回想している。「俗謡では、さまざまに罵ったけれども、初めの中、内心では誰しも支那を恐れていたのだ。ところが皇軍の向うところ敵なく、実に破竹の勢となったから、俗謡も絵も新聞雑誌も芝居も、支那人愚弄嘲笑の趣向で、人々を笑わせるものが多かった。」戦争を通して変質していく「国民性」のメカニズムがよく捉えられる一文である。
(83) 『滝口入道』三七八頁。
(84) 高山樗牛「平家雑感」『樗牛全集』六巻、三九七頁。
(85) 『滝口入道』三八四頁。
(86) 池内輝雄「注一八」池内輝雄「補注一三」『滝口入道』（『明治名作集』（新日本古典文学大系 明治編 三〇）所収）同上、三八五頁。
(87) 『滝口入道』三八八頁。
(88) 『滝口入道』三九二頁。
(89) 『滝口入道』三九五頁。
(90) 『滝口入道』三九九頁。

(91) 高山樗牛「平家雑感」『樗牛全集』六巻、三九七頁。
(92) 『滝口入道』四〇四頁。
(93) 高山樗牛「離別に臨みて我妹に残せる」『樗牛全集』七巻、二五三頁。本文に引用した以外の二首を以下に掲げる。「わかれての　のちの涙を想ひやれば　月の影さへくもりてぞ見ゆ」「遇ひしとき別るゝものとしりながら　今の名残の惜しくもあるかな」
(94) 後藤丹治「樗牛の歴史小説」『学大国文』六号、大阪学芸大学国語国文学研究室、一九六三年二月、二〇八頁。
(95) 高橋通『高山樗牛―31歳の生涯―』荘内日報社、二〇〇五年一一月、一〇一頁。赤木桁平も「今日から考へて見ると、彼の病兆はこの時既に発してゐたのかも知れない」と振り返っている。（『人及び思想家としての高山樗牛』）
(96) 池内輝雄「補注一八」『滝口入道』（『明治名作集』（新日本古典文学大系 明治編 三〇）所収）四二七頁。
(97) T．S．『早稲田文学』一八九五年一〇月、七三頁。
(98) 『滝口入道』四〇五頁。
(99) 池内輝雄「注一八」『滝口入道』（『明治名作集』（新日本古典文学大系 明治編 三〇）所収）四〇五頁。
(100) 『滝口入道』四〇六頁。
(101) 片岡良一「日本浪漫主義文学研究」『片岡良一著作集』六巻、同上、二八四頁。
(102) 小野寺凡「人間高山樗牛（十二）」『評言と構想』第一九輯、一九八〇年一〇月、六五頁。
(103) 笹淵友一「解説」『滝口入道』（岩波文庫）第三二刷改版、同上、一一五頁。
(104) 高橋通『高山樗牛』―31歳の生涯―荘内日報社、二〇〇五年一一月、八八頁。
(105) 小野寺凡「高山樗牛『滝口入道』」『解釈と鑑賞』一九九〇年一二月、一一七頁。
(106) 河合靖峯「初期の高山樗牛」『立教大学 日本文学』一九七一年一二月、二五頁。
(107) 河合靖峯「初期の高山樗牛」同上、二六頁。
(108) 塩田良平「解説」『滝口入道』（角川文庫）一九五八年二月、一〇六頁。
(109) 谷沢永一は『嫉妬する人、される人』（幻冬舎二〇〇四年七月）で、樗牛は死後、全集が三度も出るという異例な存在であったにもかかわらず――戦前においては尾崎紅葉でさえ全集は一回――、「抹殺」されているという。そして「樗牛は筑摩の文学全集九十九巻のうちの一巻の、わずか四分の一を占めているにすぎません。客観的に考えても、これは不当な扱いといわざるをえないのです」と概嘆している。

第二章

歴史劇論争

一　高山樗牛における「美」への萌芽

早熟の才を遺憾なく発揮した樗牛であったが、その才をいち早く認め、中央論壇への足掛かりを与えたのが坪内逍遙であった。それまでも旧制二高の『文学会雑誌』（『尚志会雑誌』の前身）や『山形日報』での活動から羽陽文壇の名を高からしめていたものの、東京という中央集権国家への脱皮をひた走りに走っていた求心的な首府での第一歩は、逍遙が主宰する雑誌『早稲田文学』においてである。

『早稲田文学』は、一八九一年（明治二四）の一〇月に東京専門学校の機関誌として創刊され、殊に主宰者の逍遙はここを基盤に数々の論説を発表し、論争を繰り広げた(1)。樗牛は一八九二年五月の「時文評論」欄に投書した「文学者の信仰」が載り、一八九四年（明治二七）には新プラトン主義を独自にかけ合わせた「老子の哲学」が三回連載された。

樗牛と逍遙の関係は、互いを認めること一方ならなかったにもかかわらず、文学理論については両者ともに対決を辞さなかった。しかも、それは以下に考察を加えていくが、対立を内包しつつも変革への志向性の面では共闘関係にあるとう複雑さを抱えていたのである。干支がひと回りも上の、文壇の大立者たる逍遙に挑んだ樗牛二四歳から二六歳までの歴史劇論争を解析していくことは、樗牛論全体の核心部をなす美的個我意識の評論展開初発期を捉えるうえで不可欠の要素であることは間違いなかろう。なんとなれば、ほぼ同時期にあった木村鷹太郎や森鷗外との多方面論争も、樗牛の短き生涯を決定づける胸部疾患との本格的闘病(2)とともに幕開けられているからである。死までつづく身体の不調と闘争的評論の傍らには常に逍遙の存在があり、それは本章の歴史と詩をめぐっての関係に淵源する歴史劇論争に出発するのである。

逍遙と論争に入る前の樗牛が論じた評論に「戯曲に於ける悲哀の快感を論ず」という一文がある。前段として、まずはこれを瞥見しておきたい。この作は、樗牛の二高時代の一八九二年（明治二五）一二月に『文学会雑誌』に発表したもので、大西祝が『国民之友』に書いた「悲哀の快感」をターゲットにして、芝居から受ける心理的影響のメカニズムを論じたものである。

樗牛が大西の説に反駁している主要な論点は、大西が悲哀の追体験に惻隠の情を呼び起こし、「他人の為めに涙を流して他と我との差別を忘る、の時は是れ我本性の光明を放つの瞬間なり」(3)と考えることに対する、審美的観念の強調である。樗牛はあくまでも悲哀が仮在のものであることに着目し、もしそれが実在であれば心理的快感は得られないとする。「芝居なればこそ、朝顔の物語（『朝顔日記』または『生写朝顔話《しょううつしあさがおばなし》』）も面白けれ。詩歌なればこそ、オフェリア（『ハムレット』）も楽しけれ。実際薄命の盲女狂婦を見て何の快感あるべきや」(4)。つまり、『朝顔日記』の秋月深雪が狂乱して恋人を追いかけたり、『ハムレット』のオフィーリアのように薄幸の末に自殺する事態が実在すれば、それのどこに救いがあり、精神的安息があるのかを問うているのである。

ここには、のちの歴史劇論争における樗牛の思想の原型があらわれている。樗牛は歴史劇論争で実在を「史」に、仮在を「詩」に置き換えて、「詩」の絶対的優位を定立した。その根本はここに「予は思ふ、悲哀の快感の主要なる原因は各人が固有せる審美的観念に存すと」というように、すでに二一歳の樗牛によって方向づけられている。ただ、その論理構成は極めて直覚的で、「審美的観念は主として『美』と『崇高』とより成る」といった程度に止まってはいる。それでも、「吾人は美なるものを見ては只之を楽み、悲哀なる美（即ち悲劇）を見ては其悲哀を悲むと同時に其美を楽む也」と、「美」に関する志向性の萌芽は間違いなく認められるのである。

二　坪内逍遙『我が国の史劇』

そしてほぼ同じ頃、逍遙の方も歴史劇についての理解を深め、ようやく革新の気運に棹差そうとしていた。逍遙は、過去に（一八八六年〔明治一九〕）末松謙澄が中心となった演劇改良会を批判したり、半峰高田早苗が推し進めた日本演芸協会に属したりするなど、独自に演劇論の見地を涵養していたが、まとまった論考としては一八九三年（明治二六）の一〇月から翌年四月まで『早稲田文学』に書き継がれた「我が国の史劇」が最初である。「我が国の史劇」で逍遙が自身の「新史劇」理解を立ち上げるにつき、主要な標的にしたのが「夢幻劇」である。逍遙は夢幻劇を次のように規定している。

何をか夢幻劇と謂ふ。古くは近松〔門左衛門・巣林子〕より、近くは古河〔河竹黙阿弥〕にいたる、あらゆる伝奇的《ロマンチック》史劇を謂ふなり。夢幻劇と名づくるは如何。夢幻に似たればなり。如何なる点が夢幻に似たる。其荒唐なる脚色、其妄誕なる事件、其不自然なる人物、其不条理なる結構、其散漫たる関係、若しくは其変相《メタモルホーシス》と矛盾《インコンシステンシー》とに富める、其旨《インテレスト》の一致《ユニチー》を欠ける、其事変の意表にいづる、其事物の誇張せられたる、悉皆く夢中の幻想なり。[5]

ここには「夢幻」という語を用いてカテゴライズした、逍遙の見方がよく出ているといえよう。主眼としているのは、荒唐無稽な筋に支配され、物語に一貫した「旨の一致」が欠けていることへの批判で、それがとりわけ夢幻《ゆめまぼろし》のようにしか存在できないことを衝いたものである。そして逍遙は、巣林子こと近松門左衛門、古河（河竹）

黙阿弥、依田学海の三者の特徴を捉え、それを比較することによってみずからの立場を明らかにしていこうと試みた。

まず、近松の作を「おしなべて巣林子の時代物は、殆ど地名と人名のみを過去に借りたる夢幻国の物語なり」と規定し、「要するに、近松が時代物は、過去の事相もしくは人物を描かんが為に綴られたるにはあらで、むしろ縦横に人情を描写せんが為に、時、処、と人名とを過去に借りたるもの、み」と評価を下した（これはのちの樗牛批判に極めて近い）。近松の時代物は、ただ設定を借りただけの方便であるから、逍遥としては当然これを歴史劇とは認められない。

河竹黙阿弥は、近松に比べれば伝奇的（夢幻的）傾向を減じ、写実へ進み歴史劇に近づいたという。「案ふに、黙阿弥は明かに歴史的写実主義の端を発《ひら》きて、所謂活歴派の導火となりぬ」役割を果たした。だが逍遥は、史実尊重に過重な立脚点を置く活歴派に懐疑的であったし、そもそも活歴劇を物す前提条件たる黙阿弥の学殖と洞察力に問題を見て取った。よって、「一切の史的材料と標準とを、をさ〳〵卑俗なる野史と謬妄浅劣なる講談とに採りし古河黙阿弥が、史劇に失敗せしは理《ことわり》ならずや」と結論を導き出したのである。

依田学海については、黙阿弥の歴史的写実主義を極端にした存在として理解され、「あまりに悲詩歌的、散文的にして、史劇たるよりは、むしろ舞台を考古的博覧場と看做したる一種の演義的野史なりと評すべし」と批判されている。要するに、近松式夢幻劇を正反対にしたかたちの欠点で、物語に不可欠の詩的感興を喪失してしまっていることを批判したものである。

夢幻劇の詩の過剰と、活歴劇の史の過剰の両極を批判しているということは、おのずと逍遥の立場が中庸的なものとなってくることがわかる。逍遥の立場を以下に抄出してみる。

私《ひそ》かに案ずるに、凡そ脚本の精髄は、個々人物の性格を根本因として、其周囲の事情、境遇等を縁とし、複雑隠微なる因縁の間に成る強大著名なる業果を写破して、以て髣髴として人間事相の真実平等体を見えしむる所にあるべし。而して謂ふ所の史劇とは、件の個々の人物をば、専ら過去の世間に取り、且つ之れを過去の特殊なる事情境遇の間に立たしめて、件の千古唯一体なる自然、人間の平等旨を殊なる過去相のうちに現示せんと力むるもの丶み。(6)

稲垣達郎は、これを「戯曲の精髄とは、個々の人間の特定の内在的なものが、外在的なもの（他の人間内在もふくまれる）と複雑に交渉する過程のなかに成り立ってくる、したたかな、必然的なものと対決しながら、人間実在の真実、ないし普遍妥当な原理を具象するものだ、との意であろう」とパラフレーズして、逍遙が「かつての（一八八五年（明治一八）頃）、演劇は「真理」（人情の真理、世態の真理）を描写するのが本分だとしていたころよりも、はるかに深まった、また何か壮大なイメージに成熟しつつあることが感じられる」(7)と評価している。

稲垣評にほとんど異見はないが、逍遙『小説神髄』（一八八五年—八六年）以来の心理的写実と人間本性、および歴史的普遍妥当性との整合性という難問を勘案すれば、「成熟」というより「真理」の内質をめぐって揺れ動く逍遙の苦闘が、結局は夢幻劇派と活歴派の間をさ迷わせることとなったといえよう。そして、そのことは、また「我が国の史劇」が改革論の中枢に入る前に「中絶」せざるを得なくなったことと無関係ではないと思われる。

逍遙は「我が国の史劇」で、現代「新史劇」の代表的実作者として桜痴福地源一郎を取りあげる。基本的に桜痴の旧夢幻的史劇を翻案して新写実的史劇にブラッシュ・アップする手法に距離をとりつつも、逍遙は「〔桜痴〕居士は、尠くとも、我が邦の史劇をして一歩を進めしめたる作家にあらずや」と新史劇の特質理解に一定の評価を与えている。では、逍遙と桜痴の差がどこにあったかといえば、逍遙は夢幻劇の「純乎たる幻影」と、歴史劇の「史的幻影」とを論理的に区別して捉えたことによる。

> 純乎たる幻影と史的幻影とは、おのづから同視しがたし。按ふに、此二者は、次第に判然と分離して、終には混ずべからざるに至らん運を有す。其故如何といふに、総じて夢幻劇は、史的事実を客として通有煩悩を主とせるゆゑに、単に或る幻影をだに生ずれば、能事畢はれりとするものなれども、史劇（史的性格劇）は、更に一歩を進めて、所謂歴史を表とし、人間の因縁果報を裏とする故に、（其実史的事実は仮面たるに過ぎざるにも係らず）まづ当時の観者の心に史的と特称すべき幻影を生ぜざるべからず[8]

歴史劇において「史的幻影」を重視する姿勢を打ち出した逍遙は、実際のところ、自身が自覚するより遥かに活歴派と指呼の間にあったといえよう。むろん、この事態も「史的幻影」を論ずる場合の限定つきで、一方には「個性と外界との複雑霊妙なる関係を描破するは第一、根幹にして、史的事件と史的人物とを実写するは第二、枝葉なり」としっかり明言している。だが、〈歴史劇の「史的幻影」〉と〈夢幻劇の「漠然たる幻影」〉を区別した時点で「尋常の聡明なる頭脳をして史的幻影を生ぜしめん程には、史的事実に因り、史的考証をも力め、時勢、風俗等を写さゞるべからず」とまで筆が及んでいるのは、逍遙の内部で矛盾が生じていたことの証であろう。

逍遙は他にも、桜痴の歴史劇の人物に性格（キャラクター）が単純俗知で深みがないことや、逍遙が「冷観」と呼ぶ多角的視点を介在させたアイロニーの欠落などを指摘する。そして、そこから再び夢幻劇に論を転じ、夢幻劇を三分類（反動派・好古派・歌舞伎派）して批判的吟味を加えていき、最終的に三箇条に問題点を集約する。

> （第一）叙事詩の体と劇詩の体とを分別すべし。

（第二）劇をして「旨の一致」を具へしむべし。
（第三）性格を諸作業の主因たらしむべし。

（第一）は、小説と脚本の別を明らかにしなければならないとする主張。要は文体でのみ表現する叙事詩（小説）と、劇として演じられる劇詩（脚本）の質的区別を求めるものである。[9]（第二）の「旨の一致」とは、インタレストのことで、逍遙は「旨味」と訳をあてているが、物語全体に通底するモティーフを確立せよということ。（第三）は「性格」、すなわち人間が有する心の機微たる迷執煩悶などの性質を登場人物に具備させることである。

逍遙は、「我が肝要なる改善は根幹にあり、体質にあり、枝葉、形、度にあらず、我が劇壇改善の急務は体を改むるにあり」と急進的な改革を主張するが、この「我が国の史劇」という論考自体が「事故ありて中絶」という仕儀になってしまい、ほとんどが既存の歴史劇の分類的通覧と批判に費やされ、自身の歴史劇理論の発表とはならなかった。しかし、逍遙はこれ以後、みずからが実作者として歴史劇の改革に乗り出すのである。

三　坪内逍遙の『滝口入道』批判

逍遙が「我が国の史劇」を『早稲田文学』に書き継いでいたとき、第一章で考察の俎上に載せた樗牛筆の『滝口入道』が『読売新聞』の懸賞歴史小説で二等をとり、連載されていた。そしてまた、『読売新聞』に入社して文芸欄に多大な影響力をもっていた逍遙が審査員の一人であったこともすでにふれた。

現在までの研究では、当時の審議過程は詳らかになっていないが、様々な外面状況や主張からある程度の推測がつけられる部分もある。逍遙とともに選者の尾崎紅葉、高田半峰、依田学海のうち、紅葉と半峰の動向は不明だが、逍遙と学海の主張からは樗牛の作品が「二等」になった理由を浮き彫りにすることができよう。

『滝口入道』が『読売新聞』に連載されて、ほぼ一年半後の一八九五年（明治二八）一〇月七日、逍遙は「歴史小説に就きて」（『読売新聞』）で審査の感想とかけあわせながらの歴史小説論を、一〇月二八日にもそのつづき「歴史小説の尊厳」を相次いで発表した。

逍遙は審査過程で「歴史小説の解釈も人毎に同じからず[10]」と痛感したようだが、歴史小説（劇）理論の枠組みは先にあげた「我が国の史劇」を基本的に踏襲している。とりもなおさず、「歴史と銘つたる小説、又は舞台に懸けるといふ約束ある脚本などは、全く夢心地にては成りがたかるべし」と夢幻劇批判と同一論拠をとり、また逆に、歴史事象をのみ羅列して歴史小説がすむのであれば「考古家を叔父にもてる小才子は、皆日就社〔『読売新聞』〕の金時計〔樗牛は金銭に換えてもらった〕を貰うべし」と、これも辛辣に退けた。逍遙は折衷的に、「歴史小説は其国の特性を発揮すると同時に、其当時の人情及び風俗を反映するを要す」と文化写実とでも称せるような自身の立場を表明している。

右のような主張があってから、『滝口入道』の題名を出さないままに擬制した批判を次のように試みた。

> すなはち身を殺しても仁を遂げ義を遂げし士堅気も、此塩梅にて写さる、時は、とんだ外強の心弱となり、眼中君父あつて我が身無かりし我が中古の武士魂も自意識のおそろしく鋭き主我的明治男と化し去る也。（中略）小説は、詩歌にひとしく、情より情に訴ふるが本旨なれば、幾分か過去といふ幻影をまづ情の上に起こさしめざるべからず。さなくば態々歴史と題して風がはりの小説を作る要もなく、且は歴史小説の尊厳をいたく侮蔑せる振舞なり。[11]

逍遙は当世風の「明治の太気（思想、情感、習俗、好尚）」を、そのまま歴史小説に持ち込むことには反対であった。むろん、現在の学術的水準を以てすれば、逍遙がいう「身を殺しても仁を遂げ義を遂げし士堅気」という理解自体に実証的な疑問符がつくだろう。しかし、ひとまずそれを措いて考えると、逍遙は「歴史小説」というジャンルにおいて歴史を等閑視することは許されないと判断していたことがわかる。

よって、「眼中君父あつて我が身無かりし我が中古の武士魂も自意識のおそろしく鋭き主我的明治男と化し去」っていた『滝口入道』の主人公・斎藤時頼を認め難かったのである。樗牛の創作態度は、みずからの美意識を歴史物語に託して表現する方法であったから、ここに両者の相容れない懸隔が明らかになったといえよう。

逍遙の「欲する所は過去の理想及び感想と、其理想及び感想が造化天道〔自然法則〕と相因縁果報するの形跡」であった。このような立場からは、歴史は単なる「詩」や「美」の純一無雑な表現の場とはならない。

予〔逍遙〕は歴史小説と自称せる作に向かつては、尠くとも当代の人情、風俗、理想及び人物の影を見んことを望むなり。夫の歴史的舞台及び外飾を単に方便として用ひたる作は、之れを仮装的散文抒情詩、若しくは抒情的歴史小説と名づけんと欲す。方便とおとしめらるゝときは、歴史といふ肩書は無意義同然となり、殆ど全く尊厳なきものとなるべければなり。(12)

四　『桐一葉』をめぐる諸相

上記のような理論を、逍遙が実作で示そうと挑戦したのが『桐一葉』であった。一八九四年（明治二七）一〇月から「歴史小説に就きて」を書く前月の一八九五年九月まで『早稲田文学』に連載されていたこの作品は、豊臣秀吉没後の大坂城を舞台にした片桐且元の悲劇を戯曲化したものである。

この作品が新歌舞伎の代表作と見なされるようになり、帝国劇場で上演されてのち、実演用再版のために逍遙が書いた「序」（一九一七年［大正六］）がある。そこで逍遙は『桐一葉』誕生までの苦心とともに、その意図が那辺にあったかを語っている。


其主題は、複雑な不可抗の因縁によつて漸々に招致された豊臣家の衰運及び亡滅といふ事である。随つて主人公らしき片桐も、其実は斯かる境遇の一犠牲たるに外ならざる者である。且元を自殺させないから悲劇にならぬといふ非難が其当時にも後にもあつたが、それは単に歴史的事実が許容しないばかりでなく、初めから作者の主旨とする所でなかつた。といふのは、私は、寧ろ死ぬことも生きることも出来ぬ境遇上の悲劇といふ点に興味を感じてゐたからである。[13]

「死ぬことも生きることも出来ぬ境遇上の悲劇」を志向していたことは、いかにも中庸的な逍遙に相応しいが、当然、「且元を自殺させないから悲劇にならぬといふ非難」をも招いた。そして、にもかかわらず『桐一葉』そのものがもった深い意義は、内田魯庵が「何百年来封鎖して余人の近づくを許さなかつたランドオブ・シバヰの関門を開いた」[14]と評したように、種々の革新が叫ばれながらも停滞しきっていた演劇界に風穴をあけたことであろう。

だが、これも評価が定まるまでには紆余曲折があり、逍遙「歴史小説に就きて」が掲載された日の樋口一葉の『日記』には、さっそく論争の開幕を画する舞台裏が記されている。最初に『滝口入道』批評を公にした日就社記者の関如来（厳二郎）が一葉を訪ね、熱っぽく述べたさまが、以下のようにある。

〔関がいうには〕「これより上田敏君とひて、『桐一葉』の事評させんとす。『滝口入道』は大学生某の作なるに、それが批難を、『歴史小説』といへる題かり来て坪内が書立つべければ、大学よりは上田を呼おこして、これに当らせばやとなり。横やりは依田の学海翁やとひ入るべし。いやとても応とても、今宵は上田を説きつけ来べし」と、意気のさかんなるもをかしく、ともに『よみうり』の紙上にてたゝかはせんの目ろみなるべし。[15]

こうした関のコーディネイトは予定通り進み、まずは依田学海が「歴史小説に就きて」から一週間後の一八九五年〔明治二八〕一〇月一四日より同月三〇日までの間、七回にわたって「桐一葉の評」を『読売新聞』に連載する。学海はさすがに大家らしく、最初に「凡そ評言ハ必ずその短処を論ずるを主とするものに非ず。まづその長処を挙げて。その用意を読む人にしらしめ。しかしてのち短処あるときハ。少しもこれを護せず」と評論家の公平を明快にしている。そして、片桐且元の人物評釈について「余が思ふにハ。且元ハ唯一《ただひと》わたりの武人にあらず」とし、徳川家を明治維新から救った勝海舟に比す。つまり活歴派の見地より、且元を清廉潔白の士とするだけでは足りないとしたのである。

〔且元は〕年来経験せし人情形勢によりて練磨せし見識にて家康の智謀権術を飽まで知ぬきしことなれバ。唯一わたりの律儀一途の人物としてハ。その人にかなはずと余ハ思へり。作者〔逍遙〕此頃歴史小説の事〔「歴史小説に就きて」〕を新聞にのせて歴史小説ハその時その人に適合せざれバ。歴史といふに足らずといふ。この篇の且元ハ恐くハ。その人物に適しがたきかと疑はるゝなり。[16]

学海からすれば、逍遙の描く且元こそ夢幻劇風の仕様で、「唯旧劇の雛形によりて。人物を借り来りて演ずるのみ。当時の人情と人物との実相を得たりとすべからざるに非ずや」と疑問を呈した。

後述するが、皮肉にもこの学海が逍遙に向けて放った評を、ほとんどそのままのかたちで逍遙は樗牛に向けて放つことになる。「歴史」を対象とする比重は、〈学海→逍遙→樗牛〉と下降していくにもかかわらず、学海が――関如来の容喙を経たとはいえ――樗牛批判を含んだ逍遙の論文を非難しているのは興味深い。もっとも、上記「我が国の史劇」にあったように、先槍をつけたのは逍遙の方であったが。

一方で学海は、且元を常に窮地に追い込む淀君の描き方を絶賛している。「淀君の性質と写されたるハ。さすがに作者の慧眼炬《きょ》の如く。実にその我慢急性にして父信長の性をうけつぎし女性と見えて。その言語一々紙上に見るが如し。感服に堪へず」とまでいっている。ただし、淀君の父は浅井長政であって信長は伯父であるから、学海は活歴派にもない誤りを犯している。ほかにも学海は、淀君が見た秀吉健在時の夢の場面も逍遙の文章が流麗で自在であると誉め、「すべて夢中錯雑の光景《ありさま》を写されし筆力の妙極《きはま》りなし」と評価する。

だが、それでも学海の総評は『桐一葉』に旧劇のなごりを認めるものであり、殊に且元の娘・蜻蛉(17)が関係する箇所には手厳しい。蜻蛉は腰元として殿中にあるが、父の危機に際し茶坊主・珍伯に乗ぜられ、好男子で且元に同情的な木村重成に救いの手紙を書く。それが艶書として露見し、罠にはめられたと気づいたときにはもはや遅く、淀君が介入してくる。この展開などは、「旧劇にてつねに演ずる悪方の局が若侍奥女中の密会を発《あば》くより胚胎したる趣向なり」と学海はいう。さらには蜻蛉の人物設定についても、「蜻蜓ハ片桐の娘にて。忠孝両《ふたつ》ながら。勝れし少女と見ゆるに。忽ち珍伯の如き。軽躁浮薄なる茶道に賺《す》かされて。つねハ懇《ねんごろ》信にもあらざる。重成に書《ふみ》を贈るも。時態に於てあるまじき事ならずや」と不条理を衝く。

蜻蛉は権勢家の正栄尼に、その息子で蜻蛉に想いを寄せる知的障害をもつ渡辺銀之丞との婚姻を承知することと引き換えに淀君へのとりなしを頼む。しかし、これも混乱のうちに虚実の判断がつかなくなり、自害して果てる。

学海には蜻蛉の死の必然性が全く不明で、脚本中にそれほどの切迫を捉えることができなかった。だから、結論は「いづれにしても。自殺するほどの。原因八一もある事無し」と断じざるを得なかったのである。

これら学海の批判は逍遙に堪えたらしく、そのすぐ後の一八九五年（明治二八）一一月初旬に書かれた『桐一葉』「はしがき」（出版は春陽堂より翌年二月）には、「折から依田学海翁の綿密なる批評、『読売』の紙上にいでゝ、我が作の拙きを正し、作者が心づかざりし欠点をも指摘する所尠からず[18]」と述べられている。特に、蜻蛉の自殺に説得力を与える逍遙の試みは、一九一七年（大正六）の実演用改編版までもち越されることになった。

殆ど半分がたは書き改めながら、尚ほ不自然なまゝで残しておいたのは片桐の女蜻蛉が自害の場である。（中略）おぼこな、浅はかな、気の小さい処女が、恐怖の余り、とり逆上せて自殺するといふ段取其者は、必ずしも不自然でなからうと思ふのであるが、あの場ですぐ自害させるには、動機が足らぬ。少くとも心理的経過に無理がある。さうなるまでの準備が出来てゐない[19]。

『桐一葉』発表から二十年以上たって、その当時は「正史本位、有職故実本位の活歴主義に反動しようとする念が盛んであった余り、我知らず他の極端に流れて、丸本式や草双紙を必要もない処までも持込んであつた」と、逍遙は回顧的に反省している。しかし、その活歴派を否定するはずの理論が逆に無自覚な活歴派への接近となり、しかもみずからの新劇理論を具象化したはずの『桐一葉』は知らず識らずのうちに夢幻劇風になるという、安定性を欠いた試行錯誤のなかに逍遙はいたのである。

学海につづいて上田敏も『読売新聞』に三回の「桐一葉を読みて」を書いた。上田が逍遙へ抱いた批判の要諦は、ほぼ初回の前半に尽されているといってよい。

此戯曲にハ熱情の奔放横溢したる場少く、功名恋愛の大欲に煽られて、人の心が不測の断崖に臨みたる如き蹤跡なし。又ハ主人公の性格既に悲壮の運命を醸す可き罪過を包有して、外界の感触交渉に応じ意志となり行為と変じ終に大破裂に導く可き悲運の網に捉はれたるにもあらず。本篇の後景に在て全体の運命を操るものハ当時の歴史として甚《いた》く曲中の人物の行為を圧する如き傾きあれバ、且元を始とし原動対動の人物皆興奮を欠き反抗に乏しく未曾て天地を掀飜《きんぽん》す可き悲壮の高点を有せず。(20)

上田は悲劇の形式に、運命に反抗し、且つ、それがどうしようもなく破られていくプロットの明確さを求めていた。ただし、理想とする物語構造は逍遙と軌を一にしており、「劇中の人物相互に其奉ずる所ありて双方に一理屈を有し、運命の為に葛藤衝突を生じて悲壮の大破裂に導かるゝなど殊に妙なる可し」と勧善懲悪を脱している。しかも、そうでありながら、上田が蜻蛉の性格の凡庸さと大野親子の敵とするには物足りない存在感を批判しているのは、実作の難しさの証であろう。

依田学海、上田敏、それぞれの論評が出ると、さっそく樗牛は『太陽』(一八九五年〔明治二八〕一二月五日)で「学海翁の評は、窮屈なりに固まりて、流石に確乎たる見地の程面白し。上田君のは稍々単純にして、主旨は学海翁のと略々同じ。是の二人は共に蜻蛉の死をば謂はれなしとて非難せり。されど是れ未だ作者の意を解せざるものには非ざる乎(21)」と簡単に感想を述べた。

五 高山樗牛の『桐一葉』評

『桐一葉』に対する本格的な樗牛の反応もはやく、一八九五年（明治二八）一一月五日の『太陽』に「演劇界の近時」を掲げている。ところで、ここには批評原理主義ともいいうる、樗牛をして樗牛たらしめるような独立自尊の批評精神がすでに萌している。本章冒頭に言及したとおり、逍遙は樗牛を中央文壇に引き上げてくれた恩人であり、学海は――関如来の介入があったからとはいえ――ある種、逍遙が樗牛批判した論を駁するために筆をとってくれた文壇の長老である。帝国大学の一学生が両大家――逍遙・学海――に向かっていく姿勢は（翌年には鷗外への批判も開始される）、谷沢永一をして次のような賛嘆を抱かしめた。

文壇に於ける樗牛は終始一貫、如何なる先輩あるいは党派に対しても、その衣鉢を継ごうとする物欲しげな態度を見せない。向う意気の強いこと類い稀な樗牛は、批評の新時代を一身に体現せんとする、独立独歩の気概と野心に満ちていた。彼は己れ以外の勢力と人脈に頼らず、旧文壇の領袖たちを自分ひとりの論理力で、順番に天晴れ捩じ伏せて呉れんと、心中ひそかに固く誓っていたようである。(22)

谷沢がいうような樗牛のあり方、樗牛みずからが批評するにあたって「当代文学の忠実なる伴侶は、堅強不撓の精神を以て不退転の精進を期せざるべからず(23)」との決意を持していたことは間違いない。そしてまた、立場を異にしながらも、樗牛はこの決意の同道者としての逍遙を認めてもいた。ただ、そうであるからこそ批評家・樗牛は、「之〔『桐一葉』〕を精読再三して深く之に感服したり。然れども有体に言はしめば、実は亦失望したり」と是々非々の立場を鮮明にしたのである。

樗牛は、学海が『桐一葉』の主人公・片桐且元に歴史的人物としての且元が反映されていないと批判したことを捉えて、却って学海を論難する。「劇は所謂る小天地なり、一切の活動個中に終始す。其の人物も亦素より是の劇的動作に関連する限に於て其の存在と価値とを有すべきのみ」と作品の独立を主張して、学海の歴史重視を「偏見」と断ずる。そうして同じ論法で、また逍遙の折衷的態度にも言及していくのである。

若し『桐一葉』の主人公が果して〔学海〕氏の言へる如き人物なりとせば、区々たる歴史的事実に拘泥するの愚を学ばずして、何ぞ直に其の悲劇的勇者に通ぜざる所以を唱道せざる。（中略）予輩は歴史小説に対する逍遙氏の意見に慊《あきた》らざる所あり。予輩の見る所を以てすれば、氏が所謂歴史的小説の条件なるものは（普通に認めらるゝ所なりと雖も）寧ろ二位的のものには非ざるか、予は所謂る歴史小説の本領は寧ろ其の理想化《イデアリヂーレン》の点に存するなきかを疑ふものなり。[24]

樗牛の「理想化」の手法をもってすれば、主人公の且元は「悲劇的勇者」として物足りなかったのであろう。そのことをより詳細に、『桐一葉』が一八九六年（明治二九）の二月に刊行されてから論じている。『太陽』において、樗牛の「春の家が『桐一葉』を読みて」と題された評論が載ったのは、同年の三月から四月にかけてである。

ここで樗牛は、その長所と短所を明確にする。長所は「性格の明に個人的差別相を具へたる」ことで、要するに登場人物の個性が近代劇の体裁をとっている点である。「人物の性格の、概してよく物されたるは敬服の外なし。就中めでたきは淀君の性格ならむかし」、「惟ふに是の女性の性格は、著者の尤も苦心せしところなるべく、又最も成功せりと謂ふべし[25]」と淀君を特に絶賛している。短所は、この作品を一個の悲劇として見た場合、読者に与える感激が薄弱で美的印象が空虚である点とする。そして、これもつまるところ、「著者が余りに正史に忠なりしが為に、悲劇的勇者の性質を、主人公たる且元に付与せざりし」ためと分析した。

畢竟著者が、預め悲劇的勇者に要する性格の如何なるものなるかに就いて、余りに冷淡なりしの罪に坐せずんばあらず。吾等は是を以て本篇の最大欠点なりと思惟す。吾等をして憚りなく言はしめば、著者は総じて悲劇の形式には余り注意せざりしが如し。是を以て一齣一場の興味は津々たるものあれども、全編を通じて之を観る時は、情浅くして感薄し。[26]

主人公の且元が「悲劇的勇者に要する性格」を有していないことが、『平家物語』を好む樗牛の美的感覚に最も適さないところであった。樗牛は「是の脚本が、悲劇の形式に於て欠くる所あるは、主《もつぱ》ら主人公たる片桐且元が性格の、はなはだ悲劇的ならぬによれり」と断じた。

〔且元は〕逆境に処して、飽くまで志を貫かむず大勇猛心あるに非ず、恩に感じ、義に勇み、死を以て節を全うする忠烈の士にも非ず、既往の跡に鑑み、未然の事を察し、機に先ちて算を制する智謀の人にもあらず、いはば律儀一遍の老武士に過ぎず。（中略）況して且元の如き一片愚直の士、いかでか斯かる傾危の際に処して、駭目驚心の悲劇を演出するを得べき。[27]

上記にあるような、樗牛が求めた「恩に感じ、義に勇み、死を以て節を全うする忠烈の士」という像に対し、逍遙は後年——注（13）でもとりあげたが——、「境遇悲劇」の観点から自身の立場を表明し反論した。

且元を自殺させないから悲劇にならぬといふ非難が当時〔『桐一葉』初版時〕にも後にもあつたが、それは単に歴史的事実が許容しないばかりでなく、初めから作者の主旨とする所でなかつた。といふのは、私は、寧ろ死ぬことも生きることも出来ぬ境遇上の悲劇といふ点に興味を感じてゐたからである。(28)

逍遙は、樗牛がいう「悲劇的勇者」を志向してはいなかった。よって女性側の悲劇を代表する且元の娘蜻蛉も、「境遇悲劇」を表現しようと意匠を凝らしたのであろう。ところが、いかにも自害の動機が弱く、逍遙自身の悩みの種になってしまったのが実情である。樗牛は『滝口入道』のヒロイン横笛に、世を果敢なむほどの恋心を映したが、それからすれば蜻蛉は説得力を欠いた中途半端な代物に思えたのである。樗牛は蜻蛉の物語に壮大な恋愛を欲した。

取上げて注意すべきは蜻蛉の性情なり。吾等は是の憐れなる少女の死の主因をば、失意の恋愛に帰するを以て最も妙なりと考ふ。少女を自殺せしむべき尤も美はしく、又尤も自《おのづ》からなる情機は、実に其の清き恋愛の外に求むべからざればなり。（中略）父を思うて乱心の余り自刃せりと外《ほか》見えずなりしこと惜しき限なれ。(29)

「清き恋愛」を蜻蛉自殺の原因に帰着させるべきとする樗牛の性質は、その美感の対象が恋愛という一分野に向けられた場合に限り、北村透谷に近い。だが、樗牛の美感は結局ゲシュタルトな物語全体へと振り向けられ、「大なる悲劇は大なる破裂を要し、大なる破裂は大なるクライマックスを要す。大なる人物に非ざるよりは何物か是れに堪へむ。惟ふに、逍遙とも言はるゝものが、如何でか這般の理を弁へざらむや」という根本的な方向性の違いへと行き着く。先にふれたごとく、学海は伝統的夢幻劇を刷新すべく、歴史的写実を重んじる活歴派となり、逍遙は夢幻劇派と活歴派の双方を乗り越えるべく、それらの中間に新機軸を打ち出そうとしていた。この二者に比して樗牛は、歴史劇創作の——というより創作全体の——中核を「文学は遂に歴史に非ず、又歴史の為にすべきものに非ず」と見いだした。つまり、文学の独立宣言ともいい得る詩的創造を至上とする態度を明確にしたのである。そして樗牛のあり様は、いうまでもなく、統一性を欠く過去の夢幻劇へと返るものではなく、近代劇における悲劇の形式に則った日本史劇の誕生を志すものであった。

六　高山樗牛による『牧の方』批判

逍遙にこれらの批判に答える余裕はなく、矢継ぎ早に『牧の方』の連載を『早稲田文学』一八九六年（明治二九）一月から翌一八九七年三月まで続け、同年九月には『新小説』に「沓手鳥《ほととぎす》孤城落月《こじょうのらくげつ》」を発表した。『牧の方』が五月に春陽堂より刊行されると、樗牛は再び逍遙に鋭鋒を向けた。それが「春のや主人の『牧の方』を評す」（『太陽』一八九七年〔明治三〇〕六月二〇日〜八月五日）である。

そこで樗牛は、まず先覚的改革者である逍遙に敬意を表し、「勧懲小説百年の積弊を一朝に打破したりし往年卓《たく》犖《らく》の意気を振興し、今日劇文学の運命を双肩に担うて立つの雄姿は、そぞろに人をして奮起せしむるもの無からずや」と持ち上げる。そして、戯曲の題材を北条時政が後妻・牧の方にとったことを史料選択の宜しきを得たものと評価する。なぜなら、それは樗牛が考える次のような史料選択の基準に合致していたからである。

戯曲家は其の材料を何処に求むべきか。歴史上較著《こうちょ》〔顕著〕の事実にして而かも其由来経行の湮滅せるか、若しくは通常人に知られざるが如きものを選ぶを最も可なりとすべきなり。（中略）是の如くむば、作家は明白なる歴史の拘束を免れ、比較的自由に其の詩想を構ふることを得べし。(30)

要するに樗牛は、詩想を実作者の自由に展開させるべく、史戯曲の材料を形跡（結果）のみ明らかで、中身の詳らかになっていないものを選ぶべきとした。その点、『牧の方』は鎌倉三代将軍源実朝の廃立に失敗したことくらいしか分かっておらず、好適といえた。逍遙自身も『牧の方』連載前の『早稲田文学』（一八九六年〔明治二九〕一月五日）に、注意すべき要点を数カ条にまとめるとともに、出版時の「序」には、「事柄の大むねは、正しき史乗に拠りたれど、枝葉は悉く作者の想像に成りて、殆ど何の拠り所もなきが多し(31)」と、かなり自由裁量があったことを断っている。

しかしながら、その史料を用いた戯曲は、樗牛が一部完結、一話のみで成立せねばならないとしたのに対し、逍遙は三部から五部にわたる遠大な構想を抱いていた。

最初の腹案によると、第一部が崇徳院と悪左府頼長と為朝とを三本尊とした悲劇。第二部は義朝か、頼朝か、頼家かを主人物とした悲劇又は准悲劇。第三部は時政の後妻牧の方を主人公にした悲劇。第四部は実朝の悲劇。第五部即ち最終編は義時の死、といふ予定であつた。さうして、見事、此五編によつて保元から承久、貞応に至るまでの、あの複雑な、深刻な史的因果律を具体化して見よう、といふのが私の其頃〔明治二〇年代後半〕の抱負であつた。(32)

逍遙の三部、または五部にわたる「循環史劇《サイクリックドラマ》」を作ってみたいという試みは、『牧の方』の続編たる『名残の星月夜』、『義時の最後』と見事に初志貫徹をした。けれども樗牛は、三部曲がギリシア以来の一形式であるにもかかわらず、その膨大複雑な設定が統一の欠如をもたらし、戯曲的効果を減ずると否定的であった。樗牛は次のようにみずからの理論を語る。

戯曲とは場に上れる人物の言語と動作とに縁りて、過ぎ去りたる事柄をまのあたりに表象する詩歌の一種なり。かく戯曲の中に現はるゝ事柄は、全く曲中の人物のはたらきの中に終始すべきものなるが故に、其の由来経過を解せむが為に、曲外に他の話説、若しくは注釈を要するが如き事柄は、未だ以て戯曲的とは称し難からむ。われ等は常に戯曲小説をば一個の有機体に喩ふ。そは其の活動の因縁の、すべて自家によりて説明し得らるべきを謂ふなり。是れはた戯曲の形式上欠くべからざる要素の一ならずむばあらず。『牧の方』はたしかに是の要素を蔑視せるものにあらざるか。(33)

この引用箇所は、樗牛が『牧の方』に抱懐した要の論点である。樗牛は戯曲を「一個の有機体」と説く。すなわち、一作品における部分と全体との連関的統一性が求められたのである。

さらに樗牛は論を進めて、牧の方の性格には個性が明晰にあらわれているものの、『桐一葉』の主人公・片桐且元にあった欠点と同様の過ちを犯しているという。且元に足らなかった「悲劇的勇者」の性格は改善されず、樗牛をして再び「牧の方は是の如き大悲曲の勇者たらむには、其の性格あまりに単純に、あまりに浅薄に、又あまりに平凡なるに過ぐるなり」と嘆じさせた。こうした樗牛の傾向は、壮麗な美意識の追体験に悲劇の基底的価値を認めるところから導き出されていた。

牧の方の性格がしかく非悲曲的なるの結果として、精神気魂の全篇を通じて壮大雄烈なるもの無く、人をして骨鳴り肉躍る底の、感情の大昂揚を見る能はざらしめしは、惜しみても猶ほ余りあり。蓋し悲曲の快感は、其の勇公《ヘルド》に対する吾人の同情に職由す。（中略）吾れ悲曲を読みて終宵巻を措かず、勇者と共に感動し、沈思し、嗟嘆し、憤慨し、天理人道を敵として斃れて而して已む。吾れ自ら顧みて恍惚として一種超絶の理想界に往住したるの思ひあり。(34)

ここには樗牛の悲劇の味わい方が、よくあらわれている。「同情」や「勇者と共に」にわざわざ圏点をつけているのは、登場人物との一体化を経て「超絶の理想界」へと没入する効果をよほど重く見ているということであろう。だが樗牛のこの考えは、所詮、逍遙が『牧の方』で目指した歴史の隠微——語ろうにも語りきれない歴史の微妙なバランス感覚——の表出とは相容れない。

逍遙が歴史の悲劇を前にして、「その経行の甚だ深遠にして複雑なるを思ふ」というとき、そこから繰り出される悲劇も良質なバランスをもった、しかし、中途半端な相対的作風とならざるをえない。逍遙は左記のようにいう。

予は彼の罪悪の絶頂期〔保元・平治〜承久の乱〕をもて人面獣横行の期と信ずる能はず、又牧の方を以て半獣的動物と看做す能はず。如何に社会は腐爛するも、如何に同義は地に堕つるも、尚人間には良能ありて善悪邪正の弁別の悉皆忘じ去るゝが如きことは、殆どあるまじき事なりと信ず。(35)

簡潔にいえば、牧の方にも牧の方の言い分があるということだが、これが物語としての悲劇の性格を弱めたことは否めない。「勇者」も「大悪人」も登場しない常識的世界からは、樗牛がいう「超絶の理想界」の現出は難しい。

逍遙のような歴史に立脚する現実は、当然、非合理的な不円満や不自然を包括する。

この傾向に対し樗牛は、「一段一齣をとりて之を読むときは、文に抑揚あり、場に変化あり、人をして卒読を覚えざらしむと雖も、全体の上より一個の戯曲として之を見るときは、遂に散漫の譏を免れ難かるべし」と非難した。実は逍遙もかつて夢幻劇派にモティーフの首尾一貫性の不備を衝いたことがあったが、はからずも同見地よりの批判を、今度は逍遙自身が受けることになってしまったのである。

逍遙はのちに『牧の方』を振り返って、「当時は、見事シェークスピヤ張りか何かで書き上げた積りに自惚れてゐたにも係はらず、今（一九一七年（大正六））見ると、脚色や文体が、余りに丸本式、もしくは黙阿弥式であつて、無理や不自然が多く、今更どうにも斯うにも直しやうがないやうに思はれた[36]」と自己批判をしている。これは樗牛と角度が違う（樗牛は「詩」を逍遙は「史」を重視）にもかかわらず、結局は同一の結論——散漫、不自然であるという——を得たことの証しであろう。樗牛、逍遙とも、根底を異にしながらも歴史劇にある種の統一を求めていたことが窺われる。

樗牛は、『牧の方』の「戯曲的形式に欠如せるは、実に其の根本的欠点として吾等の切に作者の反省を乞はむと欲するところなり（傍点・花澤）」とし、『牧の方』の方が『桐一葉』より優れているとする世評に反対して、「之を『牧の方』の散漫にして詩趣に乏しきに比すれば、夐《はるか》に優秀の作なりと謂はるべからず」と表明した。

七　シェークスピアを用いた坪内逍遙の反論

この樗牛の苛烈な『牧の方』批判に、逍遙は樗牛の名前をあげないかたちで反撃に出る。もちろん、『太陽』に連載された樗牛の存在は署名入り周知であるから、ここになにがしかの逍遙の心の襞を読み取ることも可能だろう。

逍遙は「史劇に就きての疑ひ」と題して『早稲田文学』（一八九七年［明治三〇］一〇月三日）で、みずからが創作し始めてより「史劇といふものゝ本質につきて常に疑ひを抱きたり」と述べ、得意のシェークスピアから説き起こした。そこで、シェークスピア史劇が形式より見れば「半叙事詩的史劇の不具」であることを明らかにしたうえで、しかもシェークスピア史劇が好評を得ているのはなぜかと提起した。

また、詩と史の関係については、逍遙の以下の核心部を捉えておきたい。

　按ふに、史劇とは、我が所謂活歴劇の如く、正史もしくは野史の事蹟を只々そのまゝに按排して正史の地の文を科介《しぐさ》に改め、人物の語を白《せりふ》として劇に物したるに非ざることは元より多弁するを要せざるべし、さりとて近松らの浄瑠璃の如く、元和を建仁とし家康を時政とし、ほしいまゝに史上の名称を用ひてほしいまゝに立案構思せるもの、即ち詩想の自在を得ん為に名のみを過去に借れる空想の作も正当の史劇とは称すべからず。前者は劇詩として取るべき所なく、後者は劇詩としては或ひは取るべきも、史としては一分の取るべき点無きに似たり。詩は史の侍婢にあらねども、史もまた詩の為に濫用せられて故なく其名称を犠牲にせざるべからざるいはれなし。〔傍点・花澤〕[37]

活歴劇と浄瑠璃劇の特性両方を退けてはいるが、こうした否定形によってのみしか表現されない逍遙の志向は、つまるところ「遠大深刻なる隠微」といったあいまいな決着のつけ方になってしまう。いずれにせよ、「予は其特殊なる形式上に一種の旨趣あるを信じたりしゆゑに、敢て美学家の説に背きて、竊《ひそ》かにはじめより数段曲を作らんの腹案を抱きたり〔傍点・花澤〕」と、樗牛との決裂を言明した。いうまでもなく、ここにいう「美学家」とは樗牛を指したものであろう。

逍遙は、樗牛の「春のや主人の『牧の方』を評す」を要所要所引きながら、指摘を五つにまとめ、一々をシェークスピア歴史劇につき合わせながら反論していく。第一に、樗牛が三部曲形式の煩雑で戯曲的効果が薄いとしたことにつき、逍遙は、ではシェークスピアの八段曲、十二段曲が評価を受けているのはなぜかという。第二、樗牛の戯曲における有機体的な自己完結、すなわち戯曲の事象はすべて戯曲中にて理解されるべきとする主張も、シェークスピアにあてはまるとして、英国史を知らなければシェークスピア歴史劇に注釈を必要とすると反論。歴史を共有する「国史劇の特権」を強調した。第三には、読者をして同情一体化させるような大人物、「勇公《ヘルド》」のキャラクターに基づいた主人公を求めた樗牛に対し、これもシェークスピアを例にして、そのリチャード二世やヘンリー六世の薄弱ぶりはどうするのかと問う。第四は、第三の延長として、樗牛が史より詩を重んじなければ凡庸な善悪不明の人物が多くなり詩趣が失われるとした点につき、逍遙はそれより重大な約束事があると反論。逆にそのような善悪不明の人物がシェークスピア国史劇に多数出ているからこそ一種の詩趣が担保され、「史の事実に詩趣ある限りは之れを襲用するは当然の事ならずや」と返した。最後に第五として、作意が散漫に流れ旧型の人物と断じられたことについては、作劇の対象となる人物に、はたして過去の（その時代の）人情を反映させるか、あるいは現代の人情をもって描きだすかの判断があるという。逍遙は前者をとり、「形の旧型に類するは過去の人物を描くに当たりて止むを得ざる結果にあらざるか。人物智愚の問題の如きも、其時代に照らして決すべきにあらぬか」と度外視した。また、一見、散漫に見えたとしてもシェークスピア歴史劇『ヘンリー四世』のごとく、「隠然一条の大脈絡」ある方が本当は詩趣に富んでいるのだと断じた。

以上の論駁を経たうえで、逍遙はシェークスピアを橋頭堡にして論を展開したことに気が咎めたためか、予防線を張った。シェークスピアのような天才を、自説を語る論拠にもってくるのは妥当性を欠いているとの向きもあろうが、そんなことをいっていては、以下に示すような自家撞着を起こすと正当化したのである。

然らば美学上の形式論は到底天才ならざる小詩人者流の指南針たるに足らんのみ、真の詩才にとりては、所詮秋毫も益する所なき小乗教のみ、さすれば所謂批評家の囂々は大なる文学には殆ど何等の影響も無きものならん。又諸君は大才の作に対しては一言も是非すべき権利無きもの也、天才に作詩の法を教ふることは諸君の能くせざる所なればなり、又妄りに指導する勿れ、誤つて無要なる詩則を教へて天才を残《そこな》ふ悔あるべければなり。美学は作詩の法則を誨ふる程には才の大小を甄別《けんべつ》する法を誨へざればなりと。[38]

右引用文の長い傍点部はすべて逍遙が打ったものである。いかに逍遙がこの部分に意を用いていたかが分かるというものであろう。「美学は作詩の法則を誨《おし》ふる程には才の大小を甄別〔賢愚を見分ける〕する法を誨《おし》へざればなり」とは、美学者の可能性を全否定するに等しく樗牛への重大な挑戦といえた。

八　「史か詩か」と「史的発展の隠微」

樗牛は直ちに「坪内逍遙が『史劇に就いての疑ひ』を読む」を『太陽』（一八九七年〔明治三〇〕一〇月三日）に掲げ、これに応じた。そこで樗牛は、逍遙「其の究竟の見地は、史劇の目的は史的真意を詩化するに存すとの一言に帰着すべし」と言明し、自分と逍遙の議論をたどりながら問う。「吾人先づ逍遙に問はむと欲す、史劇は史か将た詩かと。是の簡単なる一問題の決定は、直に氏が論拠に向つて最も明白なる光明を抛《なげう》つべし」と。

史劇とは「史」であるか、それとも「詩」であるのか。これに対し、樗牛は「所詮史劇は詩なり、史に非ず」と自身の立場を明確にする。そして、逍遙の折衷的立場が詩史調和論にあることを理解したうえで、時にご都合主義にもなりかねない論理に定見を求めた。

逍遙にして果して、吾人の思惟するが如く、詩史調和論を執るとせば、次に来るべき疑問は、是に二者の孰れを主とし、孰れを賓〔客〕とすべきやにあり。二者能く両立し得べくむば、誰かその一を犠牲として強ちに偏頗の譏りを招かむや。然れども史は詩の法則通りに発展するものにあらず、よし是れありとするも、是の如き場合は、所謂る絶無希有の例ならむのみ。史と詩の衝突は、原則としては遂に避くべからざる也。逍遙は是の場合を如何に裁断せむとするぞ。[39]

結論を先取りすれば、逍遙は大正年間になってから「歴史画や歴史劇に就いては、私は、嘗て故高山氏と大分念入に論争をした[40]」と回顧するとともに、「古への人物を写さうと思ふと、先づ姑《しばら》く今の我を離れる必要がある。自分の狭い主観を捨てゝ、成るべく多く、成るべく広く、過去の主観を参照して見る必要がある。それは独り史劇を作るために必要なばかりではない、人生を知る上にも必要なことである、と其当時も思ひ、今も尚ほさう信じてゐる」と述べる。ここにある「今の我を離れる」とは主観を基底にした詩を離れることであり、「過去の主観を参照」するとは史に没する謂いを持すであろう。「自分の狭い主観を捨てゝ」史の普遍に創作の道を見いだした逍遙と、自我の徹底を美意識に昇華した詩を追及しつづけた樗牛とは、結局最後まで平行線をたどったといえる。だが、これも樗牛がくり返し「史劇は史か、将た詩か」と問いかけたことによって、逍遙は自身の立場を自覚的に闡明した結果であったであろう（でなければ、樗牛没後一六年もの歳月を経てなおこの論争に言及しないのではないか）。

樗牛は、逍遙が試みていた「史的発展の隠微」の表出という理想は、作家の手に余る事柄であるとして、歴史劇でそれを結実させる無謀を次のように警告した。

史劇家よ、乞ふ軽々しく『史的発展の隠微』を言ふを已めよ。史的活動の係る所、悠遠広大、其の隠微と云ひ、精神と云ひ、理想と云ふもの、人文万般の形式に対して、慎重細心なる科学的攷究を施したる上に非ずむば、如何でか会得するを得べき。之れはた人文史が今日最高至難の科学たる所以にあらずや。所謂る隠微なるものが、五七齣若しくは五七段の史劇、若しくは史劇の連続によりて解釈せられ得べしと思惟するが如きは、畢竟詩人もしくは詩人的批評家の空言のみ。(41)

「史的発展の隠微」を解明することは、樗牛にとって人文科学の先端研究をもってしても困難という認識があり、逍遥の歴史劇程度では何としても到達不能な領域と判断せざるをえなかった。さらに、樗牛への反駁で逍遥がシェークスピアを盛んに利用したことについても、「沙翁の塁に拠りて、批評家の弾射を避けむと擬す」ほどにしか見えなかった。

樗牛は、詩を優先する核心部に「詩劇の独立」、あるいは「詩法の権力」というフレーズを用いている。「詩的発展の隠微」より、天馬空を行くごとき詩的創造力の展開こそが樗牛には望ましい創作態度であったのである。

吾人の見る所によれば、詩は其の詩たる性質上、全然空想の芸術たるべきものなり。詩劇の一類に史劇なるものある、吾人素より之を認む。然れども其の人物事件等は、正史中の人物及び事件として用ひらるべきものにあらず。其の一度び詩中の物となるや、茲に全く史的真実との約束を遮断せられて偏に空想の料として拈貼《ねんてん》〔はりつけられる〕せらるべき也。(42)

史劇は詩劇の一分野であるというところに、よく樗牛の史劇観が出ている。では、史劇が史劇であるための要素は何かといえば、それは「実らしさ」にあるという。「実らしさ」とは、物語がいかなる詩的飛躍を伴おうとも人に訴えかける「内面的精神の逼真自然」、すなわち人を感動させる「実らしさ」、本当らしさを失わないということである。もっとも、詩的飛躍が生じれば、いわゆる「近代小説」の形式を等閑視することになるので、時代が進み、「近代小説」の枠組みが堅固になれば、おのずと樗牛の志向は批判に曝されることになる。たとえば、樗牛没後四〇年に、中村武羅夫は樗牛の『滝口入道』を次のように批判した。

「滝口入道」を小説とするには、先づ第一にその構成が足りないし、人物の性格とか、心理描写が足りないし、何よりも根本的に致命的な欠点として考へなければならないことは、この題材や人物を取扱つてゐるところの作者たる樗牛の態度に、少しも冷静にして客観的なところがないことである。飽くまで主観的抒情的であつて、樗牛は人物の性格や、心理や、事象を客観的に描写することなど、全く心掛けないで、たゞ自己の感慨と、情熱と、主観とを、そのまゝこの一篇の中に傾け尽すことにのみ一途の力をそゝぎ、あらゆる努力を凝らしてゐるのである。(43)

『滝口入道』は、いうまでもなく、樗牛の詩の徹底という理論を実作に試みた作品であるが、当然なことに「少しも冷静にして客観的なところがない」のである。中村の批判は表層においては正鵠を射ているものの、詩という樗牛の立場からすれば、そのような批判は逍遙との論争の焼き直しでしかなかったであろう。

ともあれ、樗牛が「夫れ人情は虚偽に動かず、一切の文字が人心を動かし得べき第一の制約は、実に其の『実らしき』にあり」というとき、逍遙と互いに相反関係にある立場の違いが鮮明になるのである。

逍遙が『牧の方』を書くにあたって見定めていた、「寔《まこと》に是れ造化自然〔歴史〕の大悲劇詩、若し紙背に透るといふ史眼ありて事件の隠微を読むことを得ば、何者か造化〔歴史〕の大作家たるを否み得べき[44]」という考えは、まさしく歴史そのものに「大作家」としての素質を見るもので、一個人の詩は問題にされていない。これに対し樗牛は、芸術における歴史を「大作家」どころか「方便」としてしか認定しなかった。それを左記のように披瀝している。

吾人は信ず、史劇は一派の学者等が思惟するが如く、史的発展の隠微を伝ふるを旨とするものに非ず、随うて当代の人情風俗等を体現するを尚ぶべきものにも非ず、其の名称（及び或場合には事実）を史上に借るは、只劇的動作の『実らしさ』を支撑《しとう》〔支える〕する所以の方便のみ[45]。

このような見地であるならば、当然、樗牛の歴史劇は「一面事実の『実らしさ』を失はず、而して一面自由に其の詩想を構へ」たものが理想となる。この理論に基づいた史劇の材料選びという点で――先にあげた「春のや主人の『牧の方』を評す」でも評価していたように――、逍遙の『牧の方』の選択は意を得たものであった。また樗牛が『平家物語』、『源平盛衰記』に材をとった『滝口入道』が、たしかに「歴史上顕著の事実にして、而かも其の由来因縁の湮滅せるか、若しくは、其の首尾、殊に其の落着の悲壮なる形跡のみ著しく世に知られ、而かも其の経行の余りに通常人に明ならざるが如き事実を以て、最も恰当なる史劇的資料とすべし」に適っていたことがわかる。

一つの戯曲に一つの詩的世界の完結を志す樗牛は、シェークスピア歴史劇に関しても同断の態度をとり、逍遙が「一わたり英国史に通ぜざる者にして能く彼れが国史劇を了解し得べきか、疑はし」と論じたのに、「沙翁の史劇に就いて英国史を学ばむとするともがらの迂闊を笑ふもの也」と嘲罵した。そうして、逍遙がシェークスピアを頼みとして反駁したことそのものを根底より覆したのである。

吾人は逍遙に反して沙翁を云々せむと欲する者に非ず、然れども沙翁の国史劇が賞讃せられたるの故を以て、一向に其の不完全なる形式をも併せ模倣するの可なるを見ざるなり。若し沙翁が国史劇の価値は、逍遙が思惟せし如く、所謂る史的隠微を伝ふるの点に存せずとせば如何。（中略）況や国史劇は沙翁が上乗の劇詩にあらざるの事実は、即ち国史劇の中、自から沙翁の天才を拘束し、妨害し、他の五大悲劇の如き大成功を為すを得ざらしめたる事情の存在を意味するものに非ずや。[46]

要するに樗牛は、逍遙が本尊に立てこもるシェークスピアの国史劇自体が歴史劇の形式を欠いた不備のものであることを衝いた。そして、逍遙がいうような史的隠微を伝えていないのではないかと投げかけたのだ。もっとも樗牛は、ここに作品による具体例を提示せず原理原則のみ述べて幕を下ろしてしまったために、逍遙により今度は堂々「高山林次郎氏」と名をあげての再反駁となり論争は継続したのである。

九　坪内逍遙の再反論と歴史劇の三区分

逍遙「史劇に関する疑ひを再び『太陽』記者に質す」は、一八九七年（明治三〇）一二月三日の『早稲田文学』に載った。そこで逍遙は、「予が問はんと欲するは、史劇を作するに当りて史と詩と其何れをか主とすべきといふ根本問題にはあらず。既に詩といふ、詩の主にして史の賓なるは論を須《もち》ひざる也」といい、改めて樗牛にみずからの疑念を四つにまとめて答えるよう促した。

（第一）は、シェークスピアの国史劇が形式上、欠陥あるにもかかわらず称美されるのはなぜか。（第二）もしシェークスピアが称美されることの根本因が天才にあるのならば、天才が本で形式は末である。では作家を戒めるのに形式論をもってするのはなぜか。（第三）審美学的批評家のねらいは、詩才の乏しい作家に形式論を教えることにより質の向上をはかるにあるであろうが、作家がこれを理解せず（第四）のような疑問を抱いたらどう対処するのか。（第四）天才ですら法則に縛せられては力が発揮できないのに、凡人にまでそれを施せばますます拙劣になるばかりである。シェークスピアの天才が常人の企及するところにないならば仕方なし。しかし学べるものであれば、形式に閉じ込められるより、天才目指して修練した方がよいではないか。

逍遙は以上の疑問に、樗牛が具体的に応えるよう要求した。また、樗牛が強調した「史劇は史か将た詩か」という執拗な追及にも、詩史の主客、詩史の先後、とでは意味が異なってくるといい、自分が質したいのは「詩史先後問題」であると逆襲した。

逍遙は、樗牛が「詩は其詩たる性質上全然空想の美術たるべきものなり」と主張していることに、「此説また予が見る所と異なることなし。予が所謂史的真意の歴史家の眼中より見いだし来たる史的真意と、其質に於ても、其手続きに於ても、同一ならざる限りは、美学者が之れを名づけて全然たる空想といふも不可なきなり」と一応の賛意を示した。

しかし、樗牛が史を「実らしさ」を保障するための方便のみとしたことに関しては、「即ち史といふ外被は或空想（詩想）成りて後に其詩想を体現せん為に外より附加せるもの、如し。換言すれば、史劇に謂ふ史的部分は啻に賓位〔客体〕に在るのみにあらずして、先後の順序よりいふも、詩想成りて後に来たるもの、如し。是れ果して真理なるべきか」と疑問を呈した。

歴史劇について、逍遙は三種の分類をして見せる。（第一）「全く空想より成りたるものに過去の時、処、人名等を被らせたるもの」。（第二）「野史、正史の事実に多少の潤色を加へて殆ど其まゝに劇となしたるもの」。（第三）「史を読みて其中に見えたる人物、事件の、詩人の想像にも優りて詩的なるに詩興を発し、其興を本として案を構へ、詩としての適否に因りて材を淘汰し、且つ自在に想像を加へ、取捨伸縮して一篇の詩と成せるもの」。この三種を逍遙はさらに敷衍して、（第三）の立場こそが自分の意に適っているという。

第一を名づけて史の衣を被りたる空想又は史の衣を被せたる空想と呼ぶべくば、第二を史に空想を附加したるもの、即ち空想の衣を被りたる野史と呼ぶべく、第三を史より生まれたる空想と呼ぶべし。而して予は此第三者を、史劇としても、歴史小説としても、最も正統なるものならんと思ひたりき[47]。

上の逍遙の分類をあてはめた場合、樗牛の立場をあらわしているのは、いうまでもなく（第一）である[48]。このような空想（詩）が先にあって、その入れ物（器）を歴史に探す方法は、実作者・逍遙にすれば現実的ではなかった。しかも、圧倒的な空想優位の構造では、史という称を冠すること自体、もはや必然性がないようにも感じられたのである。「内に一点の過去に因める誠無くして、過去らしといふ感の維持せらるべきか」とする逍遙の歴史に対する「誠」は、樗牛に原理原則ではなく具体例や詳細を示した確たる返答をつきつけたといえよう。

これに対し、樗牛は「史劇に関して再び坪内逍遙に答ふ（一）」を一八九八年（明治三一）一月一日の『太陽』に発表。自身の先論があまりに激越であったためか、「かの時の文は倉卒の際に物せしなれば、随うて不用意の余り先輩に対する文辞としてはいさゝか穏かならざるものありき」と反省の弁を述べる。もっとも、「大主意は逍遙の重問に接したる今に於ても豪も渝《かわ》る所無きなり」とも言明しているので、逍遙の理論に屈服したわけではないようだ。詩史主従の問題を、逍遙が詩史先後の問題に読み替えたことにも「吾は取らず」といい、樗牛はここに逍遙との最大の争点を見ていたことがわかる。

歴史主従問題は、事史劇論の根本に係るを以て、尤も明かに其委曲を尽さむことを期す。吾が見る所によれば、是問題の決定は、逍遙が先に掲げたる四ヶ条〔「史劇に関する疑ひを再び『太陽』記者に質す」〕の疑を解釈するに於て、少からぬ光明を抛つべし。而して吾が尤も逍遙と力争せむと欲するは是点に存する也。(49)

樗牛は、この「史劇に関して再び坪内逍遙に答ふ」に「(一)」と付していることからも、おそらく連載の腹案があったものと考えられる。しかしながら、この時期に同時執筆していた「日本主義論」が脚光を浴び、そちらに注力しつつある状態は、右論と同号『太陽』に数倍の紙幅をさき「国家至上主義に対する吾人の見解」を載せていることからも窺える。そのようにして歴史劇論争は、次号の『太陽』に「坪内逍遙が史劇論に対する意見は記事幅輳《ママ》の為次号に譲る(50)」と表明されたまま、とうとう書き継がれることはなかった。

一〇　論争における人間関係と評価

樗牛と逍遙の論争は、本章で取り上げた歴史劇論争を皮切りに、歴史画論争、ニーチェ論争（美的生活論争）へと領域を広げながら展開していく。これらの論争をいわば逍遙の側から通覧した稲垣達郎は、樗牛が『牧の方』批判以降、逍遙へ向けた鋭鋒に言及し、逍遙の心事を推測しながら次のような分析をしている。

樗牛は逍遙とはけっして浅い縁のものではなかった。その樗牛が、『桐一葉』のころはかなり穏当な批評を加え、部分的には賞讃さえしていたものが、『牧の方』の批判をきっかけに、にわかに、勢たけだけしく立向かってきた。逍遙は、おそらくは、やや複雑な心持でこれを迎えたにちがいない。芸術や学問におけるかぎり、あらゆる私情はないはずだ。たとえば、師弟の間に交わされる理論闘争のごときは、もっともよろこばしいものであるかもしれない。けれども、今の場合、逍遙の心の片隅に、いってみれば飼犬に手を噛まれるにも似たかげが、たとい淡いものにせよ、さし込まなかったともいえないのではないか。(51)

樗牛が逍遙によって中央の論壇へ引き上げられたことは、本章冒頭にふれた。逍遙の生得的ともいえるバランス感覚と中庸への志向は、遺憾なく歴史劇理論にも発揮されているのは、見てきたとおりである。それは、まぎれもなく逍遙の「美徳」であったろう。しかし、徹底して「史劇は史か将た詩か」と原理的に追い立ててくる樗牛に手を焼き、「飼犬に手を噛まれるにも似たかげ」がさしたとしても不思議はないであろう。これは見ようによっては、折衷主義と原理主義の決して交わることのない論争でもあったからである。

稲垣は、〈逍遙×樗牛〉の論争を、「のちの河上肇と櫛田民蔵の論争とに、どこか似たところがある」と擬える。河上と櫛田の接触は、櫛田が河上を慕い、京都大学へ進学した時に始まるが、その濃密な師弟関係の愛憎を晩年の河上が『自叙伝』に書き記している。

櫛田君は、私が二十年間在職した京都帝国大学での、私にとつて最初の学生であつた。入学の当時、苦学を余儀なくされてゐた同君は、私を尋ねて原稿稼ぎの世話を頼まれ、私が快くそれを引き受けてから、屡々私の処へ出入されるやうになり、どうかすると、朝来て、昼飯を食べ、また夕飯も食べ、夜更けて辞去されるやうなこともあつたが、私の扱つた学生でこんなにも懇意にしたものは、他に例がなかつた。（中略）これまで他人《ひと》の結婚の媒酌など一度もしたことのない私が、同君の結婚に際し初めてその媒酌人となり、披露の席上で心から祝ひの言葉を述べたりしたのも、かうした交情の結果である。しかし、――それはもう古い昔の話。階級闘争の激化は、かうした交友関係にも罅《ひび》を入れた。[52]

「階級闘争の激化」、すなわち、河上は「日本における革命的気運の昂揚につれて、櫛田君の方は次第に逃避的といふよりも寧ろ反動的な態度を示すやうにな」ったことが決裂の原因であると説明している。河上の『自叙伝』については、極めて同情的な大内兵衛でさえ、「河上のいい分はずいぶん身勝手である」[53]と感想を述べているが、関係悪化の原因には、当然、両者の間に生じた学問論争――河上はこれを原因にあげないが――が予想され、稲垣はそこに〈逍遙×樗牛〉を類推したのである。

河上は一九二三年（大正一二）八月に、大著『資本主義経済学の史的発展』（弘文堂）を上梓する。これは河上みずから「特殊の愛着を残してゐる」というほど、「独自の構成を有ったもの」であったが、櫛田は「社会主義は闇に面するか光に面するか――河上博士著『資本主義経済学の史的発展』に関する一感想」（『改造』一九二四年七月）を発表し、そのマルクス主義理解を徹底的に批判した。古田光が櫛田による批判の要旨を、「河上は本書（『資本主義経済学の史的発展』）において、主観的には「唯物史観」に立脚した「経済学史」を書こうとしたにも拘らず、客観的にはまったく「疑似唯物史観」＝「人道史観的唯物史観」に立脚した「経済学史」を書いている」[54]と的確にまとめているが、これによって河上は「一本参つた、といふ感じを、強く受けた」のである。『自叙伝』というものの性格上、これをどこまで読み込むかは論者によって著しく異なってくるであろう。とにかく、稲垣は「ほとんど能うかぎりの力をあげてのまともな論争の奥底に、個人的関係の微妙なものがうごめいている感がある」と理解したわけである。

一方で、このような稲垣の立論をほぼ全面的に否定したのが谷沢永一である。谷沢は、「稲垣達郎は逍遙の立場と心境に、最も深く同情する発想に根ざしながら、結果としては正反対に逍遙の論理的立脚地を、極端に過小評価する逆噴射を演じた」として、〈河上×櫛田〉の論争を〈逍遙×樗牛〉に照応させたことに関しても「連想を飛躍させ過ぎては無理に陥る」と批判した。

特に稲垣が、「逍遙個人としての芸術上の生涯に、きわめて意味ぶかいものだった」と捉えていた「櫛田・樗牛が考えたよりも、河上・逍遙がより多く考えさせられたのではないかと思われる点」については、「見当外れを通り越して読み違えに転落している」と手厳しい。そこには論争の軍配を明瞭に逍遙の方にあげた、谷沢の確信があった。

櫛田民蔵からの批判に際して河上肇は、最初から論理内容で受け太刀にまわっていたが、逍遙は樗牛に決して踏み込まれず、論理に寸毫も引け目を感じていない。穏やかで控え目な論調とは裏腹に、敵の陣地へ攻め込んでいるのは常に逍遙だった。勢い猛に姦しく述語をまくし立てながら、論争の処理に手古摺っていたのが実は樗牛である。(55)

谷沢は人間関係の根深さの点でも、〈河上×櫛田〉と〈逍遙×樗牛〉の間には著しく落差があり、〈河上×櫛田〉の密度には遠く及ばないから、類推として適当ではないと論じた。だが、どの段階で負の情念が湧くかはほとんど客観的解析の困難なことであるから、状況証拠のみによる判断からは、稲垣説も一概に葬り去られるべきではなかろう。もっとも、谷沢が指摘する樗牛の論争手法の問題点、すなわちヨーロッパ産の美学理論を大上段に振りかざしての、形式論的断罪の無効を証明したことは意義深い。

輸入の原則論だけで裁断に走る〔没理想論争の〕鷗外や樗牛は、勢い常に上から相手を押さえつけようと企むが、逆に逍遙は必ず具体的な作品の現場に腰を据え、確固たる効果的な実例を引っ提げ、中空を飛翔する理論家をわざと下から仰ぎ見る格好の、なかなか隅に置けぬ計算された謙虚な姿勢で、原理原則信仰の空洞を一息に衝く。(56)

「細部にこそ神は宿る」と、直感を手管にした大雑把な批評的研究態度を猛然と批判し、生涯を実証研究に捧げた谷沢ならではの結論といえよう。たしかに樗牛には、細部にわたって確度の高い実証を基盤にした手数を省く傾向が少なからずあった。昭和戦前期の樗牛研究の泰斗・高須芳次郎も「彼は細心精緻の論を為すことが出来ず、往々大掴みな物の言ひやうをした。彼が作品を鑑賞するにしても、文壇の時潮を論ずるにしても、微を穿ち、細を分つ、といつたやうな行き方をしないで、いくらか概括を急ぎ、概言的傾向に堕したのは、つまり、詩人性の彼に免れ得ぬ短所であつた(57)」と感想をもらしている。しかも、その傾向はまた、樗牛の「天才」と称される魅力の源泉でもあったのである。

しかし、それ以上に樗牛が詩想の徹底に拘泥していたのには理由があった。先にもふれたが、歴史劇論争と同時進行していたもう一つのベクトル「日本主義論」が働いていたことである。そこには「国民文学」を駆け足に求める明治日本のあり方が、樗牛の志向となって体現されていた。谷沢が剔抉してみせた、大上段からの批判という事態も、当時の文脈で読み取るとまた違った風貌をあらわす。

一一　歴史劇論争の結末

逍遙『桐一葉』の連載が終わった一八九五年（明治二八）を樗牛は、「顧《おも》ふに二十八年の文学界は、日清戦争の結果として、比較的多様の方面に向つて豊熟なる結果を残したりき。新国字論勃興の如きも其一として見るべきもの か」といっているように、多方面で国民国家の進展が著しく涵養されつつあった。そのようななかで、「国民性情の確乎たる根拠の上に、其の観美眼を躍らすに非ざれば、永遠の功業はむつかしからむ」と時代意識の先端を行く樗牛は、まさしく明治の「国民性情の確乎たる根拠」を構築していく雰囲気の只中にいた。これが「大上段」であった理由であり、そもそも谷沢を始めとする現代的な手堅い実証研究者との齟齬を招いた原因であろう。(58)

もっとも、この樗牛を飛躍させた時代熱が幾分か和らいだあとで、逍遙は「予め何等かの準拠を設けておいて裁判官式に裁断しようとするのは、今は既に廃れかゝつた批評法でもあり、又実際あぶなかしい批評なのである」といい、「史劇に対する見解の如きも、私のは私自身のである。外国のだれの説を奉じたのでもなければ、だれの作例に倣つたのでもない」と明言しているから、逍遙がこの手のやり方に批判的であったのは間違いなかろう。(59)

逍遙は、一九一八年（大正七）に「史劇及び史劇論の変遷」を発表し、そこでかつて演じた樗牛との歴史劇論争も冷静に総括している。逍遙は「明治三十年以後になつては、史劇に対する私の考へが少しづゝ動揺し始めた」と回顧しているが、稲垣達郎は「回想にありがちな錯覚で、実際は、もう少しさかのぼらなければならない。一八九五年（明治二八）一〇月七日の「読売新聞」へ書いた一文『歴史小説につきて《ママ》』と、おなじく二八日の『歴史小説の尊厳』には、すでにその傾向があきらかによみとれる」と述べて論証している。これが確かなら、この両論が樗牛批判を内在した論考であったことからも、ほぼ樗牛の登場とともに逍遙の歴史劇論は展開していったということ(60)

ができよう。逍遥は「動揺」の内実を語っている。

私は事実上の過去の方が――時としては野乗伝説の形式で伝へられたのでさへも――小作家の主観が生む空想上の過去よりも、殆ど毎に、ずッと雄大でもあり、深刻でもあり、詩的でもあり、神秘的でもあることを感じはじめた。(61)

だが、このような逍遥の見解も、「半無意識的ではあるが、一種の自衛手段でもあつたのだ」と告白しているように、審美的形式論からの防衛であったことが窺える。むろん、防衛の相手が詩史主従問題で迫ってくる樗牛であったことはいうまでもない。

しかしながら、「「史劇に就きての疑ひ」及び「史劇に関する疑ひを再び『太陽』記者に質す」と題した私の――明治三十年十月及び十二月の――二論文は、樗牛の論難に対して、わざと質問の形式を取つたもので、其実は、反駁なのであつた〔傍点・花澤〕」という逍遥の論争術に、とうとう樗牛は応えることができなかった。ただ、文章にすることはできなかったまでも、確実に樗牛のうちには反論が息づき、ついにはそれが不用意に飛び出してしまったこともあるようだ。これもまた、逍遥の回想である。

此史劇論の応酬は、三十年の十二月であつたが、其時は何等の確答も得ないで物別れになつてしまつた。ところが、間一年を経た三十一年の暮であつたか、〔或ひは三十二年の春頃であつたかと思ふ、〕樗牛は早稲田文科生会合の席上で、突然歴史画に関する演説をして、前年の史劇論に言及し、多少の敷衍を加へて其前説を繰返し、且つ私に答弁を求めた。〔中略〕其翌日早稲田大学の教師室で同氏〔樗牛〕に会つた時、氏は「昨夜は甚だ唐突で失礼した」といふ挨拶があつたから、私は答へて「あなたと私とは全く立場を異にして史的芸術品を論じてゐるのだといふことに昨晩はじめて心付いた。まだよく考へて見なければならないが、どうやら其二種の立場が双つとも真《ツルー》であるやうに思はれる。いづれお説を篤と『太陽』で読んだ上で、更に卑見を述べませう」と言つて別れた。(62)

樗牛の反論が一部会の演説になってしまったとき、その中身は記憶にも記録にも残らず風化し、われわれ後世の人間は知る術をもたない。それでも、「突然」始めた演説に答弁を求めるという樗牛のポレミックな姿勢には、「想ふに史劇家たる逍遙の史劇論は、大に吾が如き卓上論者の蒙を啓くに足るものあらむ。吾れや其主張を貫くに於て人後に落ちざるもの、されど我成心は他の言説を容るゝ能はざる程に盲目且狭隘なるものには非じ」(63)という不完全燃焼の論争に、未練の澱がたまっていたのであろう。

しかし、演説内容に歴史画論と歴史劇論が併記されていることからも窺えるように、幕を下ろした歴史劇論争は、そのまま歴史画論争の幕開けともなった。そして、両論とも核心部を地続きにしたまま、論戦はますます明治文化への影響を拡大させていったのである。

注

(1) 坪内逍遙が主宰したのは『早稲田文学』の第一次。第一次は一八九一年一〇月から九八年一〇月まで一五六冊を数える。一九〇六年一月から第二次が島村抱月を編集者として発行され、以下断続的につづいていく。

(2) 第一章でもふれたが、樗牛の病の発症は一八九二年(明治二五)に帰郷していた山形から仙台へ戻った時が疑われている。しかし、桑木厳翼が「[明治]二十八年の秋の事であります、日光に文科大学の遠足会があつて、其時君は非常に斡旋の労を執られました。所が山地の寒気の為めに侵されて、帰来暫く学校へも出席する事が出来なかつた、実に今思へば其時であります、其時風邪に罹ったのが不治の病の根源であったのであります」（『樗牛兄弟』）と述べ、樗牛の病が篤くなったことが知れる。

（3）大西祝「悲哀の快感」『大西祝全集』七巻、日本図書センター、一九八二年一二月、二九七頁。（初出『国民之友』一八九一年三月）

（4）高山樗牛「戯曲に於ける悲哀の快感を論ず」『樗牛全集』一巻、七頁。（初出『文学会雑誌』一八九二年一二月、原文未見）

（5）坪内逍遙「わが国の史劇」『逍遙選集』七巻、四三三頁。（初出『早稲田文学』一八九三年一〇月一三日〜一八九四年四月一〇日）

（6）坪内逍遙「わが国の史劇」『逍遙選集』七巻、三九〇頁。

（7）稲垣達郎「劇作への道」『稲垣達郎学芸文集』一巻、筑摩書房、一九八二年一月、二〇一頁。

（8）坪内逍遙「わが国の史劇」『逍遙選集』七巻、三九九頁。

（9）逍遙が用いた「叙事詩（小説）」、「劇詩（脚本）」の区分は、アリストテレス『詩学』からつづく対立構造を援用したものと考えられる。すなわち、「叙事詩」は物語や小説の原型であるが、これは「劇詩」と対立した。岡道男は「プラトンが文芸のミーメーシスの真実性を否定したのに対し、アリストテレスは文芸を真実性という厳格な基準から解放した」（『集英社　世界文学大事典』五巻）と説明している。

（10）坪内逍遙「歴史小説に就きて」『逍遙選集』七巻、三七三頁。『逍遙選集』では二つの論説「歴史小説に就きて」「歴史小説の尊厳」が前者の題名で一つに統合されている。

（11）坪内逍遙「歴史小説に就きて」『逍遙選集』七巻、三七七頁。

（12）坪内逍遙「歴史小説に就きて」『逍遙選集』七巻、三八二頁。

（13）坪内逍遙「序」『桐一葉（実演用）』『逍遙選集』一巻、一八六頁。（初刊『実演台帳桐一葉』春陽堂、一九一七年六月）

（14）内田魯庵「明治の文学の開拓者」『内田魯庵全集』四巻、ゆまに書房、一九八五年一一月、六一頁。（初出『新潮』一九一二年四月一日）

（15）樋口一葉「水のうへ日記」一八九五年一〇月七日（『全集 樋口一葉』第三巻、小学館、一九七九年一二月）二九〇頁。

（16）依田学海「桐一葉の評」『読売新聞』一八九五年一〇月一四日。

（17）蜻蛉は、『桐一葉』初稿の段階で「蜻蜓」を使っているが、本論では「蜻蛉」に統一する。

（18）坪内逍遙「はしがき」『桐一葉』『逍遙選集』一巻、一二頁。（初刊 春陽堂、一八九六年一二月）

(19) 坪内逍遙「序」『桐一葉（実演用）』『逍遙選集』一巻、一八八頁。
(20) 上田敏「桐一葉を読みて」『読売新聞』一八九五年一一月四日。なお、上田が樗牛に言及するのは早く、『第一高等中学校校友会雑誌』第二九号（一八九三年九月、原文未見、引用は全集）に「樗牛子が深く女性を知れるを喜ぶ」として以下のようにいっている。「彼等は実に理性の生物に非らずして、情熱の一塊なり。処女の羞恥は以て彼等を護る可し。処女の傲慢は以て彼等を近寄り難くす可し。而も霊機一閃彼等が心臓に触るれば、恋となり狂となり貞となり妬となり、変幻極りなきプロオチュウスと化して崇高偉大なる情炎を燃やさむ。宜なる哉樗牛子が巣林子の腹中に入りて、彼が女性子の通性と認めしは愛と名誉心との二なりといふも。」
(21) 高山樗牛「批評眼」『樗牛全集』第二巻、一八二頁。（初出『太陽』一八九五年一二月五日）
(22) 谷沢永一『文豪たちの大喧嘩―鷗外・逍遙・樗牛』新潮社、二〇〇三年五月、一五八頁。樗牛が批判した依田学海の存在を、江見水蔭は次のように述べる。「依田学海と云へば、（中略）堂々たる漢学大家で、今の文士とか博士とか、それは比べ者に成らぬ程世間から尊重されてゐたものだ。その依田先生が、芝居の台本を書いたといふ事は、雲上の鶴が塵塚に下つたやうな、破天荒な、身の下げ方だ。然ういふ感じを受取つたのであつた。漢学者と演劇との関係には、それだけの大きな溝渠が有つたのを、演劇改良の急先鋒として、先づ打破して掛る意気で、其所まで奮起したのは偉なりといふ。然うした尊敬を受取る位、当時の空気が異つてゐた。」（『自己中心明治文壇史』）
(23) 高山樗牛「演劇界の近事」『樗牛全集』二巻、一五一頁。（初出『太陽』一八九五年一一月五日）
(24) 高山樗牛「演劇界の近事」『樗牛全集』二巻、一五五頁。
(25) 高山樗牛「春の家が『桐一葉』を読みて」『樗牛全集』二巻、五四頁。
(26) 高山樗牛「春の家が『桐一葉』を読みて」『樗牛全集』二巻、五三頁。（初出『太陽』一八九七年三月二〇日、四月五日）
(27) 高山樗牛「春の家が『桐一葉』を読みて」『樗牛全集』二巻、五七頁。
(28) 坪内逍遙「序」『桐一葉（実演用）』『逍遙選集』一巻、一八六頁。
(29) 高山樗牛「春の家が『桐一葉』を読みて」『樗牛全集』二巻、五四頁。
(30) 高山樗牛「春のや主人の『牧の方』を評す」『樗牛全集』二巻、三八二頁。（初出『太陽』一八九七年六月二〇～八月五日）（全集表記は「春のや主人の『牧の方を』評す」と誤記）
(31) 坪内逍遙「序」『牧の方』『逍遙選集』二巻、一五頁。（初刊 春陽堂、一八九七年五月）

(32) 坪内逍遙「北条義時の死は自然か、人為か?」『逍遙選集』二巻、五九二頁。(初出『大観』一九一八年五月)
(33) 高山樗牛「春のや主人の『牧の方』を評す」『樗牛全集』二巻、三八六頁。
(34) 高山樗牛「春のや主人の『牧の方』を評す」『樗牛全集』二巻、三九二頁。
(35) 坪内逍遙「緒言」『牧の方(第壱作)』『逍遙選集』二巻、一三頁。(初出『早稲田文学』一八九六年一月五日)
(36) 坪内逍遙「序」『改作牧の方』『逍遙選集』二巻、一五六頁。(初刊 春陽堂、一九一七年七月)
(37) 坪内逍遙「史劇に就きての疑ひ」『逍遙選集』七巻、五二九頁。(初出『早稲田文学』一八九七年一〇月三日)
(38) 坪内逍遙「史劇に就きての疑ひ」『逍遙選集』七巻、五四〇頁。
(39) 高山樗牛「坪内逍遙が『史劇に就いての疑ひ』を読む」『樗牛全集』二巻、四〇六頁。(初出『太陽』一八九七年一〇月二〇日)
(40) 坪内逍遙「北条義時の死は自然か、人為か?」『逍遙選集』二巻、五九六頁。
(41) 高山樗牛「坪内逍遙が『史劇に就いての疑ひ』を読む」『樗牛全集』二巻、四〇九頁。
(42) 高山樗牛「坪内逍遙が『史劇に就いての疑ひ』を読む」『樗牛全集』二巻、四一一頁。
(43) 中村武羅夫「高山樗牛と創作」『古典研究』明治文学研究―高山樗牛―　雄山閣、一九四二年三月、二〇頁。
(44) 坪内逍遙「緒言」『牧の方(第壱作)』『逍遙選集』二巻、四頁。
(45) 高山樗牛「坪内逍遙が『史劇に就いての疑ひ』を読む」『樗牛全集』二巻、四一三頁。
(46) 高山樗牛「坪内逍遙が『史劇に就いての疑ひ』を読む」『樗牛全集』二巻、四一六頁。
(47) 坪内逍遙「史劇に関する疑ひを再び『太陽』記者に質す」『逍遙選集』七巻、五五〇頁。(初出『早稲田文学』一八九七年一二月三日)
(48) ただ塩谷賛は、『滝口入道』は(第二)にあてはまるということを主張している。「『滝口入道』の構想は「史の衣を被せたる空想」でもなく「史より生れたる空想」でもなく、同じく逍遙の名づけかたにしたがえば「史に空想を附加したるもの」である。」(「解説」『滝口入道』(新潮文庫))しかし、ともかく樗牛の意図が(第二)にあったことは間違いない。
(49) 高山樗牛「史劇に関して再び坪内逍遙に答ふ(一)」(『太陽』一八九八年一月一日)三五頁。
(50) 高山樗牛『太陽』一八九八年一月三〇日における但し書き。四一頁。なお、日本主義論に関連して、先崎彰容が『高山樗牛―美とナショナリズム―』(論創社、二〇一〇年八月)と題し総論を試みている。

(51) 稲垣達郎「逍遙・樗牛の〈歴史芸術〉論争」『稲垣達郎学芸文集』一巻、同上、二二一頁。
(52) 河上肇『自叙伝』『河上肇全集』続五巻、岩波書店、一九八五年二月、二七七頁。(初刊『自叙伝』(全四冊)世界評論社、一九四七年五月〜四八年三月)
(53) 大内兵衛「河上肇の人と思想」『河上肇』(現代日本思想大系一九)、筑摩書房、一九六四年二月、三九頁。この書に付属する『月報』に、河上・櫛田の両者と節度ある距離感を保った小島祐馬が「河上さんの思ひ出」を記している。「櫛田君は河上さんを慕って京大の法科へはひった恐らく最初の一人であって、河上さんに対しては始終敬愛の念を持する一方、学問上ではマルクス主義の徹底を期するところから、河上さんの書かれたものの中から敏感に人道主義の臭をかぎだしてこれを批判し、河上さんもこころよく櫛田君の言ふことを聞いて、坦懐にその説を改めるといったやうな、まことに美しい師弟の間柄であったが、河上さんの晩年の著『自叙伝』では、その櫛田君があまりよく描かれてゐない。両者の間にいつどうして間隙が生じたか、二人から遠く離れてゐた私には、その由来がよくわからないが、これは恐らく、河上さんが実際運動にふみ切った時、櫛田君だけはきっと自分について来るだらうと思ってゐたのに、慎重な櫛田君が期待に反してたやすくついていかなかったのに乗じて、周囲からいろいろ中傷離間が行はれた結果ではなかったかと私は思ってゐる。」
(54) 古田光『河上肇』東京大学出版会、一九七六年一一月、一三七頁。
(55) 谷沢永一『文豪たちの大喧嘩—鷗外・逍遙・樗牛』同上、一六二頁。
(56) 谷沢永一『文豪たちの大喧嘩—鷗外・逍遙・樗牛』同上、一七一頁。
(57) 高須芳次郎『人と文学　高山樗牛』偕成社、一九四三年四月、六二頁。
(58) 高山樗牛「明治二十八年の文学界」『樗牛全集』二巻、一九五頁。(初出『太陽』一八九六年一月五日、一月二〇日、二月五日)
(59) 坪内逍遙「史劇及び史劇論の変遷」『逍遙選集』七巻、六五八頁。(初出『大観』一九一八年七月)
(60) 稲垣達郎「逍遙・樗牛の〈歴史芸術〉論争」『稲垣達郎学芸文集』一巻、同上、二一五頁。
(61) 坪内逍遙「史劇及び史劇論の変遷」『逍遙選集』七巻、六四二頁。
(62) 坪内逍遙「史劇及び史劇論の変遷」『逍遙選集』七巻、六四八頁。
(63) 高山樗牛「史劇に関して再び坪内逍遙に答ふ(一)」(『太陽』一八九八年一月一日)三五頁。

第三章
歴史画論争

一　歴史画論争研究の意味

「没理想論争は、有名すぎるほど有名で、これについての研究や意見もだいぶ出ている。(中略)が、歴史画論争の方は、反対に閑却されすぎているように思う」と述べ、歴史画論争に先鞭をつけたのは稲垣達郎である。稲垣は、歴史画論争の意義を以下のように説明している。

この論争の問題点は、文学史、美術史、さらに演劇史といわず、もっとひろく芸術一般にふかくかかわっている。いくども歴史小説の流行があり、歴史小説論がくりかえされ、歴史と文学、あるいは、文学における歴史、そのほか大きくいって文学(芸術)と歴史の関係が考えられはするが、それらについていろいろの暗示をふくんでいるこの歴史画論争が、そのたびに、ほとんど反省されるところなく見過されてきている。こんにち、この論争が再検討されるべき意味がここにもある。(1)

右記の稲垣論が、一九五五年(昭和三〇)『明治大正文学研究』に書かれてから、六〇年以上が経過している。しかし、現在、ここに本章を論じる理由も、また稲垣の引用部を出るものではない。つまり、後述でふれる若干名を例外とすれば、歴史画論争を対象とした研究の進展はかんばしくなかったといえよう。

前章の末尾をふり返れば明らかなように、歴史画論争はすでに歴史劇論争に胚胎していた。理論的には両論争ともに、その「歴史」が普遍美(詩美・人事人心美)に対していかなる地位を占めるかが最大の争点であった。あるいは、歴史画論争が看過されがちなのは時系列的に、歴史劇論争の補足のように捉えられていることが大きいかもしれない。もちろん、高山樗牛と坪内逍遙、両者の主張の中核たるべき理論が平行線をたどるかぎり、歴史を芸術にどう生かすか、という同一テーマについての評価が二番煎じに下落するのも、やむを得ない（もっとも、歴史劇論争の研究も十分とはいえないが）。

もう一つは、日本における近代ナショナリズムのトピックになりやすい、日本主義論争の方が耳目を集めてきたという経緯がある。日清戦争の勝利から三国干渉による「臥薪嘗胆」を経て、日英同盟を締結し日露戦争開戦へ向かう、そのちょうど中間に位置する時期の国家観をめぐる論争は、極めて興味深い思想性を孕んでおり、同時期の歴史画論争を影に隠した。しかし、長谷川義記が「樗牛のなかで、ナショナリズムと個我の尊重意識とが内面葛藤しはじめているのがこの明治三二年から三三年なのであった[2]」と分析するとおり、樗牛の思想的展開をたどるうえでも、実際、同時期の歴史画論争は今少し注目されてもよかったように思われる。

歴史画論争を子細に検討してみれば、前論争と同一の理論を用いるにせよ、「脚本」と「絵画」の性質は「時間芸術」と「空間芸術」に弁別され、論争は必ずしも先の焼き直しに終わっていない。歴史画論争は、劇から絵画へと歴史の適用範囲を拡大させつつ、互いの理論を深めたものと評価できよう。このなかなか顧みられることのない論争は、ふたりの中心論者とその周辺、さらにはアクチュアルな時代相をも巻き込みながら、一時期の明治論壇をにぎわせたのである。

歴史劇論争が一応の終結――というより樗牛の撤退――を見せたのは、一八九八年（明治三一）一月のことであった。歴史画論争が本格化するのは、翌一八九九年（明治三二）の一〇月以降であるが、突如勃発したわけではなく、世上を騒がせた岡倉天心をめぐる美術学校騒動などの外的要因や、そもそも樗牛がもっていた絵画への関心が重なった末のことである。

樗牛は、早くは一八九六年（明治二九）三月二〇日の『太陽』に「文学と美術と」を物し、「文学、美術及び美学の三つのものは、同じ根より萌え出でたる三つの幹とも見るべからむ」[3]と、文学・美術・美学の源泉が一に帰すことを明言していた。また、その小節「歴史画の欠乏」においては、「景物を描くを知りて歴史を描くを知らず、斯の如きは明治絵画の名誉にあらざるなり」と、のちの歴史画流行を喚起させる一文を書いている。

翌月の『太陽』（四月二〇日）にも「画談一束」で、日本画家の構図があまりに形式的である点を批判し、一八九七年（明治三〇）八月二〇日の『太陽』では、「歴史を題目とせる美術」と題して、『古事記』の神代にあるエピソードなどは美術に資するべきものが多々あるにもかかわらず、「吾人は我が美術家の冷淡なるを見て、むしろ怪訝に堪へず」と表明した。「美術の発達は其の題目の発達を意味す」[4]というのが、樗牛の立論の基礎であった。

二　「絵画界の観測」と「歴史画とは何ぞや」

逍遙が主宰する『早稲田文学』の方も、「彙報」欄で美術界の動向を報じるなど、積極的な姿勢を見せていた。そして、歴史画論争に直結する、やや踏み込んだ発言を開始したのは『早稲田文学』であった。歴史劇論争の逍遙「史劇に関する疑ひを再び太陽記者に質す」が掲載されたのと同号の『早稲田文学』（一八九七年一二月三日）には、「絵画界の観測」という無署名の社説が載っている。この一文は、真っ最中の歴史劇論争を歴史画に連結させて論じており、谷沢永一は無署名の筆者を綱島梁川と推測しているが、ほぼ間違いないであろう。それは「絵画界の観測」につづく「歴史画とは何ぞや」が翌月の『早稲田文学』にあらわれ、梁川はのちにこれを『梁川文集』（日高有隣堂　一九〇五年〔明治三八〕七月）に収めているからである。なお、再録の際には「歴史画とは何ぞや」は「歴史画家の態度を論じて歴史画の本義に及ぶ」と改題されている。

「絵画界の観測」で筆者――梁川であろう――は、歴史画を時代考証的知識の描破と区別し、「歴史画の本領を誤り歴史画をして考古学の婢妾とならしめんとするもの、美術としての独立を忘るゝもの、其の誤れる論を要せざるなり」という。ならば、次には当然、「真の歴史画」とは何かという難問が、詩と史の認識論とともに浮かび上がってくる。

此の疑問は論説欄に掲げたる逍遙が史劇論と同源の審美的疑問にして、今軽々しく解答すべき限りにはあらねど、吾人が平素の所見をいはんか歴史画は畢竟するに歴史美を内容となせる一種の画なり。或史的人物、史的事件に美を観、感を発して、此に醞醸せる空想の胎を筆墨に附せしもの即ち是れなり。(5)

「逍遙が史劇論と同源の審美的疑問」とあるとおり、まさにこの問題は歴史劇論争の発展であった。そして逍遙が「史的幻影」と称した立場を踏襲して、「歴史美」を掲げたのである。よって「歴史画は史の奴婢にもあらず、また史美以外の感想を盛れる器にもあらず」という同一の核心から、歴史劇論争の逍遙を援護射撃した論であることがわかろう。

「絵画界の観測」を評して、稲垣は「その態度としては、その時たたかわされている歴史劇論争における逍遙の態度と、まったく重なるものである(6)」と述べ、谷沢は「逍遙の主張を移し替え裏打ちして再説を期する論調は、進行中の史劇論争を歴史画論へ繋ぐ問題意識を、『早稲田文学』の側から先に提示した発言と看做し得る(7)」と位置づけた。

年をまたいで一八九八年（明治三一）一月の『早稲田文学』に、先にもふれた梁川「歴史画とは何ぞや」が発表される。梁川は樗牛より二歳年少、苦学の末に一八九二年（明治二五）東京専門学校に入学して、逍遙と大西祝の影響を受ける。特に、逍遙は困窮していた梁川を自宅に引き取り、『早稲田文学』の編集などを手伝わせることによって糊口をしのがせた。その後、一八九六年（明治二九）喀血した梁川は、これも逍遙の周旋で神戸の吉田病院に入院。翌年いったんは快癒し東京へ戻り、再び『早稲田文学』に執筆し始めているころに歴史画論争は起こった。「歴史画とは何ぞや」は、まさに題目通り、歴史画とは何かを五つに類型化して分析したものである。その五分類を左記に要約して示そう。

第一……画家の感想（思考・創意）を最優先させる主観的画家。「過去の人物、過去の舞台は単に自家の感想を盛らんとして借り来たれる方便に過ぎざる観ある」ものを指す。

第二……第一と同じく、主観より発するも、その感想が最初から「史的色彩」を帯びているため、「比較的に客観に近き想なるが故に、幸にして成功せば客観的史美を描きたるの作を得べき也」。

第三……これは歴史的事実を端緒とするものの、その解釈が主観的に流れてしまい、結局は「元禄の社会を写すに我が明治の人情風俗を以てするが如きものとなる。

第四……歴史の客観美を写すのに、ただ考証的にのみ捉え、詩美を顧みない。「謂はば我が劇壇に於ける活歴劇と略々同じ者なり」。

第五……「或る史的隠微、史的人物に一種の史美を感得して之れと同化し、身みづから源平の重盛となりて重盛の忠孝を描かんとするもの」。歴史の客観美を保持する客観的画家である。

梁川は、このうちの第二と第五の立場を正当なものと認めている。「史の客観美を描くが歴史画の本義なり」と考える梁川にとって、第一・第三・第四に属する画家は、どれほど力量があっても「真の画家」からは程遠い存在であった。逆に、第二・第五の画家は着眼点が正しいので、力量さえあれば歴史画を作出できるとした。

むろん、「絵画界の観測」に引きつづいて、史美の特質――歴史芸術への正しき着眼点――が、ほとんど恩師・逍遙の受け売りであることはいうまでもない。

史の客観美とは何ぞや。画家自身の理想特質情操等を超越して、史中の人物の理想、特質、情操に同感し、之れを画絹丹青〔絵画〕の上に再現したる史美をいふ（中略）若し重盛といふ一史的人物の忠孝を描かんとせば、画家はまづ源平時代の理想情感に同感し、以て重盛てふ特殊の性格より出でたる特殊の忠孝を描かざるべからず。かゝる特殊の忠孝を描くが具象美の意義に副ふと共に、又歴史画の真意ならずや。所謂史美とは此の一種の幻想に附随する特質にあらずして何ぞ。もし単なる忠孝そのものを描くにありとせば、何ぞ特に重盛といふ殊なる歴史上の人物を仮り来たるを要せんや。(8)

しかし、「史の客観美」をこのように語る梁川も、実のところ、「自意識の旺盛なる十九世紀の明治に生活せる吾人」が、近代の自我意識を超克して客観的描写に全きを期すことの困難には気がついていた。梁川は、逍遙と理論の核心部――歴史の特殊性を認める史美――を共有しながらも、自身が類型化し、かつ肯定した第五の立場は、客観美への言及を抜きにすれば、むしろ樗牛に近い。「身みづから源平の重盛となり」などは、ある意味では悲劇的勇者との同化を説いた樗牛に近接しているといえよう。

にもかかわらず、こののちも梁川は逍遙の立場を代弁し、率先して樗牛に挑んでいくこととなる。ここに、公私ともにほぼ完全な庇護者であった逍遙との人間関係の機微を捉えてよいかはわからない。だが、逍遙の自宅が発行所（早稲田文学社）を兼ね、『早稲田文学』は、早稲田大学プロパーというよりは、早稲田―逍遙という「早稲田とその周辺」に成立した(9)」事実は斟酌しておく必要があろう。そして、むろんのこと、この一編が歴史劇論争から歴史画論争へと移行する転轍機の役割を果たしたことは間違いない。

三　日本美術院の誕生と展覧会評

ところで、これら歴史画への学術・評論的なアプローチとは別に、一八九八年（明治三一）になると、いわゆる美術学校騒動が世間の耳目を集めている。美術学校騒動とは、東京美術学校校長であった岡倉天心[10]と一教授の確執に、帝国博物館館長の九鬼隆一が介入し、天心は博物館理事と美術部長の地位を追われた事件である。これを発端に、『読売新聞』が三月一八日「美術界波瀾の真相」を報じ、一気に事件は世に広まった。その経緯は、斎藤隆三の著した『岡倉天心』（吉川弘文館　一九六〇年一月）、同じく日本美術院を概括した大著『日本美術院史』（中央公論美術出版　一九七四年八月）に詳しいが、ともかく天心は紛擾の責任をとるかたちで校長を辞した。この事態に憤激した橋本雅邦、高村光雲、下村観山、横山大観をはじめ、計三六名の教員は連名で辞職を表明、断然、天心の弁護を試みた（光雲はのちに撤回）。これは東京美術学校はもとより、文部行政をも揺るがしかねない騒動となり、当局は慰留の説得に乗り出した。結果、一七名の教員が最後まで天心と行をともにすることになったのである。

東京美術学校を去った面々は、私立の美術学校を企図したらしいが、最終的には研究機関である日本美術院の創立に落ち着く。騒動から約半年後の一八九八年（明治三一）一〇月一五日には開院式を挙行すると同時に、日本絵画協会と連合して「第五回日本絵画協会・第一回日本美術院連合絵画共進会」を開催した。斎藤隆三が「日本美術院の成立は、この展覧書《ママ》の開会によって、一挙にして全国的に知らるるに至ったものとせなくてはならない[11]」といっているように、新聞『日本』や『読売新聞』が報道し、異例のにぎわいをみせた。

なお、樗牛と逍遙は日本美術院の「特別賛助会員」となっており（樗牛は「学術担任」も兼ねる）、ほかにも幸田露伴、尾崎紅葉、大橋乙羽などが名を連ねる。「名誉賛助会員」の方には、天心の師にして盟友であったフェノロサ、逍遙の親友である高田早苗（半峰）、徳富蘇峰や志賀重昂（矧川）などの名がある。[12]

樗牛は、一〇月二六日に日本美術院から尾崎紅葉、志賀矧川、高橋捨六、大橋乙羽とともに招待を受け、展覧会合評を催している。その模様は『日本美術』第二号（一一月二五日）の「雑録」に、「絵画共進会出品に対する批評一束」として報告されている。それによると、紅葉は近来の絵画には奇を衒った画題が多かったが、画力の方がついてきてなかったという。それが「今度あたりは、両三年前奇怪に感じた画題も、大変見るべきものがある」と進歩を認めた。次いで樗牛は、さすがに美学の専門家らしく、最も多くの発言をしている。そこには歴史画の盛況に即応する樗牛の躍動があり、また自身が説く歴史画論がいくらかは実地で示されていることへの満足があったのであろう。

「従来歴史画は随分無いではないが、歴史中の人物を取つて性格と云ふものに立入りて其を表現しやうと尽力した絵は殆んど稀有と言つても宜しい……然るに今回の歴史画中には現れた働きのみならず其人物の心持を充分現はさうと云ふ、少くとも作家の自覚の痕跡が見へる[13]」

個々の作品では、小堀鞆音の『藤房卿』を、建武新政に反対して出家しようとする藤原藤房が「其胸中に持つて居らるゝ一大危機の心持が少しも現れて居らぬ」と批判し、同『恩賜の御衣』（菅原道真を描く）も横山大観『屈原』と好一対の画題としながらも、「小堀君にして今日の画風を固持せらるゝ以上は歴史的人物の心持を現はすことは無理であらう」と断じた。大観の『屈原』については――後論でやや辛辣になるが――、「『屈原に至つては屈原の性格を現はさうといふ心懸は充分現れて居る』大観氏の描かれたる屈原の性格を美術として現はすは果して適当なりや否やは別問題とするも『屈原を自から解釈され其解釈に適当なる筆法で描かれたのは私の満足に思ふ所である。』」と好意的に述べている。

フェノロサは『ジャパン・デーリー・メール』紙上で『屈原』とともに下村観山の『闍維』を称揚したが、のちに斎藤隆三も「まことに「屈原」と「闍維」とは、この時の展覧会の二大傑作と推すべきもの(14)」と評価を定めている。当然、樗牛も言及し、まずは「観山君の見識の高いこと、想像の偉大なること、及び技術の優れて居らるゝ事に就いては私は一言も言はぬ」と前置きをする。しかし、これは一個の宗教的信仰画として描かれており、社会性のない画題は得策ではないとの感想を述べる。

「将来は宗教の事でも歴史的に解釈して、印度を歴史上の国とし、釈迦を歴史上の人間として、歴史上の事実を現はす事にすれば今迄に無い新領地を発見せらるゝことであらう(15)」

ところで、樗牛は「作家の道念と観念」（『太陽』一八九六年二月五日）や「明治の小説」（『太陽』一八九七年六月一五日）で紅葉や硯友社に距離をとり、「明治三十四年の文芸界」（『太陽』一九〇二年一月五日）のなかの「紅葉露伴を葬れよ」で明確に敵対心をあらわにした。樗牛の批判はどうも紅葉には堪えたらしいのだが、それを思うにつけ、両者の生のやりとりは興味深い。少し長いが、抄出しておこう。

高山氏は改めて〔山田敬中〕『竜田姫』を取り

「宜い画題と思ふ、兎に角秋と云ふ者を形の上に現はした者即ち秋の精として面白いと思ふ。（中略）一面は春と並び称する程の奇麗さを持つて居て、一面には実に粛殺の気を帯びて居る、此等をシムボリカルに現はすことが出来れば余程面白からうが、敬中君の絵ではどうか、吾輩の理想とは違つて居るやうだ」

尾崎氏

「何か出所があらう」

高山氏再び説をなして曰はく

「出所があらうが、彼れではいかぬ、西洋にも随分アレゴリカルの絵があるが、一目の下に其意味が知れる、此絵では、官女が秋草をかき分けて居ると言つても宜しい」

此時大橋乙羽氏言を発して曰はく

「描いた主意は、詰り去年の寺崎〔廣業〕君の「菊の精」と同じやうな考で、寓する人間に精が移らなかつたのであらうと思ふ、あれで見れば神韻縹緲の所がない」

尾崎氏

「神といふ形が移らぬのみならず総ての形が一人で歩いて居るやうな所がある、並の人間とよりしか見へぬ、何が出所があらうと思はれる」

此時高山氏は絵画の独立を主張して曰はく

「出所があるにした所が、さう云ふ出処はいかぬ、歴史には斯うあるから其通りに描けば絵になると言ふ主意でなく、絵は絵の独立の主意があるから、絵の為に特に考へても、是れより好くは出来ぬと言ふ事であれば、其歴史中の事実を取るべきであるが、何でも斯でも歴史に斯うある、伝説にかうあるから其れを取れば絵になると言ふことは無からうと思ふ[16]」

風俗写実にこだわった紅葉らしく、やたらと「出所」を気にしているのに対し、樗牛はそれよりも「絵は絵の独立の主意」——上位概念の詩美であろう——を重要視していることがわかる。

樗牛は別格とするにせよ、紅葉、乙羽、clear川もそれなりに知見を示している。ただひとり弁護士の高橋捨六のみは、みずから「私は絵画のことに就ては批評する脳力を持つて居らぬのであります」と吐露しているように、話題作りのためとはいえ少々、人選に難があったといわざるをえない。しかしながら、展覧会は世評を集め、特に「『屈原』によって大観の名は一挙にして世に謳われるほどにもなったが、それと共に日本美術院の創立と存在とを全国に普及せしめることにもなった」(17)のである。

四　横山大観『屈原』をめぐる論評

これとまったく時期を同じくして、樗牛は「画題論」を『太陽』(一八九八年〔明治三一〕一〇月二〇日)に書く。「画題論」は翌年発売の『時代管見』(博文館)に単行本収録される際、「歴史画題論」と改題されている。もちろん、内容は日本美術院の展覧会を踏まえているが、同時に谷沢永一が指摘するような、「樗牛が進んで「画題論」に説き及んだ意図の底には、早稲田派が敷設した理論軌道へ積極的に踏み込むという、批評家的自恃が確かに潜んでいた筈である」(18)。

樗牛は「序論」において、自身の絵画理論から説き起こす。それによると、絵画は空間芸術(造型芸術)であるが、古より大家は時間的意義の包摂に取り組んできたという。これに成功した者が、霊妙なる作品を描ける画家ということになる。端的には、「契点 Moment」が重要視される。

絵画は空間的美術として契点 Moment の唯一ならむを必とす。若し其の契点を二三にするをだに憚らずむば、

十章の詩史を一画の中に収めむも、恐らくは容易なる事ならむか。[19]

「契点」とは、空間芸術に固定される一刹那が最もシンボリックに機能する謂いであろうが、哲学用語（仏教的）を借りれば、「一即多」と等しく考えられる。樗牛が引いている、ドイツ後期ロマン派の歴史画家・フォイエルバハの言、「歴史画は一個の場面の中に一個の生命を顕はさざるべからず。過去を顧眄し、未来を想望し、而して自らは永遠の静止を保つ」も同様であろう。

　樗牛は、日本には長い歴史があり、詩人や画家はここに絶妙の題案を捉えることが可能とみている。むろん、「契点」とは外面と内面の統一であるから、「外は歴史の典故に縁《よ》りて、内、性格開発の大詩美を現ぜむこと」、すなわち「性格」の内面性が詩美（芸術性）の問題となって一つの標準をつくる。つまり、「歴史劇は同時に性格の劇史なり、歴史画は同時に性格の絵画なり」と芸術における詩美の普遍性を承認する立場が示され、歴史劇論争との理論的通底も明らかにされているのである。

　そして、自身も招かれた日本美術院の展覧会にふれ、「吾人の最も歓迎する所は（吾人の観察にして大に謬らずむば）、是等の歴史画が従来普通の平凡なる人形画の類に非ずして、動作若しくは性格の歴史的開発を顕現するの方向に其の歩を進めたるの一事に在り」と称賛したうえで、横山大観が『屈原』へと論をつづける。

いうまでもなく、屈原は中国の戦国時代末に楚の国に仕えた政治家であり、『楚辞』の代表的詩人である。国政に活躍するも、国の方針が変わり失脚、放浪の身となって祖国の衰亡を見ながら汨羅《べきら》に身を投げた。『楚辞』にある「離騒」は高名で、樗牛もこれをとりあげて、次のように記している。

離騒の一篇、其の辞何ぞ微にして其の志何ぞ潔き。滔々たる汨羅の水、流れて極まらず、恰も是れ千古の憂情を語るに似たり。嗚呼高士屈原の如き者古来稀なり。若し其の怨むで乱せず、悲みて狂せざるの心情を写すを得ば、是れ豈美術家にとりて絶好の題案に非ずや。(20)

屈原が体現する悲劇性は好画題であり、「性格」についても、展覧会に招待されたときの評で、「屈原に至つては屈原の性格を現はさうといふ心懸は充分現れて居る」と述べ、大観の試みを樗牛は肯定していた。だが問題は、「然れども屈原が性格の顕現せられたる方法に就いては、吾人大観と見る所を異にす」という部分であった。元来、史より詩を上位に置く樗牛が、「吾人素より美術を以て歴史の奴隷と為すものに非ず。美術にはおのづから美術の目的あり、歴史の真実により猥りに其の独立を左右せらるべきに非ず」と念押ししているのはわかる。しかし、ここにこそ、樗牛の理論に整合性を欠く瑕瑾が生じたことも見逃せない。すなわち、歴史的実体としての屈原と美術的性格の屈原の分裂によって、現実における「歴史（作品）」の位置づけが曖昧になったと考えられる。むろん、このことは歴史劇論争のときにも内在していたが、流動性のない空間芸術になると、即時の空間意識——ここでは主に視覚——の把握が前景化し、問題の位相を変えることになる。

既存の研究が歴史劇・歴史画の両論争において、樗牛と逍遙の核心理論が平行線をたどったところから、これを地続きと見たのも一面では正しい。一方で、時間芸術と空間芸術の差異は、両論争の説得力のバランスを崩した。

それは時間芸術の継起という性質が、樗牛の詩美を原理とする主張とある程度のつり合いをとっていたのに対し、絵画の場合、具象的に描かれてしまうことによって、歴史的な規準は厳密に作用することになる。

樗牛も「天才ある画家は宜しく自家の妙想によつて、一美術的屈原を顕現すべきのみ。唯是の美術的屈原を創作するに先ちて、歴史的屈原の性格を尋究するは、そが美術的規準との関係を了知する上に於て、最も必要なる順序ならむ」と、かなり苦し紛れなことをいっているので、筆勢の裏に潜む苦衷が忖度できるものである。如上の解決を期した樗牛は、以下の二法則を提示する。

一、先づ歴史的に人物の性格を尋究する事。
二、次に是の尋究の結果を美術の規準に照らして、一個の美術的性格に醇化すること。[21]

「二」にある「美術的性格に醇化」というのが、樗牛の拠る詩美の眼目になってくるであろうが、この二点をもって樗牛は大観の『屈原』を観察していく。まず、樗牛が『屈原』から受けた印象と評釈は以下のようなものである。

是の図によりて見る時は、屈原は狭量小心、直《ちょく》に泥《なづ》むで其の他を知らず、人を怒り、世を怨み、狂乱して仆れずむば已まざるものの如し。是に対すれば、鬼気冉々として人に逼り、一も悠揚暢舒の感興を与へず。大観の屈原を見る、是の如くにして果して当れる乎、はた屈原は果してかく迄に、小胆一徹なる憎世家なりし乎。吾人の見る所にして謬らずむば、大観は是の性格解釈に於て、已に其の第一歩を誤れり。[22]

樗牛は、大観『屈原』を「小胆一徹なる憎世家」とみて退けているが、では自身の屈原解釈はといえば、忠臣として貫徹することもできず、官を辞して平安を保つこともできず、アンビヴァレントな人物と捉えられている。屈原とは、「人生を悟り、天を楽まむと欲して、尚ほ人情の羈絆を脱する能はざりき。彼は理に於て安立の地を得たりき、而かも情に於て遂に煩悶のしもべなりき」という理解であった。

ところで、『屈原』の作者・大観は、やはり『屈原』を当時の天心の境遇と重ね合わせて描いたことを、のちに回想している。

「屈原」ですが、あれは私の解釈が誤つてゐたかどうか知りませんが、あの頃の岡倉先生が、ちやうど屈原と同じやうな境遇にあつたのではないかと思ひ、あの画題を選んだのです。屈原の辞賦を輯めた「離騒」といふ本がありませう、あれからとつたもので、島村抱月さんのお宅へ「離騒」をもつてゆき、その講釈をきいて描きました。(23)

作者の真意は観者に伝わり難い。天心の盟友・フェノロサなどは、「私はすでにこの作品を五、六度見にでかけており、その都度一段と強く胸を打たれ、涙をこらえることができなかった(24)」と好評したが、『美術評論』では「芸術の堕落も茲に至りて極れりといふべし。余は此作家の旧作を記臆すれば、敢て其技能を無視するにあらず。唯絵画の技能が文学の奴隷となれるの甚だしきを、くれ〲も慨嘆するものなり(25)」と完全否定したものもあった。だが、大観が「あれについては、高山樗牛、島村抱月、関如来、長谷川天渓、その他たくさんの人達が論じてゐました(26)」というとおり、美術学校騒動と相俟って日本画壇への注目を集めた作品となったのである。

「画狂生」という筆名を用いた樗牛の論敵たる梁川も、「横山大観氏作「屈原」を評す」（一八九八年一一月）で言及している。梁川は、「「屈原」の一幅、亦気局の雄なる点に於いて、先づ余輩の眼を惹きぬ。されど、余輩は此の作を以て屈原其人を描ける歴史画としては、見事失敗の作なりと断ずるものなり(27)」と否定した。その理由は、歴史的屈原のイメージは多々あれど、詩人的感情家の屈原は「一個の清士」と認められるはずだが、大観作では「一個狂味を帯べるセンチメンタリスティックの屈原」になってしまっているからである。

ただ梁川は、この作も視点を変えれば評価できるとし、主役である屈原を没し、歴史画ではなく風景画としてみれば成功であるとした。もっとも、梁川が「余輩は屈原を画きたる此の作を取らずして、暴風雨《あらし》の壮景を画きたる此の作を取らんと欲す」のは良いとしても、その場合、問題は単なるカテゴリーに矮小化されてしまうが。

付言しておくと、梁川はこの論で、特に「一評家〔樗牛〕は之れを決意の態を描けるものといへり、されど之を以て寧ろ狂味を帯べるの態を描けりといふの妥当なるに如かざるなり」と述べ、「大観が描きたる屈原は、煩悶の屈原に非ずして決意の屈原なり」といっていた樗牛を「一評家」に貶めている。

その樗牛に戻ると、結局のところ、屈原とは悟りながらも、人間らしい最後の執着を捨てることができなかった人物であり、また、それゆえにこそ、詩歌や絵画の絶好題案になるという理解であった。当然、樗牛のいう屈原と大観のそれとは異なる。しかしながら、樗牛の理論によれば、詩美は必ずしも歴史によって規定される必要はなかったはずである。大観は歴史的屈原に、みずから敬するところの天心を重ね合わせ、見事に「醇化」しているのである。にもかかわらず、大観を否定するのは「契点」の選択が樗牛の意に適わなかったからである。

樗牛は「契点の完美」達成した作品を理想とする。それは、過去・現在・未来の全体を想起させる底のものである。実は、この樗牛の思考にかなりの部分で影響を与えているのはレッシングである。殊に『ラオコーン――あるいは絵画と文学の限界について』（一七六六年）は、石橋忍月と森鷗外の論争に代表されるように(28)、明治文壇では一定の権威を保っていたが、樗牛の芸術論にも明確に受容の形跡がみられる。「歴史画題論」でも、「是の事〔契点〕

に関するレッシングの説は頗る吾人の意を得たり」と述べ、引いているが、そもそも冒頭の芸術における時間と空間の意識もその一端にほかならない。

レッシングの「簡潔明快で力強い論戦的文体を駆使し、対象の本質に肉迫していく批評精神は、文芸理論の大著『ラオコーン』とリアリズムに立つドイツ演劇の確立を志向した『ハンブルク演劇論』において、画期的な成果を挙げた」と評す岸美光は、『ラオコーン』に次のような解説を施している。

すなわち造形芸術が物の可視的な特徴を形態と色彩という手段によって捉え、意味深い美的な一瞬を永続的に固定するのに対し、文学は時間の中で生成し活動する連続した行為を対象とし、その行為を生み出しまたその行為が引き起こした感情や思想を伝え、読者の心に生動するイメージを作り出す。この根本認識によってレッシングは、従来支配的だった外的対象の絵画的描写という課題から文学を解放し、事件に内在する因果律に立つダイナミックなリアリズムを主張して、ドイツ文学のために近代への道を切り拓いた。(29)

レッシングは、空間芸術（造型・絵画）と時間芸術（言語・小説）を識別し、空間芸術で「効果的といえるのは、想像力に自由な活動を許すものだけである。見れば見るほど思いが深まる、というようなものでなければ駄目である。思いが深まれば深まるほど、観照もまた深まるものでなければならない(30)」と主張した。これを樗牛は独自に理解し、「蓋し〔レッシング〕氏の所謂る想像の余地を留めよとは、即ち他面より考ふれば、観者をして最大の同情を起さしむる契点を取れとの意に外ならず」と主張する。

実のところ、樗牛はこの四カ月後、『帝国文学』（一八九九年〔明治三二〕二月）に「詩歌の所縁と其対象」を書き、これまた逍遙の弟子である後藤宙外と論争しているのだが、これはほとんどラオコーン論と呼べる代物である。しかし、この歴史画論争にちょうど挟まれた格好の論争——六月までつづき、その後、樗牛は再び歴史画論へ戻る——のラオコーン理解は、のちに吉田精一から「一知半解で、「ラオコーン」の正確な理解の上に立っていない」と批判されることになる。当然のことながら、吉田は批判だけでなく、粗笨な祖述の裏に潜む樗牛の「ねらい」までも読み取っている。

樗牛は「ラオコーン」の所説をあまりにも画一的に解し、それを性急に、そして軽率に実例に応用しすぎた。それというのも樗牛としてはレッシングの説いた詩と画の根本的な機能の相違を、東西古今の大詩人は直観的に会得していたが、わが国の現代作家はしからず、あやまって絵画的明晰をもって詩歌小説の極致としていると指摘し、叱正することに直接のねらいがあったためである。(31)

基本的に吉田の批判は正当であろうが、実際、レッシングの空間芸術と時間芸術の識別は、樗牛の詩美による芸術全般への適応という方向とはすれ違ってくる。吉田がいう樗牛の「一知半解」は、むしろ、樗牛の自説補強のための積極的改変ととってよいのではないか（もっとも意図的なら、そうと樗牛は表明すべきであったが）。

樗牛が主張する契点選択の方針とは、「是を要するに画題として最も適当なる契点は、最後の大団円、若しくは大破裂に先《さきだ》つ所の事情を明示するにあり」というものであった。ここにこそ過去と未来が包含され、観者の共感を呼ぶ核心があるのである。これを土台としたとき、屈原は「天成の画題」、「絶好の契点」となる。そして、樗牛は「大観が是の天成の画題を捉へて、而かも是の絶好の契点を逸したるを惜むなり」と吐露し、大観の『屈原』を次のように解説する。

大観が描きたる屈原は、煩悶の屈原に非ずして決意の屈原なり。沈憂の屈原に非ずして、激憤の屈原なり。（中略）吾人は彼に対して、多く同感を表する能はず、同感すべき煩悶は、已に彼れの胸を去りて、其の面は已に決意の色に輝けばなり。又多く想像の余地を止めず、想像すべき結果は已に端緒を表はしたればなり。大観は何が故に特に歴史的屈原が提供せる天成の好画題を捨て丶、何が故に、特に是の不利益なる性格と契点とを択びしや、吾人の解し得ざる所也(32)。

樗牛にとって、煩悶のない決意の『屈原』は、自己完結した作品として契点の宜しきを得たものではなかった。つまり、人間的な迷いや煩悶のない屈原は、レッシングの規準にあてはめても、空想（想像）の余地のない固着した解釈にとどまり、樗牛がいう美術的醇化は達成されていないのである（確かにレッシングは最高潮を描かないことで観者の想像力を保障しようとした。ただし、大観の『屈原』が最高潮を描いたように見えない場合、これは新たな論点となる）。

一面では大観の着眼点を高く買いながらも、根本的なところで退けたが、しかし、それでも論壇を主導する樗牛が積極的にとりあげた事実は大きかった。そのことを斎藤隆三は、「高山樗牛が、その主宰せる当代評論雑誌の最高峯であった『太陽』の誌上において、或は画題論の題下に、或は屈原論として、椽大《てんだい》の筆を振って再三の論評を繰返したことは、文辞に親しむものの間に最も深き印象を刻ましむるものともなった(33)」と記す。開院したばかりの日本美術院と、三一歳の青年画家に過ぎなかった大観を一躍、全国区にしたことを思えば、樗牛の批判にもかかわらず、『屈原』は成功したといえよう。現に『屈原』はその後、厳島神社に奉納され、今でも大観の代表作として認知されているからである。

信仰画と歴史画を論ずるのに、樗牛は下村観山の『闍維』を俎上に載せる。フェノロサは、「本展の白眉と称すべき二作品は、日本と外国とを問わず、すべての伝統を離れて、圧倒的な力を示し、今だかつて扱われたことのなかった東洋的な主題を、全く独創的な手法で料理したものである」[34]として、『屈原』とともに『闍維』を高く評価した。この二作品は、橋本雅邦と松本楓湖の審査でも一位、二位の得点で銀牌を贈られ、展覧会を代表するものとなった。

観山『闍維』は、題名からも窺えるように、「釈迦の火葬」をモチーフにしたもので、フェノロサは「観山氏は、非常に困難な宗教的主題にあえて挑戦し、しかも色彩の究極の可能性を探っている」といったが、樗牛は宗教的主題、信仰画そのものを否定した。

『闍維』は、「信仰画として必ずしも好題案ならざるにあらざらむ。然れども、今日に於て新に信仰画を製作するの一事は、吾人の甚だ取らざる所なり」と樗牛はいう。どういうことかといえば、今の社会にはすでに宗教的熱誠なく、宗教的背景をもたない現代で信仰画を作っても形骸化するだけと考えていたのである。このわずか三年後に日蓮研究に没入し、深刻な宗教的転回を果したことを念頭に置けば、「今の無信仰なる日本」を前提とした態度から観山批判をしているのは興味深い。

観山の『闍維』は、所詮是の邪道に陥りたるのも也。加ふるに燦爛たる金碧を以て、徒に感興の神聖を支撐せむ〔ささえもつ〕と務めたるの跡あるが如きは、陋劣と謂はざるべからず。吾人が目して失敗の作となす、果して当らざる乎。[35]

さらに樗牛は、歴史画の契点も誤っているといい、釈迦の人生こそ偉大であるのに、その死後の哀悼を留めるだけの画題は無意義であるとした。では、樗牛が良しとする契点はというと、――観者と同感すべき屈原を説いたのと同様に——宗教を歴史的に、あるいは人間的に解釈することである。

試に印度を歴史的国土となし、釈迦及び其の弟子を歴史的人物とし、菅公、藤房を画くと同一の覚悟を以て、其の動作と性格とを顕現せよ。試に其の子供らしき金碧を去り、其の無意義なる虚誕を斥け、一個の血液あり、呼吸あり生命あり、煩悩ある人物として描写せよ、宗教画の真精神或は是によりて発揮せられむ。[36]

しかし、この樗牛の主張は、自身の歴史芸術理論に対して重大な矛盾を孕む。なぜなら、もともと史より詩を優位に置く立場であるはずが、右の主張では歴史的（活歴派的）であると同時に、事実上、写実的な立場に歩み寄っているのではないか。このことは歴史劇論争のときには絶えてなかったことであり、本来の樗牛からすれば、むしろ詩美を徹底した信仰画を擁護してもよかったように思う（もっとも「吾人は信仰画を排するも、決して宗教画を斥くるの意なし」といってもいるが）。

樗牛の内省を忖度すれば、歴史画（空間芸術）という新たな領域の議論に対応できず、苦慮していたのではあるまいか。それは、「契点」という概念を用いたところで、直截に刹那を表現する絵画に「一個の血液あり、呼吸あり生命あり、煩悩ある人物」をもち込めば、実質的に歴史劇論争で逍遙が提示した「史的幻影」に図らずも接近してしまう。これは明らかに整合性を欠いた議論であろう。そして、次に樗牛が本格的な歴史画論を発表するのは、「画題論」から丸一年あいた「歴史画の本領及び題目」を待たなければならない。

五　高山樗牛「歴史画の本領及び題目」

一八九八年（明治三一）一〇月一五日から一一月二〇日まで開催された、「第五回日本絵画協会・第一回日本美術院連合絵画共進会」が成功したこともあり、『読売新聞』は翌一八九九年の元旦に「懸賞東洋歴史画題募集」をかける。内容は、岡倉天心と橋本雅邦が審査にあたり、第一等は雅邦が、第二等、第三等は日本美術院正員が描き、絵画共進会に陳列するというものであった。

二月一五日の締め切りまでに三八九種類の画題が集まり、一〇月一五日の『読売新聞』に結果が発表された。第一等賞には、帝国大学教授で『新体詩抄』でも有名な外山正一の「建速須佐之男命《たけはやすさのおのみこと》が、所命給へる国を知らさずして、御妣《おんはは》の国根之堅洲国《くにねのかたすくに》に罷らむんと欲して哭《な》き給ふ状」が選ばれた。ただし、雅邦が当選画題を固辞したため、代わって大観が「素尊」――記名を『古事記』「須佐之男命」から『日本書紀』「素戔嗚尊」に替えて――に筆を執った。また、二等は観山、三等は寺崎廣業が担当した。

当選画題作品が展示された「第七回日本絵画協会・第二回日本美術院連合絵画共進会」は、前回からちょうど一年後の一八九九年（明治三二）一〇月一五日から一一月二〇日まで、上野公園旧博覧会第五号館を会場に開かれた。「懸賞東洋歴史画題募集」も話題になっており、前回に引きつづいて盛況であったことは、この展覧会から記録されている入場者数をこののち、ついに超えることがなかったことからも知れる（二五、〇〇〇人）[37]。

樗牛もこの機を逃さず、『太陽』（一〇月二〇日）に「歴史画の本領及び題目」を掲げる。「日本美術院にては、先ごろ読売新聞にて募集せし東洋歴史画題の秀逸を選択し、青年画家をして画かしめ、以て公衆に示せるよし、好き機会なれば、予は再び是の問題に就いて一言せばやと思ひ立ちぬ」という樗牛の言には、やはりアクチュアルな時評家の面がよく出ている。

説き起こしは、「画題論」でもふれたレッシングの『ラオコーン』で、詩歌などの時間芸術と、絵画・彫刻などの空間芸術の弁別が再度、念押しされている。樗牛は空間芸術のことを「倶存の芸術」と訳し——存在を倶にするの意であろう——、「詩歌の本領が観念の継起に存する如く、絵画の本領は倶存の物象に存すてふ原則は、何人も自明の条理として認めざるべからず」という。

ここから樗牛は、神や絶対者、もしくは無限的な概念をイメージした象徴画——樗牛は「標号画」と表現する——を否定する。「愛と云ひ、真理と云ひ、自由と云ひ、平和と云ふ、欧州画家の題案として、しば〳〵見聞する所なれども、吾等にはいともおろかしき業《わざ》とこそ覚ゆれ」。それは、すでに絵画の領域を超えた世界であるからだが、ここにおいて、樗牛の認識は不明であるものの、事実上、詩美の優位という理屈が空間芸術で断念されていることに注意しておきたい。

樗牛が「以て詩とすべきもの、必ずしも以て画にすべからず、こも亦材料の差別より生ずる必然の制限なり」と認めるとき、材料の差異が直截に樗牛の理論を脅かしていたはずである。が、樗牛のポレミックな姿勢はこの問題を糊塗し——問題に気づいていればの話だが——、堂々と開き直っている。


所詮は各種の芸術は材料に差別あるが為に、表現の対境〔対象〕にもおのづから差別あり。同一物象を描写する折にも、描写の方法亦おのづから異ならざるを得ず。是のけじめを看過し、例へば詩中の物を捉へ来りて直に絵画の料に擬するが如きことあらば、是の上もなき僻事《ひがごと》なるべし。(38)

これでは詩美という最上級の美が、材料によって制限される可能性をいっているに等しい。歴史画を扱い始めて、明らかに歴史劇論争のころの鋭さが鈍っている。しかし、樗牛は、この問題を等閑に付したまま「歴史画の本領」を語り出す。

樗牛は、歴史画を批評する規準を「二説」設ける。そして、その二説は「歴史画の目的に関して、相容れざる二個の原理なり」という。前もって二説が互いに断絶していることを強調したうえで、「第一の説」を次のように説明する。

第一の説、即ち歴史上の人物及び時代を表現して、其の真相を表明するを歴史画の本領となす説は、畢竟歴史を主とし、絵画を客とする説なり、換言すれば、歴史説明の方便として絵画を見るの説なり。(39)

樗牛の立場よりすれば、歴史の事跡と詩美は必ずしも一致しないので、芸術の題目に適すかどうかわからない。この考えを突き詰めていくと、絵画のための絵画という純一な目的からはずれて、歴史のための絵画（方便としての絵画）になってしまう。自由芸術としての絵画からみると、第一説は歴史説明画の存在証明に過ぎない。もっとも自由芸術といったところで、先にも言及したとおり、空間芸術の性質にすでに制限が掛かっているかぎり、樗牛の言の半ばは破綻している（「半ば」というのは、樗牛があくまでも詩美の理論を絵画の分野に押さえ込もうとしている志向を考慮すればのことである）。

次に、上記の「第一の説」と対立する「第二の説」をとりあげよう。こちらの説こそが、樗牛の意を得たものである。

第二説とは、歴史上の人物及び時代を仮りて絵画其物の美を発揮するを歴史画の本領とする説なり。是の説によれば、歴史画の表現せむと力むるは、飽く迄絵画其物の美にして、歴史上の事跡にはあらず、たゞ美を現ずる方便として、歴史上の事蹟を用ふるのみ。[40]

しかし、「美を現ずる方便として」のみ歴史を用いるのなら、なにゆえ歴史なのか、という問いが生じる。これに対し樗牛は、「人事及び人心に関する種々相は、最も好く歴史上の事蹟に現はる、是れ一の理由なり。歴史上の事蹟を仮れば、看る者の心にたやすく適切なる感情を惹起し得べし、是れ他の理由なり」という。

一読してわかるように、淡々とした書きぶりの割に、中身は苦し紛れの弁明というほかない。歴史画論争においては樗牛に好意的な稲垣達郎でさえ、「「人事及び人心に関する種々相は、最も好く歴史上の事蹟に現」われるには無理がある。これが十分なものとすれば、「人事及び人心」にかかわるものをモティーフとする場合、すべての絵画は歴史画にならなければならなくなるだろう[41]」と批判する。確かに、これでは普遍概念の詩美がなぜ特殊な歴史上の事蹟に最もよくあらわれるのか理解できないし、観者の側に「適切なる感情を惹起し得」る根拠も不透明であろう。なにより絵画の場合、時間芸術がもつゲシュタルト的性質を欠いており、具象物に対する直観把握にこの説明では苦しい。つまり、歴史劇論争の理論そのままに、歴史画論争へ移行したところに陥穽があったわけである。それでも、樗牛は原理原則をもって突き進んでいく。

歴史画の本領は、歴史の為に画くにあらずして、絵画の為に歴史を仮るにあり。歴史は客なり、仮なり、絵画は主なり、実なり。是の関係を転倒せば、芸術の独立は立地《たちどころ》に滅び、醇化の意義亦共に失はるべし。[42]

右、引用文の「絵画」を「文学」や「詩歌」に置換してみると、そのまま歴史劇論争の引き写しになっていることを如実に物語る。

時間芸術から空間芸術への性質変化の影響が明確にあらわれているのは契点選択（モメント）、すなわち「表現する刹那の局面」だけであるから、おのずと樗牛の歴史画論の中核に位置してくる。しかしながら、その「局面」を歴史のなかから探し出し、選んだ事蹟からさらに契点を捕捉するという手順は困難である。結局は理論として、過去・現在・未来が集約的に捉えられている契点、あるいは「たゞ悲哀の美を現ぜむと欲して、而して悲哀の高潮既に去りたる後の光景を描くが如きは、契点の取捨宜しきを得たりと謂ひ難からむ」と述べるに止まる（一応、後述に『読売新聞』「東洋歴史画題募集」についての感想のところで「壇ノ浦の戦い」を具体例にあげているが）。

樗牛は「歴史画の内容」の問題については、制作者であるよりも、観者の判断基準をもって語ろうとする。まず、芸術最大の効能を感情の安慰を得ることと規定する。ただ、その安慰も内情が必要で、葛藤の後にある「高級の安慰」でなければならない。そして、これを突きつめていくと、最高級の美は悲劇に落ち着き、「悲壮の美はしきところ、この超絶の安慰に存す。畢竟悲壮の真面目は、死によりて現世を折伏《しゃくぶく》する所にあるなり」と至る。現世の苦しみからの超越こそが美の規準となり、おのずと歴史画の内容もこれに適うものが求められるのである。

悲哀の安慰、悲壮の安慰、これ等は葛藤なき平和の心情に較ぶれば、感情の内容遥に豊富にして、そが吾人に与ふる満足もまた遥に深遠幽妙なるものなり。美学者が是を以て高級の美と為すは、げにことわりなりと謂ふべし。若し内容上より歴史画題の勝劣を別ち得べしとせば、その標準は蓋し茲に存せむか。[43]

如上に見てきた樗牛の立場より、話題の『読売新聞』「東洋歴史画題募集」に言及して、「歴史画の本領及び題目」論は幕を閉じる。「有り体に言へば、予は応募者の多くが、歴史画の性質を誤解せるを見たり」と述べ、真如上人――羅越国（ラオス）で虎に襲われて死んだとされる高岳親王――、崇徳天皇、後醍醐天皇を美の標準に達していないと論評する。樗牛自身は「流竄の菅公」、「烏江の項羽」をあげるとともに、やはり『平家物語』の一場に卓越した悲哀を見、「心ゆくばかり床しきは、壇の浦戦後の光景にぞあむなる」と推奨する。

六　高山樗牛と綱島梁川

こうした樗牛が提出した歴史画に関するさまざまな論点に、即応したのは、当然、早稲田派の梁川と逍遥である。両者とも先年からの論議を基調としているものの、梁川は樗牛と正面切っての論争は初めてであり、逍遥にとっては、むろん、歴史劇論争からの再戦を意味した。

時系列としては、樗牛の「歴史画の本領及び題目」が発表されたのが一八九九年（明治三二）一〇月二〇日で、はやくも一一月五日付の『大帝国』には梁川が「歴史画の本領に対する卑見（高山氏の「歴史画論」を評す）」を、一一月二〇日の次巻にも「美術雑感」（『梁川全集』では「歴史画論につきて」と改題）を書き鋭鋒を向けた。逍遥は前年の一〇月――ちょうど日本美術院が発足したころ――『早稲田文学』が休刊したこともあり、樗牛のいる『太陽』に樗牛批判を寄稿することになる。逍遥の「美術上に所謂歴史的といふ語の真義如何」（『逍遥選集』では「芸術上に……」と改題）は、『太陽』一一月二〇日の号と翌一二月五日の号に分割掲載される。

先んじて発表にこぎ着けた梁川から見ていくが、前掲「歴史画とは何ぞや」（『早稲田文学』一八九八年一月）にもあったように、基本的に梁川は師・逍遥の忠実な門下の立場から議論を組み立てる。しかし、視点を転じると、樗牛と梁川の意外な共鳴関係も浮かび上がってくる。それは二人とも呼吸器に疾患を抱え、闘病生活に苦しみ、樗牛は三一歳、梁川は三四歳という若さで没し、また共に宗教――樗牛は日蓮、梁川は見神――へ至り、そのロマン主義と宗教的回心は世の青年層を惹きつけた。

梁川研究の先駆者である川合道雄は、樗牛と梁川から影響を受けた同時代の知識青年層を代表させて、安倍能成と齋藤勇をあげている。安倍は夏目漱石の門人としても有名だが、むしろ、第二次世界大戦後に文部大臣や学習院院長を務めた教育者の面が真価であったと思われる。齋藤は、英文学者として破格の業績を残したほか、チャタレー裁判で国側の証人を務めたことでも知られる（被告側の伊藤整からも、その態度に好感をもたれている）。

安倍は「高山樗牛と綱島梁川」という一文で、「梁川氏を考へると同時に、私は私の内部の歴史に大なる影響を与へたる高山樗牛氏を思はざるを得ない。梁川氏と樗牛氏とは関係は違ふが、両氏ともに今日の私の或部分、否大部分を形造つて居る。肝腎な部分を教へられたのである」と述べ、その感化を「樗牛氏は自己の尊ふべき事を私に知らしめ、梁川氏は其自己を忠実に辿るべきことを教へた」という。安倍の言で興味深いのは、文章をもって両者の性質を論じている部分である。

樗牛氏の文は闊達自由にして、苦心とか鍛錬とか云ふ痕が見えない。一種の調子と云つた様な音楽的で感慨に満ちてをる故に読んで寔に心地がよい。梁川氏の文は苦心の跡が歴々として、一言一句も苟もせぬと云ふ風である。みがき上げた玉のやうであるが、読んでは肩が凝る。遠慮なく云へば垢ぬけのせぬ文章である。樗牛氏は覇気満々として稚気を脱しない。梁川氏は道学的で地味である。(44)

重なるところも多いと思われる樗牛と梁川を、安倍はかなり対照的に捉えている。それは、おそらく「私は若いころ樗牛を愛読し、その日本主義に心をひかれていたが、やがて花やかな樗牛から、内面的な梁川の思想に興味を持つようになった(45)」という、安倍の内面形成の経路に起因するであろう。そしてまた、齋藤も同経路をたどっていることから、〈樗牛から梁川へ〉というルートに一種の典型を見ることも可能かもしれない（川合の指摘による）。以下に、樗牛に関する齋藤の回想を抄出しておく。

私は中学三年ごろから、手あたりしだいに、いろいろな文学書を読みあさった。その中には高山樗牛が雑誌「太陽」に書いたものなどもある。あわれで華やかな「平家雑感」、奔放な「美的生活論」やニーチェの天才論、意気揚揚たるインテリ凡俗軽蔑論、威勢のいい清盛論や日蓮礼讃など、その名文に魅せられて、すばらしいものだと思った。何も深いことのわからない一中学生には、樗牛の元気な天才論は「諸君、大望心をいだけ」ということのように聞こえたのであろう。(46)

表面上、どこまでも積極的な樗牛に魅せられる若人の様子が手にとるようにわかる。これぞ、「固まらぬ、感激し易い私の若い頭は、彼のために事々に影響された」と告白した、安倍の感慨に通ずるであろう。しかしながら、影響が強いぶん反動も大きく、齋藤は「そのうちに、樗牛が天才と自負しても、どこかさみしそうに見えることに気づき、ことに私自身がいかに凡人であるかを省みて、私はだんだん自己の存在理由がないかのごとく思いわずらうようになった」といっている。これを救ったのが梁川で、「明らかに私の進むべき道を示してくれた(47)」らしい。

川合は、このような安倍と齋藤から、「両者に共通する樗牛を経て梁川へ――といった経路は、いわば一般的な時代思想の帰趨を示すもので、必ずしも樗牛の価値を相対的に低めることにはつながらない。むしろ樗牛を媒介することによって、はじめて梁川に逢着した。そういう形での自己確認であり、自己形成の第一歩であったといわねばなるまい(48)」と評価する。川合が指摘する「樗牛を経て梁川へ」という経路は、まさに両者がある種、同質の磁場を共有していたからこそ成り立つ分析で、かつ、問題意識の重複と論争をも内包する入り組んだものであったことを窺わせる。さらに梁川は、樗牛の人生最大の論敵たる逍遙の門下で、喀血し神戸に療養中（一八九六年［明治二九］）には、樗牛の二高教授就任の記事に接して、「高山林次郎氏が此度仙台なる第二高等学校の哲学教授赴任の由記したるを見て、予は彼等大学の卒業生が左程の学力なくして、大学をだに卒業すればか丶る立派なる社会的地位を得るを思ひ、一種欣羨嫉妬の情むら〳〵とおこりぬ(49)」と吐露し、自己の「他年の大成」を期している。このような人間的な部分でも、両者は多面的な比定を可能にするであろう（ただし、梁川が妬んだ二高の教授ポストも樗牛からすれば「都落ち」で、わずか八カ月で辞任している）。

上述のような前提を勘案したうえで、当時、論壇の花形たる樗牛に挑んだ梁川の歴史画論の評釈を行えば、おのずと単なる歴史画論を超えた相貌をあらわすであろう。梁川による樗牛批判は、『大帝国』『大阪毎日新聞』『読売新聞』を媒体として、師の逍遙以上に力戦を演じるのであった。

七　綱島梁川の歴史画論批評

最初に、題名だけ既述した、一八九九年（明治三二）一一月五日の『大帝国』に載った「歴史画の本領に対する卑見（高山氏の「歴史画論」を評す）」である。梁川が切り込むのは、樗牛「歴史画の本領及び題目」で主眼に据えた、歴史は絵画の美を発揮するための便宜に過ぎない、という主張についてである。樗牛がいう、絵画そのものの美、という概念はあまりにも抽象的で歴史美を排斥してしまっている。もし、この公式を適用すれば、絵画におけるジャンルは無意義なものになるであろう、というのが梁川の立脚地である。歴史画や風景画、社会画などのジャンルの差異を問題にするのは、歴史劇論争において逍遙が用いた、樗牛の詩美の普遍概念では各小説ジャンルが消滅するはず、という主張の援用と考えられる。

では、歴史画とは何かということについて、梁川は「歴史画とは歴史的幻想に根ざせる美、即ち史美を其の内容とせる者是れ也」と言明する。もちろん、それはいわゆる史実とは異なる性質のものである。

単なる史蹟其者と史美とは異なり。予は史蹟其者を画けと言はずして史美を画けと言ふ。史美とは何ぞや。史的人物、史的事件を観照するより来たる一種の幻想美也。[50]

樗牛は「詩美」を、梁川は「史美」を、それぞれ強調するため、形式的には区別しやすい。けれども、樗牛が契点選択にあたり、歴史の知識を前提にして――歴史劇論争のときは国史劇を見るのにその国の歴史を学ぶことを嘲笑していたにもかかわらず――、「是の事蹟の真相を想起せしむるに足るべき形式上の要素を具ふるは、歴史画の第一義なり〔傍点・花澤〕[51]」といい、梁川が「史美（而して其は人情美〔詩美〕と離れたるものにあらざる、而して其はまた単なる史蹟其者とは異なる）を画けるもの是れ歴史画と」いうとき、両者の内実はかなり接近してくるのではないか。

もっとも梁川の場合、明確に歴史劇論争における逍遙の見解を意識し、「而して此の見解は歴史画に対してよりも、むしろ歴史小説、歴史劇に対して一層適切に応用せらるゝを覚ゆ」と表明しており、時間芸術（小説）から空間芸術（絵画）への性質変化は一顧だにされていないことがわかる。

梁川はつづけて、二週間後に発売された次号の『大帝国』（一一月二〇日）にも「美術雑感」（『梁川全集』では「歴史画論につきて」と改題）を掲載する。そこで梁川は、歴史画をめぐる態度を三区分してみせる。①「歴史上の人物事蹟に現はれたる美、即ち史美の表現を主とすべしといふもの」、②「歴史其者の隠微真相を発揮し、若しくは古実の考証を主とすべしといふ者[52]」、③「史蹟を仮りて即ち方便として、唯だ人情美を画くを主とすべしといふ者」。

当然、①が梁川の、③が樗牛の立場を語ったものである。

この三区分のなかで、梁川はまず②の論、つまり考証学的立場を目的とした歴史画を徹底して排除、「極めて下級低劣の美を標現せるものなり」と断ずる。そして、そこから逆の極である③へと向かい、②に比せば樗牛の論には一定の賛意が示される。

歴史は人事の因縁果の織り成せる活ドラマ也。人事活動の美を離れては歴史画を語るべからず。この故に武具甲冑の燦爛を生命とせる下級の歴史画に対しては、人事の美を画けといふこと一種有力なる忠言となり来たるなり。(53)

つまり、「人事活動の美」といわれる詩美を首肯することで、樗牛の主張が考証的歴史画が主流（と梁川は見る）の日本画壇に相応の役割を果たしていると認めているのである。ただ、それでも③は「我が邦多数の歴史画家に対してこそ人情美を画けの一語が天来の福音とも響け」、歴史画の真意義には届かないという。梁川は、史美を画くということを、史の客観美を画くことであると規定し、これを「歴史画の極致」と見なす。

史美を蹂躙し、史的幻想を破却して、作者一家の主観想のあり〳〵と読まるゝが如き歴史画（歴史劇、歴史小説は殊によくある例也）は、断じて史の客観美を画けるもの、即ち歴史画とは称すべからざる也。自己一家の主観を離れて客観的に史の美を画きたるもの、之れを歴史画の極致とす。(54)

このような歴史画を「歴史画」と保障するため――絵画におけるジャンルの保証――、梁川がもち出したのは

「仮象」（Schein）の概念である。これは、歴史画なら歴史と人間が、風景画なら風景と人間が、それぞれ作用しあい渾然一体となるところから醇化が起こり、仮象ができるというもので、「美は仮象を生命とす。仮象を離れては美の所在を語らんやうなし」と説明される。ただし、あくまで相互作用の側面を失わず、実在（歴史・風景）の限定――梁川は「所依」ともいう――を受けるため、ここにジャンルの定立が可能となる。むろん、仮象とは純理哲学的には絶対美の領域からも語られうるが――樗牛の主張する詩美の絶対性――、梁川はそれを論じる必要をひとまず棚上げする戦法にでた。

ここで稲垣達郎の見解にふれておくと、稲垣は「樗牛が、芸術の固有の法則〔詩美〕を持していることは、もとより〈美の仮象〉にかかわりがあるはず」と考え、「歴史を方便として」という樗牛のいいまわしも同時代の文脈で捉えなければならないと提起する。

> 「方便」のもつ語感が、なにか低次なものや恣意なものを聯想させがちだ。が、樗牛では、「仮りて」のそもそもには、「仮象」とのつながりがおそらくはあったろうし、ある〈存在〉を芸術形象化する過程での重要な方法としての認識を内在させていたものと思われる。古今集の序の「見るもの聞くものにつけて」の「つけて」、あるいは、二葉亭の模写論の「実相を仮りて虚相を写し出す」の「仮りて」に見合うものだろう。こんにちいう〈媒介〉である。ひとり模写論と限らず芸術形象成立上の必須の要件であるはずだ。さきに梁川いうところの「歴史を所依として成れる」という場合の「所依」となんら区別されるはずのものでない。つまり、芸術固有の法則に、どの点からも違反するものではない[55]。

長文の引用になってしまったが、使用タームから樗牛と梁川の類縁関係を浮き彫りにしてみせたこの箇所は、間違いなく稲垣論の白眉である。ヘーゲル哲学の美学論も視野に収めていた樗牛の「方便」に「媒介」をあてはめることは、それほど突飛なことではない。というよりも、明治の語彙からして妥当な見解といえよう。梁川の論に戻ると、その理路整然とした「史の客観美」は、樗牛に対してかなり効果的な反論となっていると認められるも、同時にその内実は右の稲垣論にあるよう、同工異曲の趣きも有していたのである。

八　坪内逍遙「美術上に所謂歴史的といふ語の真義如何」

梁川の「美術雑感」が載った『大帝国』と同日付発売の『太陽』（一八九九年〔明治三二〕一一月二〇日）から翌号（一二月五日）にかけて、逍遙の「美術上に所謂歴史的といふ語の真義如何」（『逍遙選集』「芸術上に……」）が連載される。『早稲田文学』休刊を受けて、逍遙が『太陽』を舞台としたことにつき、谷沢永一は「逍遙が自発的に投稿したという可能性は、想像するに此の段階で絶無に近かろう。樗牛ないしは彼の意を体した編輯部から、慫慂を受けての寄稿と見る方が自然である」[56]と推測する。むろん、樗牛の側に歴史劇論争の再戦が意図されていたことは確かであろうが、また、逍遙の最も親しい門下が相次いで論争――歴史劇論争と歴史画論争の間に後藤宙外も「詩歌の所縁と其対象」をめぐって応酬（一八九九年二月～六月）――を継続していたことは、早稲田派のいわば本尊に位置する逍遙の出馬を不可避のものにしていたとも思われる。

逍遙は、最初に「歴史画の分類及び階級」を明確にするため、「歴史的」という言葉の語義をとりあげる。それは作者にとって、真に「歴史的」と称しうる作品を物そうとすれば、どのような心掛け、用意が必要であるかという問題に敷衍される。歴史画を作する態度について、逍遙は主客問題――逍遙は「主賓問題」と表記――を捉え、「過去の事蹟、人物を描くことは、歴史画を作る芸術家の目的であるか、将た方便であるか」といい、目的説と方便説のどちらが主にくるかを問いかける。

このあたりは、樗牛の議論の枠組みを下敷きにしていて——当然、樗牛は方便説——、二項対立的であるが、「実は此根本の疑問其物の立てかたに於ても、自分と高山君とは、幾分か見解を異にしてゐるやうに思はれる」と表明し、切り込んでいくのである。もとより、要点だけ示せば、芸術は歴史の奴隷ではないから、樗牛が主張する方便説が正しい。けれど目的説は、それほど簡単明瞭に単純化できるものなのか。逍遙は目的説に、以下のような三様の解釈を施す。

第一は「探究の態度」即ち哲学者、科学者などの態度で、是れは事物の真偽、虚実、合理、不合理等を見分けるを主眼とする、第二は「鑑賞（観照）の態度」即ち、詩人、美術家などの態度で、是れは事物の美醜、妍媸〔美と醜〕を見分けるのを目的とする。さて、第三は、「応用の態度」即ち政治家、教育家もしくは其他の実際家の態度で、是れは事物の利害、善悪、用不用等を見分けるのを第一とする。[57]

この目的説の三様態は、当然、詩美にのみ忠実な方便説の純一さはもたないものの、作者の観察に内在的なバリエーションを設けることになる。逍遙は、このうち「鑑賞（観照）の態度」に、人事美（詩美）と歴史美の統合をみるが、それを論証するのに、右記の三様態の本質を略述して明示する。

（一）　過去の事蹟、人物の真を描くを目的とするもの。〔探究の態度〕

（二）　過去の事蹟、人物の美を描くを目的とするもの。〔鑑賞の態度〕

（三）　過去の事蹟、人物の善を描くを目的とするもの。〔応用の態度〕[58]

逍遙の見立てでは、樗牛は（一）と（三）の存在だけを目的説に入れ、（二）は方便説の方へ組み入れてしまっているとする。これでは「議論の筋道が、非常に、簡単げに見えて、殆ど一刀両断に右か左かと、すぐにも裁決せらるるげに感ぜらるゝが、併しながら、それは畢竟、同君〔樗牛〕の例の巧みな立論と文才に由るので、其実、此問題は、存外に複雑で、さう容易には決しがたい問題である」と樗牛を批判した。さらに、逍遙は歴史画の種類や階級初暑を詳細に縷説したうえで、次のような表を掲げた。

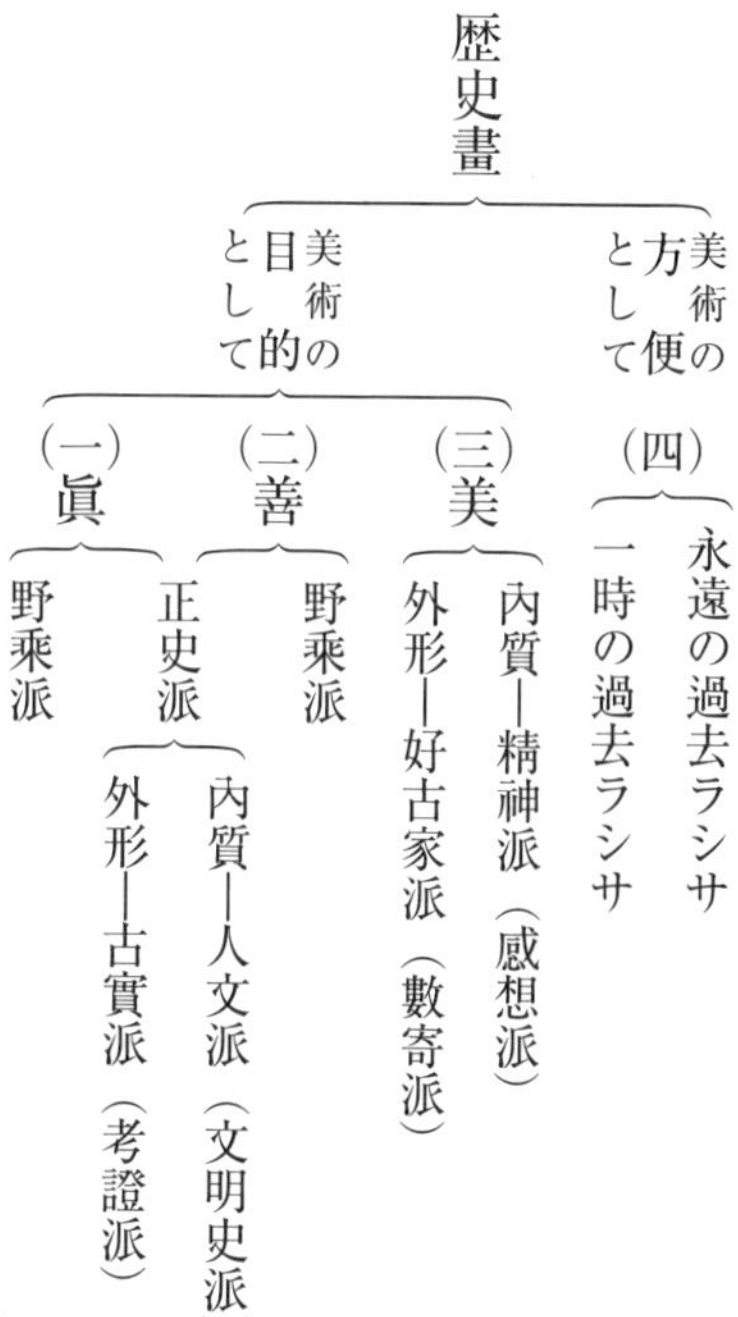

(59)

目的説の三様態（一）〜（三）に方便説（四）を加え、逍遙はこれを「歴史画の四大系統」と命名。そして特に、（一）・（二）は樗牛の批判によって退けられるが、（三）美〈内質――精神派（感想派）〉には批判が届いていないという。樗牛が一刀のもとに切り捨てた目的説を、逍遙は丁寧に分析し、表のように多重化してみせたのである。

ここから逍遙は、歴史画の主客論を展開するうえで、樗牛が理論の基盤にしている普遍美、換言すれば「絵画其物の美」とはなんぞや、と問うていく。つまり、逍遙が歴史に内在する個人や事象の特殊美を認めるのに対し、それらを平板にしてしまう普遍美の実在を樗牛に突きつけていくのである。逍遙は、「要するに、高山君の眼中には、単に人間あつて個人が無く、単に世界があつて各国も時代も無い」といい、さらに以下のようにあてこすった。

> 此〔樗牛の〕見解を推し拡げてゆけば英国の人情美と日本の人情美との間にも、何等内質上の差違もない。更にそれを詮じつめれば、国粋とか、国風とか、大和魂とかいふことも、ほんの外相上の沙汰、言はば一時の空想となるべき筈で、（日本主義の高山君がコスモポリタンとは、少々思ひがけきやである！）尠くとも、一人の画工の筆では、同類の忠臣をば截然と画きわけることは叶ふまい。[60]

樗牛の普遍美では、あらゆる差異は意味をもたなくなる。それでは、美そのものとは何なのか、という問いが出てくるのは必然であろう。ところで、引用にある「日本主義の高山君がコスモポリタンとは、少々思ひがけきやである！」の一文は、おそらく逍遙にとってはほんの皮肉に過ぎなかったであろうが、意外と肯綮にあたっている。歴史劇・歴史画論争とほぼ時を同じくして主唱された日本主義――一八九七年（明治三〇）～九九年（明治三二）――であるが、ここで主張されている普遍美に重点を置く思考法からも窺えるように、本来の樗牛の志向とかみ合うわけがなかった。

むしろ、こののち美的生活論や宗教へ進んでいく、樗牛の「世界性」の発露として日本主義を使役した――樗牛の場合、いわゆる「転向」ではない――ことの方に驚嘆できる。吉田精一は、「樗牛の国家主義は案外根が浅かった。それにしては必要以上に勢に乗って、大げさに吹聴しすぎた形があった[61]」と喝破しているが、さらに橋川文三は、「彼の「日本主義」の中に、その後の「個人主義」の等価を見出すこと」[62]の可能性をさえ証明している。

こうして樗牛のコスモポリタニズムを嗅ぎだした逍遙は、「さすれば高山君は、所謂純粋主観派すなわち抽象理想派の美論家であるか」と迫り、つづく筆で今度は逆説を述べ、ポレミックな姿勢を鮮明にした。

按ふに、かゝる疑ひは全く無用であらう。時文壇唯一人の美学家たる高山君が、純粋主観論などを唱へられよう筈が無い。畢竟は、高山君は世間の歴史画論者をば、聊かも美学思想の無いものとして、甚しく見貶されたのであらう。[63]

これに対し、樗牛は次の論文「再び歴史画の本領を論ず」で「予は抽象理想論者に非ず」と激しく反発。「坪内氏は予を以て、抽象理想論者なりと断定せられたり。是れ予の最も意外とする所なり」とし、しかも逍遙の論難の大部分はこの見地から発せられていると見なした。樗牛いわく、「予は従来未だ曾て抽象理想論を主張したることなし」。

樗牛の反発は、しかし、逍遙の続編「再び歴史画を論ず」で「無効」と断言された。「蓋し自分は同君をば、万が一、抽象理想論者ではないか、とこそ疑つたれ、未だ曾て然りとは断定せなんだ」といい、「換言すれば、理論上に於ては抽象理想論者ならざること明々白々たる同君が、実際上、鑑賞上に於ては、往々にして、抽象理想論者には非ずやと疑はるゝやうなる影を示さるゝは、抑々如何なる次第か、と不審したのであつた」と真意を語った。

この点の応酬につき、稲垣達郎は、樗牛の反発を「芸術固有の原則の問題を、ややもすると「抽象」へずらそうとする何かを、感じてのものだったかと思われる」[64]と理解を示している。まさしく、樗牛にとっては当然の反論であったろう。逍遙は「未だ曾て然りとは断定せなんだ」などと弁解しているが、これはあくまでレトリックな発言で、論争当事者の樗牛からすれば、ほとんど「断定」されたに等しかったはずである。

さて、逍遙「美術上に所謂歴史的といふ語の真義如何」の論に立ち戻ると、やはりその核心は史美の強調に尽きる。

> 歴史画の当面の目的は歴史美を画くにある。即ち、鑑賞的に過去の事蹟、人物を看取するよりして心に結びいださる丶影象を、丹青〔絵画〕の力によつて、再現するにある、ゆゑにあくまでも歴史的といふことが此種の画の主眼である、と斯う信ずる。(65)

これは歴史劇論争のときと同様に、逍遙の実作経験を踏まえた主張である。むろん、逍遙が絵画に手を染めたわけではないが、歴史脚本を物した経験に鑑みて、普遍美（詩美）に同化して作ったつもりでも、その達成は困難である。結局、個人がもつ観念に限定されてしまうのに、最初から歴史は方便でよいというような態度で創作して、はたしてうまくいくかという疑問であった。

逍遙は歴史劇論争のとき、歴史の「先後論」——詩と史はどちらが先か——で、史のなかに詩を捉えることが可能であると主張し、樗牛に「吾は取らず」と返されたことがあった。本論争においても、それをふり返りつつ、樗牛のいう詩美に発し史を借りて創作するなどということが、実際上、可能なのかと疑問を呈し、また、それが成功したとしても、なにゆえにほかの空想と区別して「史」の冠をかぶせる必要があるのか不明であると論じた。逍遙にとっては、美的批判に種々の分類や弁別があることは、知性の道理からしても当然のことであった。歴史をもちだす限りにおいては、歴史に規定されなければならない。

按ふに、詮じつめて見れば、作家の空想に外ならぬものも、歴史から得来つたといふ肩書がある限りは、一種特別な即ち他の純空想の作に比すれば、大いに客観的性質を具へたもの、換言すれば、歴史もしくは伝説といふ（作家が一私見のみによつて流石にほしいまゝに転倒し破壊することの出来ぬ）一種の制限ある客観界より得来つた空想といふことが、特に歴史的と称する一種の空想の本質ではないか。若し果して然らば、歴史又は伝説に一種の威権があることを忘れてはならぬ。(66)

既述のように、樗牛は横山大観の『屈原』について、その性格描写を批判した。しかしながら、逍遙は樗牛の理屈を推していけば、個々の詩美が醇化されるため、画家と観者の一致（歴史）がすべて否定され、批評そのものも相対化されざるを得ないとみた。とりもなおさず、「空想（主観）を先きにし、歴史（客観）を後にして、さて歴史画を作らんと試みたならば、勢ひ主観的作物となつてしまつて、あらゆる歴史的（即ちエポス的）作物に必須であると認められ来つた客観的性質を失ふ虞れは無いか、といふが質問の要点」であったのである。重ねて逍遙は、自身の主張と疑問を次の五点に概括して示した。

一、美術上、文学上に謂ふ主観的、客観的の名称は、二十世紀の今日に於ては、もはや撤去すべきものなりや、否や。（後略）
二、人事美、人情美は古今遍通なりや。古今遍通の人事美、人情美は能く類型と化了せざることを得るや。
三、歴史美もしくは個性美などいふ特殊の美は、到底、成立つまじきものなりや。
四、方便の為に被る歴史の仮面は剥落せざることを保し得べしや。／内に誠なき贋物（鍍金物）の、早晩、化けの皮の剥がるゝが如く、方便の為の歴史画は、早晩仮面の脱落して興趣索然たる作となるの虞れなしや。

五、か丶る虞れなからんとすれば、十二分に仮面を被らざるべからず、而も偽君子の到底真君子と同一ならざるを悟らば、竟には彼の大偽君子が真君子とならんことを望むに至るが如く、まづ歴史に同化してさて後に空想を結成せんと企つるに至らざるを得べしや、否や。[67]

「五」のたとえはわかりづらいが、要するに、主観的絵画（偽君子＝空想）と客観的絵画（真君子＝歴史）に区分してみて、主観的空想を突きつめた絵画（大偽君子）を意図すると、それは客観的絵画に転化するのではないか（歴史に同化する方が手段として優れているため）、というものである。こうして逍遙は、ひとまず長文の樗牛批判に一段落をつけた。

九　高山樗牛「再び歴史画の本領を論ず」

逍遙の「美術上に所謂歴史的といふ語の真義如何」が掲載された翌号の『太陽』（一八九九年［明治三二］一二月二〇日）で、梁川と逍遙に反論すべく、樗牛は「再び歴史画の本領を論ず」を発表した。もっとも梁川に関しては、「坪内氏と其の論拠を等しうすと謂ふべし。是の点に関して、予は坪内氏の説を批評しつ丶、十分に予の立脚地を明にする覚悟なれば、特に綱島氏に就いて弁ずることなかるべし」と切り捨てる挙にでた。多方面に戦線を広げる樗牛が、ほとんど同一拠点からなされる攻撃に対し、本陣（逍遙）へ目標を定めたのは戦略的に妥当であっても、やはり梁川へは公平を欠く結果になっている。それは論理的にも、分量的にも、梁川の議論が逍遙に劣らない内実を備えていることを思えば、当然の感想となろう。

樗牛のこの論文の半ばは、先にもふれた、逍遙に貼りつけられた「抽象理想論者」のレッテルを剥がすことに費やされている。樗牛からすれば、自分は歴史画の主客を論じただけであって、その内容については抽象も具象も明確にしなかったのに、「万事に思ひ遣り深き坪内氏の推断としては、いさゝか早まり給へるやに感ぜらる、如何」ということであった。樗牛の反論の核心は、以下のとおりである。

予は歴史を客とすべしとこそは申したれ、斯くして作られたる絵画は、必ず抽象的の人事美又は人心美をのみ現はすべしとは思ひも寄らず。予は画家が其の空想のみに頼らずして、其の資料を歴史に仮るを利とすべき二個の理由を挙げ、一は人事人心の種々相は最もよく歴史上に顕はるゝが故、一は人事人心の活動に伴へる複雑なる因縁を観者に会得せしめむが為なりとせり。人事人心の種々相と謂ひ、複雑なる因縁と謂ふ、具象を尚ばざる者にとりては、凡て是れ無意義、否、無益の用意ならずや。(68)

抽象理想論者とされたことを否定する樗牛の熱弁はつづき、逆に、逍遥に二つの問いを発する。

すべての歴史的事蹟は、何故に芸術に仮用せられざるや。

歴史的事蹟の中の或物は、何故に特に芸術に仮用せらるゝや。(69)

樗牛は右の問いにつき、まずは、みずからの見解を明らかにする。歴史的事蹟が芸術に仮用されるのは、それが芸術の要求する条件に適っているからで、契点選択や醇化について主導的なのも、あくまで芸術であると徹底するのである。

樗牛は抽象理想論については、抽象美を尊ぶ抽象理想説と、具象美を尊ぶ具象理想説とに大別し、各々そのとるところがあるとする。いわば、「吾人が現実の美意識にも、慥に抽象、具象の両面あり」と認める立場から、抽象理想論者というイメージを払拭しようとしているのである。こうして自分の論拠を示したうえで、樗牛は、逍遙（と梁川）の「歴史美」という概念に切り込んでいく。

それはそうと、樗牛も歴史に着想を得る「美的影象」は認めている。だが、この「美」は歴史的（過去世の事実）なものか、人事人心（詩美）のものか、いずれに解するかが逍遙との分岐点であるという。逍遙が史美を歴史中の美趣と判断するのに比して、樗牛は同一の標準により史美も判断されるとし、歴史的事蹟に特別の美的標準を供給する力はないと難じた。この点に関する樗牛の結論は、「歴史美を一般に云ふ人事美、もしくは人心美より別つは非なり。換言すれば、歴史美は其の内容に於て、一般に云ふ人事美又は人心美と何等種類の差別あるものに非ず」というものであった。

よって梁川が、歴史美と人事美の間に区別がないと樗牛を批判したのも、むしろそのとおりであり、樗牛にとっては、美は類型化する必要のない普遍概念であった。つまり、樗牛の見地よりすれば、逍遙と梁川は歴史に不当な権威を付与していることになる。名称の差は、どこまでも題材や素材の機縁にすぎない。

蓋し歴史画と云ひ、歴史小説と云ふは、作者が（是の作者にして芸術の本旨を解せば）想ひ着ける材料の出所より名けたるべきもの、内容上より見れば何等差別の特徴を有せるに非ず。(70)

ここからしてみれば、逍遙や梁川は「歴史」という先入観にとらわれていることになる。樗牛は、「純粋なる審美上の鑑賞としては、人事の美、人心の美以外、別に歴史の美なるもの存すべき謂はれなし」という主張をオーソライズしていこうとするのである。

歴史的と称する芸術は、ほかの芸術に比べて受け手（観者・聴者）に待つところが多い。しかし、芸術はOrganic Whole（有機的渾一体）――鑑賞の普遍――であるから、本来、歴史的芸術は成り立たないはずである。では、なぜ歴史の名称を用いて創作するのか。樗牛が「解する所によれば、歴史其物に特殊の美趣を認めて、そを現はさむとするにあらず、唯芸術の内容を成るべく豊富にせむが為の手段に外ならざるのみ」ということである。いうなれば、時間芸術の特質を空間芸術に取り込むということが、樗牛の歴史画論の本領であった。

歴史画の本領は、当面の絵画に時間上の内容を有せしむる所にあり。当面の事体の出つて生起せられたる因縁、又是れより生起せらるべき応報等に就いて、観者に感興を与ふる所にあり。更に語を換へて言へば、人事、人心の複雑なる美的活動を一幅の画面によりて代表する所にあり。歴史画の本領は此処にのみ存し、他の何処にも存せざるべき也。(71)

引用にある、美的活動を一画に「代表」させるというのは、芸術上の象徴主義を含み――哲学の「媒介」に通ず――、明確に単なる方便としての手段を超えている。逍遙が樗牛の「方便」に対し、歴史の仮面が脱落すれば興趣索然たる結果を招くと批判しているのに、「真正なる芸術の鑑賞家は、現実の世界に於ける実、非実などよりは、理想的の実らしきと否とを懸念すべき也」と反論しているのも、これを肯えるであろう。

樗牛は、「再び歴史画の本領を論ず」の最後に、自身の主張の要点を左記の三点にまとめている。

一、坪内氏が予を以て抽象理想論者とせられたるは、是の上もなき誤解也。

二、予は強ちに抽象理想説を排せず、又強ちに具象理想説のみを取らず、吾人が現実の美意識中に是の両面の傾向を認む。

三、坪内氏及び綱島氏の所謂る歴史美は、通常の人事の美、人心の美以外に何等特殊の内容を有せず。『歴史』てふ冠詞に氏等の思惟する如く、犯し難き威権ありとするは、大いなる謬見也。[72]（後略）

これで「再び歴史画の本領を論ず」は締め括られるが、『太陽』同号（一二月二〇日）、同頁（つまり前論の最終頁）より、さらにつづけて樗牛の「無題録」が書かれている。ほかの話題に言及しながらも、やはり最高潮に達しつつあった歴史画論争が頭を占めているようで、それが随所にあらわれている。コラムの要素の強い「無題録」では、ざっくばらんに「坪内氏の御説も御尤ではあらうが、我輩はドーモ認める事が出来ぬのである」と表明している。そして樗牛は、同号掲載の前論「再び歴史画の本領を論ず」を展開した結論をも提示している。

◎我輩の見る所にては、坪内氏の立場からは落付き場所が二つしか無い。ヘーゲルの理想即歴史説に逃げ込むか、或は美意識に道徳的はた実際的の興味もはいり得ると言ひ出すか、其外に立ち場が無いだらうと思はれる。[73]

樗牛は、歴史の真実性ということに関しても、「ショーペンハウエルは、歴史書には、虚偽の方が真実よりも多いとまで断言した」と紹介のうえ、明治維新の事実も各藩で証言がくい違うと引証しつつ、「古文書より引き出す史料と云ふものにも随分怪しいものがあるに違いない」と述べる。要するに、「いくら集めても所詮は断片たるを免れないとすれば、円満なる歴史はイムピリカル〔経験主義〕にはとても六かしいと外思はれないのである」という認識から、樗牛は歴史そのものを基本的には詩美の一環としてのみ位置づけるのである。

いうまでもなく、これは美学上の態度に直結し、「所詮は、己れの感覚は人類の標準的性質を帯びて居ると云ふ自信の上に立つの外は無い、是の自信が外れねば、学問は成功するのである」という、ある種、倨傲な宣言へと結実するのである。この点、樗牛がレッシングに注目しながら、時間芸術と空間芸術の差異を名目的にしてしまい、普遍美に集約したのも、みずからの認識論に由来するのであろう。むしろ不可思議なのは、論敵の逍遙までもレッシングの質的差異を度外視していることで、なぜか樗牛を切り崩すために効果的に利用していない。

ここで谷沢永一による、樗牛と逍遙の歴史画論争における核心部の要約をみておこう。

樗牛は常に抽象理論それ自体の、正邪是非を判定する即決を究極の課題とし、原理的な立場の争いに焦点を絞る。煎じ詰めれば結局はこうだと、樗牛は必ず一口に言い切ってしまいたい。そこまで躊《ため》わず突き進む裁断を、樗牛は美学者の責務と心得ている。／かたや逍遙は何を為すべきか派、歴史画なら歴史画の実作者に思いを馳せ、「如何なる点に其の心を据えて作すべきであるか」を問い、実践者の観点から抽象理論の空隙を衝こうとした。論理を詮じ詰めたところで効能は何もなく、究極ばかり目指す理屈は現実の解明に、貢献し得ない筈と逍遙は猜疑の目を向ける。逍遙から見れば樗牛の理論は、勇断と粗放に流れて実効に乏しく、樗牛から見れば、逍遙は中途半端、論理以前である自明の前提を捏ねくるのみ、学問の系統および大綱を等閑にする原理軽視と映る。あとは両者がそれぞれ自分の土俵へ、如何にして相手を引き摺り込むかの、力くらべが続くだけである。(74)

谷沢の要約は、優れて両者の立脚地を明らかにしているが、論争の内実がほぼ前回の歴史劇論争の焼き直しに見える。けれども、同じ理論を主張し合いながら、劇から画へと場が変わったことで、自然、「土俵」は逍遙の側へ有利に働いた。樗牛と逍遙のすべての論争で、谷沢が大方、逍遙へ軍配をあげつづけたことには異論があるが、歴史画論争で樗牛の形勢が不利であった事実は否めない。

一〇　『大阪毎日新聞』掲載「高山君の歴史画論を評す」

こうして一八九九年（明治三二）は暮れていき、年を越して一九世紀最後の年である一九〇〇年（明治三三）に論争はもち越された。ところで、一月一七、一八日の『大阪毎日新聞』に「匿名氏」による樗牛の「再び歴史画の本領を論ず」の感想と分析が掲載された（稿を書いたのが一月七日であることも記載されている）。題名は「高山君の歴史画論を評す」であるも、「坪内君」と「綱島君」にも言及した比較論にもなっている。

この論者は、逍遙と梁川に与しつつ、樗牛にも一定の理解を示す第三者を演じているのだが、『近代文学評論大系』第二巻（明治期Ⅱ）——樗牛のものも多数含まれる——の編者である佐藤勝は「解題」でこれを梁川と記している。本文では「拙者」などという一人称を用いていて、梁川が使う「予輩」や「吾人」ではなく、佐藤がどのようにしてこれを梁川と特定したのかは不明である。が、たしかに内容は梁川的ではある。

内容に入ると、「匿名氏」なる論者は、まず樗牛の指摘どおり、逍遙と梁川は同一の意見をもつ者と認定し、樗牛との間に「方程式」をつくる。

> 今之を方程式に約せば高山君のは
> 　歴史美＝人事人心美
> となり他の二君（逍遙・梁川）のは
> 　歴史美＝歴史的人事人心美

となる[75]

この「方程式」は、逍遙の見方と重複しているが、しかし、ここから「高山君の意見が右の方程式に示す如き単一のものでなければ果していかゞであるべきかこれを論究するのがこの論の趣意だ」と表明する。論者は、これまでの論議をふり返りつつ、もし樗牛が自身の原理——人事人心美の絶対性——を貫くのならば、潔く抽象理想論者であることを認めたらどうかと迫った。「若し高山君が純粋主観派を以て満足せらるゝならばそれでよいが君自身も言はるゝが如く迷惑なりと感ぜらるゝに於ては君は歴史画論に就ては更に出直して来なければならない」という。論者はそれを証するために、四つの論点を提示する（各論点のあと、『太陽』発表時の樗牛論文の該当箇所——段落や頁数——もあげているが、これは略す）。

第一、高山君は歴史美を認めず
第二、高山君は歴史美を認む
第三、高山君の認めたる歴史美は一般にいふ人事人心美と無差別なり
第四、高山君の所謂歴史画とは一般にいふ人事人心美を写さんが為に史蹟を仮り来るものなり[76]

第一と第二が矛盾しているのは、すなわち樗牛の矛盾を衝いているのである。しかし、このなかで重要なのは、第二と第三であると論者はいう。そして、樗牛が歴史美を認めながら、その美を歴史的事実によるものか、それとも想像によるものかと問うたこと、「又之を以て写実主義と理想主義の死活に関すると言はれたるは流石に深遠玄妙なる哲学的知識を有する高山君のことゝて争点を美の原理上のものとなして一挙に輸贏を決せんとせられたので

誠に目覚ましき振舞である」と一面、好評した。

しかしながら、この点にこそ樗牛が「謬見」に陥るもとがあったとする。それは、歴史中の美趣を想像の普遍美にしてしまう樗牛の論法は、もはや論証するまでもなく、抽象理想論にみえてしまうからである。そして、さらには樗牛が「無題録」（『太陽』一八九九年一二月二〇日）で、逍遙の立場は「ヘーゲルの理想即歴史説に逃げ込むか、或は美意識に道徳的はた実際的の興味もはいり得る」かの二つしかないと断じたことも、まったく否定した（ただし、否定の理由は語られず）。

基本線として逍遙の側に立つ論者は、最後に樗牛の論旨を正確に説明しようと試みるも、結局は「分類的の論――歴史美と人事人心美の概念規定――に行き着くとして、「高山君といひ坪内君といひ綱島君といひ揃ひも揃ふたる斯道の達人がかゝることを争ふ可しとは思われ」ない、と感想を述べた。もし、この論者が梁川であるならば、梁川は明治における文学論争の宿痾たる性質をよく心得ていたことになる。それは最も高名な論争である没理想論争ですら、逍遙と鷗外の「理想」をめぐる概念の角逐であったことを思えば、外来語や翻訳語の内実で論争せざるを得なかった当時のありようが浮き彫りになる。そうした時代の論争の一つとして、歴史画論争は戦わされていたのである。

二　綱島梁川の歴史的精神

すでに第一次『早稲田文学』は休刊しており、梁川は腰を据えた評論の場を、平田骨仙が主宰する『大帝国』に求めていた――既述の前論「歴史画の本領に対する卑見（高山氏の「歴史画論」を評す）」も『大帝国』であった。一九〇〇年（明治三三）一月二〇日発行の『大帝国』には、梁川の「再び歴史的美術の本領を論ず（再び高山氏の

「歴史画論」を評す）」が載っている。川合道雄はこの一文について、「師逍遙へのえん護射撃として流行児樗牛を相手に鋭い反撃を試みたもので、この期の彼の評論中一つのピークを示すものといえよう」[77]と評価している。

ここで梁川が最初に疑問を呈するのは、普遍美（詩美・人事人心美）の位相についてである。すなわち、樗牛のいう「単に人事といふ事のみで、歴史といふ全体の概念が、掩ひつくせるか、どうか、といふ事である」。梁川は、各時代に実在する理想や信仰、風俗や習慣に特殊性を認めなければならないとする。そして、これを「特殊の時代精神」、「歴史的精神」と形容し、「一時代には一時代の特殊の精神が一貫して流れて居る」と主張するのである。

歴史は、どうしても歴史だ。他の言葉、他の概念では、言ひ代へることの出来ぬ特別の意味を有つて居る。或時代の精神、もしくは特相などいふ言葉は、単なる空語でない。一種の胆仰、景慕、瞑想の対境〔対象〕となることの出来る内容を有つて居る。[78]

梁川の主張の根幹は、どこまでも歴史美は歴史に存するというところにある。この立場に対し、樗牛は「再び歴史画の本領を論ず」（『太陽』一八九九年一二月二〇日）で、自身の拠る原理原則からすれば不徹底になる危険を冒して「歴史より想ひ着ける美的影象」を肯定していた。樗牛はいう。

是の如き美的影象あることは、予いかでか拒まむ。然れども茲に重大なる問題あり。曰く、是の如き影象の美なるは、歴史的即ち単に過去世に実際ありし事柄なるが為か、又は審美上より見て人事人心の美はしき活動なるが為か、是れ問題也。坪内氏と予の説の死活は茲に分るべし。[79]

右記、樗牛の発言をとりあげて、梁川は「高山氏の如く、史蹟に対する「美的影象」あることを許さるゝならば、是れ氏は事実上歴史美と称する一種特殊の美あることを認めたものではない乎」と述べ、歴史美が認められたからには、問題は解決されているのではないかという態度をとった。

歴史美を認知しながら、それを人事人心美に帰してしまう樗牛との見解の相違について、梁川は「歴史」の解釈次第とみた。梁川にとって歴史は絶対化されており、「予輩は此の歴史的といふ趣に一種無類の神往を禁じ得ぬ」として、「其の犯しがたい、一種の歴史的精神ともいふべき実在を直観し得ぬ者は、未だ歴史美を語るに足らぬ者と思ふ」と言明するに至る。

また梁川は、樗牛の空間芸術における時間的契機（契点）に関しても、あらゆる芸術は時間内容を有すると批判しているが、これはまったくレッシングに不知であったのが明白で、その場かぎりの批判に堕している。

もはや梁川が、自身の歴史的美術の本領に歴史美を置いているのは間違いないが、なお独自性――逍遥の歴史美と分かつ――を「回顧美」に表現している。それは、「回顧」という心的営為に伴う感興を共通体験と把握して、これを歴史美の一特徴とするのである。「単に抽象的な悠久なるTime Consciousness以外に、遠き過去世を偲びいづる其の事に、一種の美的ともいふべき快感は無き乎、たしかに有る」と梁川は主張する。梁川からみて、樗牛はあまりに「回顧」ということに冷淡であったということになる。

ただし、ゆえに梁川は「美」と「真」を区別する。回顧される美は、歴史的特相（時代相）に限定されるものの、真（事実）である必要は必ずしもないとした。つまり、以下のような理屈となる。

もし、吾人が当時の歴史的精神の産み出した人物事蹟といふ点に特殊の美を感じたのであつたならば、縦令当時に実在しなかつた人物事蹟であつても、即ち美術家が空想より結撰し来つた人物であつても、其れは少しも関は〔り〕ない、即ち其の人物が十分に当時の歴史的特色を帯びて居て、少なくとも、之れを観照するものをして、当時の人物事蹟らしくないといふやうな感じを起こさせぬかぎりは、歴史美はこゝに優に、其の存在を有する。(80)

如上のことは、つまり歴史美のイメージを優先させている部分は、樗牛と近接的とも思えるが、梁川が客観的条件を――イメージを崩さないために――あくまで担保するかぎり、やはり両者の乖離は存在するといわねばならない。梁川が重んずるのは、実在の権威、歴史の権威である。それは、ここにこそ理想派と写実派の媒介――梁川は「交錯点」という――が成立するからである。

予輩の見る所によれば、美術に於ける実在の権威といふ所に、理想派と写実派とが、どうしても、袂を分つことの出来ぬ、一種の交錯点を有する。如何に美術の醇化、想化を主張するものでも、一面どうしても実在を顧みざるを得ぬ。(81)

梁川が用いた「交錯点」とは、明らかに「媒介」に置換可能なものであり、先に稲垣の指摘でもふれたが、樗牛の「方便」もまた「媒介」と通い合う面が存したはずである。しかし、この方向で論争が深まることはなく、結局は「歴史」の概念規定と名義争いが内実となってしまったため、理論化されることなく終結を迎えるのである。なんとなれば、梁川は、単に「予輩は高山氏が歴史を方便とせらるゝ方便といふ語の意義を甚だしき無意義と思ふ」と一蹴してしまった。だが、梁川が方便（歴史）と目的（美）を、「むしろ渾然として別つべからざる二者一体の具象美、個想美を描くが画家の目的である」と捉えるとき、どれほど「予輩は高山氏の歴史方便説を取らぬ」と力説したところで、本来、ここに両者の論議のいとぐちが潜在していたと考えられる。

しかしながら、論争が平行線をたどると予感した梁川は、結論で、樗牛が歩み寄ってこなければ、「議論はそれまで」と断言してしまう。そうして、この梁川の論は多くの可能性を蔵しながら、樗牛の歴史美の見落としを執拗に追及することに費やされてしまったのである。

「再び歴史的美術の本領を論ず」を掲載した『大帝国』が発行された翌々日の『読売新聞』（一九〇〇年〔明治三三〕一月二三日）に、梁川はさらに前編の補遺として「歴史美論に関して」を発表する。前編から「尚ほ二三点こゝに補つて置く」というものの、ほぼ前記のトレースで新味には乏しい。樗牛の歴史美理解への批判、歴史美が理想と矛盾しないこと、回顧美が歴史美の一要素を成すこと、実在の歴史らしさは否定できないこと、などが再説されている。

敢えて、前論からの展開を認めてもよいと看取できるのは、樗牛のレトリックである二項対立を基礎とする概念規定、それ自体を無効と断定しているところであろうか。

> 歴史を方便として美を画くのでハなくて、歴史の美其者を描くのが本意である。論者〔樗牛〕のやうに、歴史画ハ歴史を方便として美を描いたもの、山水画ハ山水を方便として美を描いたもの、人物画ハ人物を方便として美を描いたもの、とやうな方便呼ばはりハ如何であらうか。私ハ此かる場合に、主客、又は方便、目的等の区別を附するのを全然無意義と思ふ。[82]

こうして梁川は、「真の歴史画の理想ハ、歴史美を描くにありと私ハ断ずる。歴史劇、歴史小説ハ、殊に然りと思ふ」と述べ、一連の歴史画を主題とした言及に一応の終止符を打ったのである。

一二　五十嵐力による史蹟の美と史的成念

ときに、梁川の一歳年下で、東京専門学校の同級生に五十嵐力がいる。梁川と同じく逍遙と大西祝に師事し、在学中には金子筑水、中桐確太郎、島村抱月、朝賀貫一ら俊秀たちと哲学会を組織している。五十嵐は、のちに国文学と教育学の分野で大成し、母校の早稲田大学で教鞭を執った。

この五十嵐が、梁川「再び歴史的美術の本領を論ず」掲載の『大帝国』（一月二〇日）に、「歴史的美術の本領を論ず」と題し、梁川と似たような題名をつけて、参加してきたのである。梁川と五十嵐の二論文を掲載することで、『太陽』（二月五日）「文学美術」欄の「新年の諸雑感」では、「大帝国」には歴史画の本領に関する二論文を収めたり、一は五十嵐力氏の筆に成り、一は本誌評論記者の一人たる綱島梁川の筆に成れり。何れも摯実なる文芸論にして高山氏の所論に反対せるものなり。文芸趣味の是の紙上〔『大帝国』〕に饒なるは喜ぶべし[83]」と好評された。五十嵐の論争参加は、いうまでもなく、早稲田派のひとりとしてのものである。

のちの『太陽』（五月一日）にて、「五十嵐氏の説は是〔樗牛と逍遙・梁川〕の中間に立ちて、両者の調和を試みたるものゝ如し[84]」と評されるも、語り口はともかく、実際には対樗牛を鮮明にした論を展開しているといってよい。もっとも、五十嵐は殊更に高所に立って次のようにいう。

> 三氏〔樗牛・逍遙・梁川〕の論、みな、文として趣味あり光彩あるが上に、美術論としても、亦、現今の画家文士を誨《おし》ふるもの少なからず。されど、予の見る所によれば、三氏の論争の間には、少なからざる誤解あり[85]。

五十嵐からすれば、折衷論者と見なされることは癪だが、「両派の論に於て、多くの棄つべからざる真理を見出だ」したのを証明したいという思いもあったのであろう。もちろん、実質的には、大きく逍遙・梁川の方へ傾斜しているのであるが。

本文は、まず樗牛が主張した「史蹟を仮る」ということについて、五十嵐が独自の見地より否定する。それは五十嵐にとっては、史蹟は借りるまでもなく、史蹟そのものが美であったからである。

美なる史蹟あり、画家をして、嘆美せしめ、感興せしむ。何の必要あり、何の暇ありてか、別に他の観念を拉し来たりて、史蹟を仮ることを用ゐんや。おもふに史蹟を仮るといふ高山氏の意見は、絵画其の物の美を発揮するといふ、いとも〳〵、怪しき思想より来たれるが如し[86]。

ここから樗牛の普遍美たる「絵画其の物の美」へと踏み込むが、五十嵐にとって、絵画そのものの美を発揮するというのは、自明の理であった。それは、絵画そのものの美を「事物の美」と解し、絵画の対象は事か物であると定めていたためである。つまり、「事物の美を写すを以て、絵画の本事とす。美なる歴史上の事蹟を書く、是れ、亦、事物の美（即ち高山氏の謂はゆる絵画其の物の美）を画くの趣旨にかなへるものにあらずや」と考えていたのである。

樗牛がいう「絵画其の物の美」は、あくまで詩美の範疇からの主張なので、これを史実（事実）に忠実なる美に転換して乗り越えようとする五十嵐の論理展開は、あまりにも飛躍している。しかし、五十嵐は自信をもち、逆に「歴史美説を主張する者（逍遙・梁川）と雖も、かく真に美なる史蹟の真相を写せとこそ曰ふべけれ」と言明するのである。これでは素朴な写実派（活歴派）の立場になってしまいそうだが、どうやらそれも否定しているので、やはり両者の折衷を意図してのことであろう。

梁川は、美を観賞する態度と真を探求する態度を区別し、必ずしも史実でなくとも、実在の人物・出来事に美趣を認められればそれでかまわないとした。また、樗牛の主張に関しては、歴史を借りる方便説は没差別的となり、ジャンルの区別がなくなると反発した。

この意見に五十嵐は反対し、樗牛の立脚地に史蹟を借りるという一条件があるかぎり、梁川の理解は「謬論」であると退けた。ただし、樗牛の方便説に対しても、「一時代に限られざる普通の人情美を画くべきものが、何故に、特に、一時代に限られたる史蹟を仮り来たる必要あるか」と疑問を呈し、各時代の特殊性を肯定した。

五十嵐は、「高山氏と共に、歴史的といふ空名に威権ありとする論者を笑ふ。されど、予は、歴史的美術の成立せんが為めには、史蹟の威権を認めざるべからずとす」という。一見、修辞上は樗牛の側に立っているように思えるが、実のところ、内容はそうではない。そこには、歴史の真実をある程度までは認め、少なくとも国民の共通感覚のうえに歴史を定立させようとする五十嵐の立場がある。

歴史画の依頼すべきは、多数人が、歴史上の事実と目する事に、大体の一致あることなり。更に之れを心理的にいへば、歴史上の事実に対する、多数人の主観的成念に、大体の一致あることなり。史蹟の威権とは、即ち、史蹟に対する此の主観的成念、即ち、受容観念（apperceiving idea）の威権の謂ひに外ならず。(87)

五十嵐は「主観的成念の一致」、いうならば、歴史的事象に関する共通感覚こそが歴史画の生命にして特権であると見なした。絵画は契点の表出であるが、契点以外の事情を補うのは「主観的成念の一致」である。そして、それをより一層、機能させるためにこそ、史蹟の真に迫るべきと思考したのである。

むろん、五十嵐も契点選択においては、史蹟に美が認められる場合と定めている。「美ならざる史蹟に対しては、其を画かんとする者も、又、材を之れに仮らんとする者もなかるべし」という。ただし、その中間——総じて美であるも、美ならざる部分も混入——については、醇化を必要とし、醇化によって美を現ずるべきと論じた。もっとも、「醇化の加へらるべきは、観者の成心に衝突せざる限りにあるべし」と制限され、あくまでも「主観的成念の一致」に反さない範囲でと明確にされている。樗牛が、ほぼ無制限に醇化の自由を認めたこととは対蹠的である。歴史を芸術の桎梏と見なした樗牛と、歴史という共通感覚に芸術の源泉を見いだした五十嵐との差である。五十嵐はいう。

> 美なる史蹟あり。直ちに、之れを画きて、以て、美なる画を成すべし。あたら史蹟を仮り物と視て、別に、絵画其の物の美を画かんか。労多くして功少なきこと明らかなり。何者の好事的天才か、おろかしくも、絵画其の物の美といふが如き虚名に操られて、前者を捨て、後者を選ばんや。(88)

五十嵐にとって、絵画そのものの美などはなく、美は常に具象に付随していたのである。「要するに、美を目的として史蹟を画かんに其の結果が、よし、いみじく、歴史の真相を写し出だせりとも、そは、自由芸術としての絵画の品位を、毫も、傷くることなきなり」ということであり、この意見はもちろん、史蹟を二義的とみる樗牛と相容れることはない。

如上のような、五十嵐が主張する歴史画の本領とは、「主観的成念の一致」、あるいは「史的成念」と表される、歴史の共通感覚に裏打ちされた歴史美を絵画に闡明することであった。ただ、それは五十嵐なりに美を基軸にしたもので、だからこそ、以下のような付帯条件をつけているのである。

画題を史蹟に採るに当たり、排すべきもの二あり。一は、歴史の真相を説明せんが為めに、(其の、美なると否とに関せず、) 史蹟を画くものなり。一は、道徳にかなへる故を以て、史蹟を画くものなり。前者は、歴史(真) を主として絵画 (美) を従とし、後者は道徳 (善) を主として絵画 (美) を従とす。かゝるは、共に、美術の独立の為めに、歴史画界より逐はれざるべからず。歴史画の主題として取らるべきは、唯だ、歴史の美、即ち美なる史蹟のみ。(89)

歴史は人事美の一部であるという、五十嵐の理解がよく出ている。「史的成念」をいう以上は、史蹟の威権を認めなければならず、これを認めるからには、歴史美は厳として存在していなければならなかった。「歴史画に要するは、美の為めに、美なる史蹟を画くにあり。史美を措きて、他に、歴史画の生命あらんや」とは、五十嵐が到達した歴史画の本領の核心であった。

一三　五十嵐力と綱島梁川の一致・不一致

五十嵐は次号の『大帝国』(二月五日) で、さらに「歴史的美術論補遺」を書いている。これは題名を見れば明らかなように、前論を補うことを目的としている。この論で五十嵐は、歴史美の定義を厳格にしようと試みている。シンプルには「常識的立場」の肯定。とりもなおさず、形而上学的議論 (抽象的理想説) の抑制を主眼とする。ここには、歴史美を「歴史上の事実の美即ち史蹟の美といふ意味に取りたいと思ふ」と表明した、五十嵐の最も基本的な立場があらわれている。形而上学を警戒するのは、論証が空想的となり、水掛論に陥る可能性を防ぐためであった。

次に、樗牛の歴史を方便として詩美をあらわすとの立場を、「史蹟仮用説」と名づけ、「高山氏の如く曰つたらば、終には、世の中に、何も、書くべきものがなくなるといふことにはなるまいか」と疑問を呈す。それは画題には、史蹟、山水、風俗、社会など、常に対象をもつはずで、これなくして絵画そのものの美だけ論じても意味はないということである。しかも基本的には、純客観的に事物を再現するなど不可能であるから、否応なしにある意味での醇化や想化は含まざるを得ない。つまるところ、樗牛の説は詩美を現じることを目的としながら、その対象を否定することで自家撞着を起こしているというのが要諦である。

高山氏が、事実（史蹟）其の物は、必ずしも、美でないから、美醜の分子の取捨配合、即ち、醇化が必要であるといふ理由で、事実其のまゝを画くのが宜しくないと曰はれたとすれば、其れは、至極尤もな説である。しかしながら、美なる史蹟を、其の美なるが為めに画くことをも、歴史を主とするを名義で、はねつけるのは、取りも直さず、美術の対境〔対象〕たる凡ての事物を排斥するので、自殺の論である。[90]

五十嵐は、樗牛の「史蹟仮用説」と自身の「史蹟目的説」との議論の分かれ目を、どちらが歴史的美術にとって有用かで判断しようとする。もちろん、五十嵐は「史蹟目的説」の立場から論じるが、その理由を次の三点に絞ってあげる。

第一は、歴史は、高山氏の曰はるゝ如く、人心美の府であるから、絵画の対境〔対象〕（美なる史蹟）を其処に見出だすことが出来るといふこと、第二は、史蹟に関する成念が、美術家の心にも、観る者の心にも、已に成り立つて居るから、史蹟の美なる以上は、其の史蹟に従ふことが、美術家の感興を深くし、観る者の同情を深くする所以だといふことである。第三の理由は、美術家には、対境〔対象〕に対する歎美景仰の熱情が必要であるが、さういふ熱情は、実在したる（或は、実在したと信ぜられたる）人物、事蹟に向かつて起こり易いといふことである。(91)

これらは、ほぼ前説の焼き直しであろうが、「常識的」な認識論の範疇から史実に拠る美を認める姿勢は一貫している。五十嵐の論は、やはり早稲田派らしく、逍遥や梁川に気脈を通じたものといわねばならない。以上の五十嵐の二論を受けて、梁川はつづく『大帝国』（二月二〇日）の「文学」欄で感想を述べた。これまで見てきた五十嵐論にあるように、梁川も「五十嵐氏の歴史画論は、論旨に於いて、歴史美論者と幾《ほと》んど異つた所がない」という。大筋では意見を共有している両者だが、梁川は、五十嵐が史蹟とのみいえば時代の特相（時代の精神）を必要としないとする点に関してだけは批判する。

時代の特相とは各時代が有する観念、もっと素直にいえば、その時代特有の雰囲気のようなものであろう。梁川は「歴史的美術は、どうしても歴史的特相を離れては成り立たぬ」と主張し、むしろ個々の事実の穿鑿を超えたところの客観的実在を歴史的特相に捉えた。これがなければ、樗牛の普遍美と結局は同じになってしまうのではないかと考えたのである。

もし時代の特色との関係はどうでも、単に過去世の人物の美を描いたものでさへあれば、よいといはゞ、謂ふ所の史蹟美は、謂ふ所の人事美とどれほど差《たが》ふであらうか（高山君の所謂人事美は強ち抽象の人事美でもないらしいから）もし強ひて、其の差を求むれば、唯だ過去の回顧美を持ち来たる外はあるまい。我等はこの回顧美を歴史美の一特徴と認めるのであるが（五十嵐氏はこの回顧美説に於いても我等と幾んど同意見を持して居られるらしい、本誌前号〔『大帝国』（二月五日）〕参照）是れのみで、歴史画を説くのは、余りに根拠が薄弱ではあるまいか。(92)

梁川はこの点について、「歴史画は歴史的特相と密着な関係のある歴史的人物を画くのが本意である」と、五十嵐とのただ一つの、しかし大きな差異を明確にした。ところで、右、引用部で梁川も五十嵐と「幾んど同意見」とした回顧美であるが、樗牛ものちの論で、留保をつけながらも、一応の賛同姿勢をみせる。それは、回顧美が対象とする美が過去世のみに存在するのかと問い、もしもそうでないならば、その美は人事美の一性質となると主張するからである。樗牛は、「綱島氏が回顧美説は、予が人事美以外に歴史美なしとする説を毫も妨げざるものと謂ふべき也(93)」という理解を示すのである。

一四　抽象美の価値と策謀の疑義

一九〇〇年（明治三三）二月五日――五十嵐「歴史的美術論補遺」が掲載された『大帝国』と同日発行日――の『太陽』には、樗牛「抽象美の価値に就て（文芸批評家の反省を要《もと》む）」と、逍遙「再び歴史画を論ず」の前半部が載っている。

最初に、樗牛の「抽象美の価値に就て」であるが、その副題「（文芸批評家の反省を要む）」を見ればわかるように、表面は論壇の大勢を批判したものである。しかしながら、この論が「再び歴史画の本領を論ず」（一八九九年一二月二〇日）の続編、あるいは付属の論として書かれていることに鑑みれば、事実上、逍遙とその周辺へ向けられたものといえる。むろん、樗牛の不満は批評家たちが一律に具象美の方へ傾斜している実情にもあったであろうが。

> 今の美術批評家口を開けば輙《すなわ》ち具象美を説く。ハルトマン氏の具象理想説を祖述せる森〔鷗外〕氏の如きは言ふまて《ママ》も無く、島村〔抱月〕氏、後藤〔宙外〕氏、綱島〔梁川〕氏其の他早稲田出身の諸秀才等何れも然り。坪内〔逍遙〕氏（中略）、亦是等の諸氏と近似する傾向を有せらる、が如し[94]。

上記にあらわれた氏名のうち、鷗外を除いては、すべて逍遙とその門下生たちである（五十嵐の名はないが）。いわば樗牛よりするなら、ひとりで早稲田派を相手にしているわけで、ここに孤軍奮闘する矜持と、一枚岩を誇る早稲田派への疑念を読みとることが可能であろう。

内容は、おおよそ具象美を唯一の判断基準とすることへの批判で、まさに「抽象美の価値に就て」論じたものである。これは当然、逍遙から抽象理想論者と決めつけられたことが直接の執筆動機となっている。論旨は、ほとんど前論「再び歴史画の本領を論ず」と同一で、「具象美を尚ぶと抽象美を尚ぶとは吾人は美意識の両面の渇仰也」というに尽きる。つまるところ、具象美と抽象美の両立を諸種の美学説を批判しながら立論しているのである。

この「抽象美の価値に就て」に対して、逍遙は次の『太陽』（三月五日）に掲載された「再び歴史画を論ず」後半部の最後に「第五　追加」を記して反論している。そこで逍遙は、「軽々しく二者〔具象美と抽象美〕の価値を同等なりと看做すことは、論理上厳正なる判断と看做すべきものなりや、否や」と疑問を呈し、歴史画はどのみち具象美を伴わざるを得ないのであるから、具象美と抽象美の優劣を論ずるは無意味であると結論づけた。

しかし、樗牛もさらに後論「坪内先生に与へて三度び歴史画の本領を論ずる書」（『太陽』四月一日）で、「予の説を以て『軽々しく』抽象美の価値を断じたるものなりと放言し給へる根拠の那辺にあるかは、予の最も与《あづか》り聞かむと欲する所也」と再び反発をみせた。

次に、逍遙の「再び歴史画を論ず」の本論――一九〇〇年一月一六日脱稿、既述の「第五　追加」のみ二月一七日に追加――であるが、先に、前半部が載っている、と記した。実は、この論はもともと一挙掲載されるはずのものであったが、それがなぜか翌号の『太陽』（三月五日）に分割掲載されてしまったのである（要するに前半部が二月五日号、後半部が三月五日号）。ただし、本論文は二万字を超える歴史画論最大の労作で、総合雑誌の性格を考慮に入れれば、やむを得ない措置であったかとも思える。

だが、「このとき論理以前の、殆ど決定的な暗い影が投げ掛けられた」と追及するのが、谷沢永一である。谷沢は、ここに樗牛の側の「意図的な作為」を感じ取る。

異例に不体裁な中断なのである。なんとセンテンスの途中で文章が立ち消えとなる。「かく断片《きれぎれ》的に申すときは、解し誤らるる虞れあれば」、この文言を以てプッンと活字が途切れている。それも頁の最終行一杯で終るのなら、印刷の都合あるいは手違いでもあり得ようが、最終行ではなく頁のちょうど真ん中あたりで、更にまた次号へ続く旨の注記も付さず、乱暴至極に無言でぶった切った措置は、単純に形式面からのみ見ても、読者に対し不親切いや無礼そのもの、『太陽』誌上に例のない不格好を来している。(95)

こうした谷沢の見解を頭から否定するだけの材料はないが、あえていえば、もう少し正確を期すべきであろう。まず、「かく断片的に申すときは、解し誤らるゝ虞れもあれば、」で文章が切れているのは事実であるが、この部分はちょうど第四部で構成されているうちの「第二」の末尾にあたる。つまり、実際に切れたあとも示せば、以下のようになる。

かく断片的に申すときは、また〳〵解し誤らるゝ恐れもあれば（専門家の高山君に対して申すのぢやと解せられては、甚しき逆様事《さかさまごと》となつて、不都合なれど、本誌の読者がたの或階級にのみ対しての説明として）鑑賞上及び理論上の（ほんの当座用的の）

を申して置きませう。(96)

第三　芸術に対する此方の立脚地

　さて、これを谷沢が断定したほど「異例に不体裁な中断」と見なせようか。しかも、後半部を掲載するにあたっては、文意に滞りがないように、一段落遡って再掲している。これを、はたして「なりふり構わぬ樗牛の作戦計画に違いない」としてよいかどうかは疑問である。もちろん、これほどの労作を提出した逍遙からすれば、約束違反はたまったものではなかったはずだ。後半部の掲載時には、本論第四部に加えて「第五　追加」を書き足していることはすでにふれた。その出だしは、「以上の卑見は、前号掲載の分と共に、一度に掲げ尽さるべき筈の約束あツて、去一月中旬本誌に寄送いたしたところ、編輯上の間違にてちようど真中ごろより切断せられ一気呵成が一息ついた次第であツたが、それが物怪《もつけ》の仕合となツて、こゝに卑見の追加をするの便宜を得た」(97)というものである。やはり、樗牛の意図かどうかはさておき、『太陽』編集部に落ち度があったことは確実である。

　いずれにしても、この不透明な経緯が谷沢をして、「樗牛信ずべからずとの重苦しい感慨が、逍遙の胸奥ひそかに蟠った」という推察を呼び起こした。

　樗牛は特にそれほど陰険でもなく卑怯でもなく、さして気にも留めず些か得手勝手に、自分の立場を利用したに過ぎなかったのかも知れない。しかし論争の相手には取り分け十二分にフェアであろうと、気を配る自戒が明らかに欠如しており、論争者の見栄と外聞に拘る余り、人格的不信感を逍遙の心中に培うという、致命的な損失に迄は思い及ばなかった。[98]

少々、憶測が過ぎるとも感じられるが、谷沢はこの出来事が樗牛と逍遙の間に決定的な亀裂を生んだとみているようである。しかし、本来『太陽』編集部が負うべき責任を、樗牛の個人的な術策に帰してしまってよいかは議論の余地が残るであろう（むろん、編集主幹の立場にあった樗牛が全面的に免責されることはないが）。

一五　坪内逍遙「再び歴史画を論ず」

既述のような、けちがついてしまった「再び歴史画を論ず」であるが、内容は極めて多岐にわたっている。その「第一　問題のぢたゝら」は、見出しのとおり、樗牛との論争は少しも議論が前に進まず、空足を踏んでいるという不満の表明である。逍遙は自身の前編「美術上に所謂歴史的といふ語の真義如何」（『太陽』一八九九年［明治三二］一一月二〇日、一二月五日）で樗牛の意見を批判しておいたが、それに対する樗牛の弁駁「再び歴史画の本領を論ず」（『太陽』一八九九年一二月二〇日）が適切に疑問に応えていないとみた。

逍遙は、樗牛の歴史画論をふり返りつつ、再び（甲）から（己）まで六つの質問を突きつける。それを簡略化して以下に示そう。

（甲）芸術に用いる歴史的事物は方便、すなわち仮面にすぎないのか。「然らば歴史画の本領は果して那辺にあるぞ」。

（乙）一時的な瞞着のためにかぶせられた仮面は、いつまで保ち得るのか。剥がれてしまえば、「興趣索然たる者とならざるを得べしや、否や」。

（丙）歴史画をつくる時に、歴史に依拠するのは、そこに一種の権威を認めているからではないのか。これを否定することは、すべてを相対化することになってしまい、結局、歴史を否定することになる。「史蹟観の一致を否定するの結果は絵史的仮面の不成立を是定するに終らざるを得ざるべし」。

（丁）歴史の特殊を否定するなら、平安の忠臣も明治の忠僕も同じことになる。「彼の時代〳〵に特殊なる人情美、特殊なる人事美、所謂時代の精神が生みいだしたる特殊の人事美もしくは特殊の人物の行動に附帯する特殊の人事美などいふものは、到底成立つまじきものなりや、否や」。

（戊）人事美、人情美に古今の差別なしと認めてしまえば、すべては「所謂主観的作家となり了らざるを得るや、否や」。

（己）こうしてみると、樗牛の態度は純粋主観論者（抽象理想論者）と疑われる。「所謂主観的作家と客観的作家との区別に関する高山君の見解は如何」(99)。

この六カ条の質疑に樗牛が応じないかぎり、論を進める理由はないというのが、逍遙の基本的なスタンスであった。さらに逍遙は「第二　ゆきちがひの数箇条」で、「歴史的」という語を樗牛が恣意的に解釈して論を組み立てていると強調した。すなわち、樗牛は逍遙が用いる「歴史的」を、かなりの程度、事実に規定されたものと捉え、歴史美と史的実在が直結するかどうかを自身と逍遙の分岐点と見なしている。むろん、樗牛は人事人心美が史的実在となんの関係ももっていないという立場にある。逍遙はこのことについて、樗牛は「自製の解釈」で自分本位の議論をしていると批判し、改めて「歴史的」という語の真意を明確にした。

自分は歴史的といふ語を「過去の時代の特質を帯べる」若しくは「現代と異なれる趣味を有する」など謂ふ意味、即ち「時代に因みて特殊なる」といふ意味にこそ解したれ、未だ曾て「実在的」若しくは「過去世に実際有りし」など謂ふ意味に解した覚えは無い[100]。

史実ではなく、歴史観に重きを置く逍遙の論は、基本的には「鑑賞の一致」に時代精神（特殊の美）を把握する点で、五十嵐力の「史的成念」に近い。逍遙における歴史とは、史的実在の有無ではなく、「あくまでも「再びしがたき特殊の美」といふことが眼目で」あったのである。

ここから逍遙は、「第三　芸術に対する我が立脚地」の説明に入る。逍遙の「美」についての見解は、内界（＝「心」）と外界（＝「心以外」）、主観と客観の二種の要素から成り立つのが妥当であり、それが作用し合うことによって「美なる影象」が結ばれるとする。

美感を結成するには内外二種の作用を要する。外より我が感覚を誘発する作用と、内に在つて件の感覚を解釈する作用、即ち外来の刺戟を只々無意味のものとして感覚するばかりでなく、有意、有趣のものとして鑑賞する作用、即ち、外界の事物に存する誘発力と個個人が心内に働く鑑賞力と、此二者相合してそこにはじめて美感が生じ、美象が結ばる丶のである[101]。

ただし、主観・客観を用いる際の注意点として、逍遙は概念規定の重要性を付言する。みずからは、これを「主観的作物とは、著しく作家の特色を発揮したる作」とし、「客観的作物」とは、「作者や其同臭が特に看取し得る所の人生及び自然の玄妙な趣致を描破し得たと同時に、ほゞ聡明と称すべき世間多数の人人が、通常看取する人情、風俗の趣致」を写したる作と定める。

これを前提としたうえで、逍遙は歴史画が客観的であることの必要性を詳述していく。たとえば、歴史的人物の菅原道真を対象とした場合、作者がそれぞれ勝手な道真を描くなら収拾がつかなくなる。やはり、多くの人が道真の絵と認めるだけの「霊活な感銘」がなければならない。逍遙の理論はこうである。

言ふまでもなく、歴史及び伝説が誘ひ起す所の感覚を分別し、解釈し、鑑賞するは、作家が特殊なる心の作用であること勿論だが、さりとて件の心の作用は多少の羈絆、多少の束縛を被らざるを得ざる心の作用である。即ち世間に行はるゝ最も有力なる史蹟観と相矛盾せざる解釈に立脚して、さて美象を結ばざれば、其画は単に史の衣を被つたる人事画と解せらるゝとも、正真の歴史画とはならず、随つて作家が期望せる感興をば生じがたいであらう。(102)

つまり、歴史の制約を受けることにより、歴史画は自由芸術としては欠陥をもつことになる。樗牛は、この欠陥の招来を防ぐために全き詩美（人事人心美）を上位概念に措定したのであるが、逍遙は欠陥それ自体を承認してしまったのである。そして、承認したうえで、欠陥を帳消しにするだけの長所があると主張したのである。その長所は、「彼の、高山君も説明せられ、自分もまた前年歴史劇のことを論じた折に説き述べて置いた一種の特質、即ち時間上の内容を与へて、複雑な因縁果報を聯念せしむるといふ特質――此特質、此大便宜のあればこそ彼の若干の羈絆、不自由も生ずるのである」と説く。はしなくも、ここで逍遙がいうように、空間芸術に時間芸術の要素を包摂するという歴史画の特質理解で両者は一致していたのである。が、にもかかわらず根本的な対立はつづいていった。

まとめの「第四　総収」で、逍遙は「高山君の見解は作家の見解」と断定した。ここにいう「作家」とは、いわゆる芸術上の創作者のそれではなく、観念論者と見なすニュアンスを濃厚に含んだものである。そして、これは両者の論争態度の特徴であるが、逍遙はできうるかぎり具体例を引き、樗牛は美学上の原理から演繹的な論法をとった。逍遙が主として脚本の実作者であったことと、樗牛が強いロマン傾向の作品を物しながらも美学者であったことの差は大きい。逍遙は、常に樗牛に証例を要求した。

> 自分は論を進むるの都度、成るべく証例を挙ぐるやうにと力めた心得なれど、同君〔樗牛〕は、兎角、抽象的に弁論せられて、寧ろ証例を吝《おし》まれた気味だが、論より証拠／局外者にも分り易いは証例による説明であるから、希はくは古今の名作画より二三、小説、脚本より三四の例を取り出されて、是れは正真、是れは似而非と明白に指示説明せられたい。[103]

右記のように、樗牛をみずからの論争の枠組みへ引き寄せつつ、最後に逍遙は「自分の意見の綱領」を一二の論点に集約して示した。いずれも、逍遙がこれまで縷々説明をしてきたことであり、如上にも言及してきたことなので再説は避ける。だが、論点の末尾にある、「(十二) 故に曰はく、歴史画は歴史美を画くことを以て其目的となすものなりと」に、逍遙の原理原則の立場が明確にあらわれていると見てよかろう。

一六　高山樗牛「坪内先生に与へて三度び歴史画の本領を論ずる書」

逍遙の労作「再び歴史画を論ず」を受けて、樗牛は同号の『太陽』（三月五日）「無題録」で、「感謝」と「最後の決案」への予告を次のように述べた。

◎歴史画の問題は幸に坪内氏を初めとして綱島〔梁川〕五十嵐〔力〕角田〔浩々歌客?〕長谷川〔天渓〕諸氏の御論によりて、略々論点も明になつた。殊に坪内氏が吾人の所論に対して再度の示教を賜はりたるは感謝の外は無い。

◎際限なく異存を申し立てる様ではあるが、吾人の見る所には倒底前諸君の御説と合致し得ぬ点もあり、且つは諸君の御説の間にもそれ〴〵の異同はあるやに見受けらるゝによつて、次号に於て、吾人が本問題に対する最後の決案として是辺の事を少しく申し述べませう。(104)

こうして樗牛は、実質的に歴史画論争の掉尾を飾ることになる、「坪内先生に与へて三度び歴史画の本領を論ずる書」を一九〇〇年（明治三三）四月五日の『太陽』へ発表するに至るのである。

樗牛は、「凡そ歴史画とは、複雑なる人事及び人心の美的生活を表現すべき人事画の一種なり」という、歴史画の本領を再び強調する。歴史の位置づけも、「其の特に歴史てふ冠詞を有するは、材料の出所に因めるのみ、謂はば名称上形式上の沙汰なるのみ」とくり返されるだけで、相変わらず理論が脆弱である。

ただ一方で、逍遙との妥協点も探っているらしく、歴史の実在そのものに美があるわけではないとの逍遙の反論を踏まえ、この考えはやがて自分の主張に行き着くという。逍遙の歴史美が特殊美でありながらも、史実から独立している点で人事美に至る、「然れば先生の説を拡充すれば、おのづから予の説と一致すべし」と樗牛は見たのである。

しかし、逍遙が樗牛の方便説を歴史の仮面にたとえて、この仮面が剥がれ落ちたら平板で雑種の人事画になると批判されたことに関しては、猛然と否定した。特に逍遙が、樗牛の理論を、人事美を表現するためにそれに見合う史蹟を探すという意味で理解していることについては、その思い違いを正そうとしている。

真の歴史画は既に具象になり居れる人事美を現ずるにあり。作者が或る抽象的の観念（即ち概念）を持ち廻りて、具象の条件を歴史中に求むると様に解せらるゝは、予の迷惑是の上もなし。(105)

ここで重要なのは、歴史画の作者が主観的に、人事美を描出しようなどと思いつかなくてもよいということである。つまり、作者の意図はどうあれ、純粋なる芸術は人事美をあらわす以外にないと樗牛は考えているのである。これを前提に推察すれば、当然、樗牛が使う「方便」という概念も形而上学的様相を帯びることになる。稲垣達郎が「方便」を「媒介」と読み換えたことは既述のとおりであるが、樗牛は以下のような説明を試みている。

歴史画に仮用せる事蹟を、人事美を現ぜむが為の方便とするは、必ずしも妨げじ。唯是の方便は、是の場合に於ては絶対の方便也、例へば国家が個人の幸福を奨めむが為に欠くべからざる方便なり、と云ふが如き意味に於ての方便也。歴史を離れたる何等の空想も、是れよりは好く現じ得られまじき美を現じ居る也。(106)

また樗牛は、右記の方便が成立するためには、史蹟観の多少の一致が必要であることも認める。これは逍遙がいう「史蹟の威権」や、五十嵐が力説した「史的成念」を一面で肯定していることになる。このことにより、早稲田派が批判の眼目とした、人事人心美をふりかざし個別特殊を否定する抽象論者という断定を回避しようとしているのであろう。樗牛は、「予の説は、史蹟観の一致を須要とする点に於て、毫も先生に異なる所なし」とまでいっている。

ただし、史蹟が芸術と同等の威厳をもつことは拒否し——ここが論理上の分岐点——、史蹟が芸術に取り込まれた時点で、史蹟は芸術の一要素たる人事美の一環としてのみ機能するとした。換言すれば、「史的成念」（歴史の共通理解）を可能にする威厳は、どこまでも芸術に付属するのである。

歴史画中の史蹟は、時間上の意義を摂取する方便たる限り、観る者の知識の側に一致あるを須要とす。もし是の如き一致をしも威厳と名くべくむば、そは歴史より来れる威厳に非ずして、芸術の要求する威厳也。(107)

樗牛は芸術を優位とする立場より、逍遙の絵画における類型化（歴史画、社会画、浮世絵など）を否定しているという指摘を認める。つまり、絵画に関するすべてのカテゴリーは人事画に回収されることになる。

人事画は苟もそが具象美ならむ限り、処の東西、時の古今に別なく、あらゆる人類の活動を包容すべきものたり。而して過去世に於ける人事は歴史に依るに非ざれば現じ得ざること、猶ほ当世の人事が当世の社会を離れて表はし難きに等しきを以て、茲に歴史画、社会画、又は浮世絵などの差別を生ずるのみ。(108)

この樗牛の見地からすれば、逍遙は歴史を主とし、芸術を客としているようにみえる。史蹟の威権をいう逍遙は、美の法則を後回しにしていると見なされる。樗牛がここまで人事美に固執するのは、史蹟観の一致――「史的成念」――という以上に「芸術の本旨」があると思考したからである。そして、それは人事美（詩美・人心美）にほかならない。

> 先生の所謂る史蹟観の一致を重むずるは、予にとりては無意味也。史蹟観の一致は凡ての正史に普く通ずるところ、是れあればとて未だ以て芸術たるに足らず。芸術は史蹟観の一致を重むじ得る前に、先づ美の法則に遵はざるべからず。(109)

しかし、ここから樗牛は美の法則を強調するがゆえに、かえって自己矛盾を来たす。それは、歴史美をいう逍遙が歴史画は史蹟に制限されるとし、准羈絆美術であることを認めたのに対し、樗牛が自由芸術であることを証明しようとしたために起こった。むろん樗牛とて、歴史画が自在独立の芸術としては成り立たないことは理解している。けれども、観者に及ぼす美的効果（想像喚起）を考慮に入れれば、必ずしも羈絆芸術ではないと樗牛は主張する。

> 歴史てふ宝庫に蔵《をさ》まれる無数の史蹟の中には、空想も容易に及ぶまじく美はしきもあるべし、そを選択するこそ天才の特権には非ざるべきか。而して醇化とは是の特権を果さむが為に与へられたる天才の能力には非ざるべきか。史蹟に於て羈絆を脱し得ざるものは、何処にか能く自由なり得べき。(110)

だが、この自由芸術の擁護は、むしろ自身の主張の根拠を崩すことになりかねない。特に、「歴史てふ宝庫に蔵まれる無数の史蹟の中には、空想も容易に及ぶまじく美はしきもあるべし」という箇所は、ほとんど逍遙が歴史劇論争で用いた理屈そのものである。当然、樗牛が意図するのは、そのあとの画題選択の自由の強調である。ところが、その自由を保障するために、歴史美を結果として認めることになってはいまいか。樗牛は、歴史画の自由芸術たる所以を明らかにするために歴史美を説いてしまっている。

以上のことに、樗牛が気づかなかったとはとうてい考えられないが——もちろん的証はないものの——、論争中の樗牛はおくびにも出さない。それよりも、「歴史画をば不自由なりとせらるゝは、畢竟史蹟観以上に芸術の第一義あるを思はれざるが為に非ずや」と攻勢を強める。

こうして、樗牛と逍遙の論争は最後まで平行線をたどったといえる。それは「先生の説の予のと相容れず、予が先生の所謂る歴史美の存在を認めざるは依然たり」という、樗牛の頑な一文にもあらわれている。締め括りの「終に臨みて深く先生に謝す」という謝辞とは裏腹に、総じて樗牛は早稲田派との対決姿勢を明確に貫いたのである。「坪内先生に与へて三度び歴史画の本領を論ずる書」が出たあとは、先に樗牛が「最後の決案」と予告していたように、続編は書かれなかった。それに伴い歴史画論争も終息を迎えていった。

一七　歴史画論争の評価とその後

こののち、梁川が『大帝国』（一九〇〇年［明治三三］四月二〇日）に「時文子」の筆名で「我等は。『太陽』記者の歴史画論に対しては、尠からぬ疑案を提出して教を乞ふたのであるが、十分の教示を受けなかつたのは残念である[一一]」と感想を述べ、樗牛最後の論も「余程標はづれ」なので再度、委曲を尽くすと表明したが、結局あらわれなかった。

また、一九〇〇年五月二三日付『早稲田学報』には無署名の「文学」欄があるが、そこで「歴史画論」という小節が設けられ、ふれられている。「坪内氏」と「高山氏」の立脚地を比較する第三者という体裁がとられているものの、松本伸子によると、これは逍遙の筆になるものらしい。[112]「文学」欄は、論争の中心点をふり返り、簡潔にまとめている。

高山氏は歴史画は人事画なりといひ坪内氏は歴史画は歴史画なりといふ、坪内氏は人事美の外に歴史美を認むるが故にこれを准羈絆芸術とし、高山氏は人事美に外に歴史美なしと考ふるが故にこれを自由芸術とす。要するに、歴史美と人事美とは同一なりや否といふは二家論争の根本思想なり、而して実に二家の死命を制するものはこの論点なり[113]

『早稲田学報』に載せられているのであるから、早稲田派の誰かであることは間違いなく、しかもこの抑制の効いた内容は、松本が推定するように、逍遙である可能性が高い。そして、結果的に「二家の死命を制する」論点が交わらなかったことも、やはり「論争の発展は見られなかった」とする松本の言を肯える事実であろう。主要な論者がほぼ一様に、論争は平行線をたどり痛み分けたとみているのも、理解できることではある。

ところで、吉田精一は興味深い例示を案出している。それは、樗牛の人事美と逍遙の歴史美の立場を、歴史劇論からのもち越しと指摘したうえで、両者の理論を体現した存在としてふたりの小説家をあげたことである。

思うにこの二つの原理、もしくは態度は、史劇のみならず、小説をふくめての広義の歴史文学における二傾向として、ともに承認すべきものであろう。たとえば芥川龍之介の歴史小説は明らかにあるテーマを力強く表現する上で歴史に材料をとるのみであって、「昔」の再現を目的にしていない。これに対して森鷗外の歴史小説は、史料そのものの自然性を重んじ、わずかに解釈や情景にのみ想像と主観を挿入することで足るとした。いわば芥川は樗牛論を具体化したものであり、鷗外は逍遙論に近いとすべきである。[114]

吉田は、この引用部の直前まで歴史画論争を問題にしつつ――史劇論と共通と言及するものの――、例示するのは芥川と鷗外の小説家ふたりである。源氏物語研究を中心としながらも、言説分析の方法を駆使して小説の「さらなる厳密さと混沌性との振幅と、意味の輻輳を生成すること」[115]を指摘した三谷邦明は、「芥川は樗牛論を具体化したもの」という吉田の見立てを、ある意味で堅牢に理論化している。三谷は、芥川の「『羅生門』は、古典をプレテクストに利用しながら、意外にも、近代の知識人論なのであり、〈小説を書くこと〉が表現主体の自己否定とならないことを、自虐的に描いたテクストなのである」[116]と結論づけた。この点からも、歴史小説における芥川と鷗外への類推は極めて妥当と思われるが、しかし、論争原理の平行線をいいながら、歴史画を例示できないのは、吉田が文学研究者であるからというよりは、この原理が歴史画では具体的にどの画家・作品にあてはまるかを提示できないためである。

いいかえれば、樗牛・逍遙ともに歴史劇論争の理論をそのままのかたちで歴史画論争へもち込むことは、本来、不可能であったということになる。なかんずく、樗牛の言い分が――歴史劇論争以上に――ほとんど具体性を欠くに至ったのは、つまるところ、それが提示できなかったからにほかならない。

稲垣達郎は、「樗牛はなぜか「人物」「人事」「人心」の美にふれても、もうひとつの「時代」のそれに言及しない。おそらくは意識的に省略したものではなく、不用意な脱落かと思われる」と好意的な解釈をしているが、実際は「時代」に踏み込めば、具体的な歴史美へと論は進まざるを得ない。これは樗牛が意図的に回避したと見なすべきであろう。しかしながら、次にあげるような稲垣の結論は、この上なく公平なものといってよい。実際問題としてだけ問題をしぼって、「仮象美」の関係を、純哲理上の問題として避けた側〔逍遙〕もやや性急で、「歴史」に足をすくわれた感じだが、また、芸術固有の法則のなかへ「特殊性」を独立のまま収容しきれなかった側〔樗牛〕にも、基本的には正しい視座にいながら、視線に不備があったようだ。(117)

稲垣論には、樗牛と逍遙の論争が実質的にかみ合っていないことと、それぞれが持論に固執し、しかも両者ともに弱点を抱えていたさまがよく論究されている。さらに、このことに関しては、美学の観点から歴史画論争に言及した森谷宇一も、ほぼ同様の見解をとっている。

歴史画論争は、論争そのものとしてみればけっして充分なものではなかった。それは、論争の当事者双方の論争が正確に交叉し重層することにより、一つの論点が解決しつつもより高次の論点へと受けつがれ展開していくという、本来の論争に固有の性格を獲得するまでにはいたっていないと言わねばならない。つまり論点が充分にかみあわないまま、いわゆる堂々めぐりや水かけ論に終始している感が強いのである。(118)

森谷は、樗牛の立場である「芸術ジャンルの本質性」は、一般的に「歴史にくらべ詩のほうがより哲学的でより高尚《スプーダイオテロン》なものであるとしたアリストテレス（『詩学』）」に淵源すると指摘し、実作者であり一種の歴史画の研究者でもあった逍遙と対立したのは当然とみた。もっとも、同時に森谷は、「逍遙にとって樗牛という若く才気あふれる存在はともかくも好個の論争相手であった」と位置づけ、樗牛との関係こそが逍遙に論争家としての成熟をもたらしたという。

おそらくこの成熟こそが、約一年後――樗牛の死の約一年前――に勃発する美的生活論争で空前絶後の樗牛批判「馬骨人言」を書かせることになるのであろう。しかしながら、樗牛には、もはや逍遙との本格的な論争に耐えられるだけの生命力は残されていない。最後の力で樗牛が向かったのは、日蓮への考究、すなわち宗教への転回であった。

これまでに稲垣と並んで、幾度も参照した谷沢永一は、樗牛と逍遙の論争では終始、逍遙の方へ軍配をあげつづけた。そして結局、「どう見ても両者は相性が悪かった」とふたりの関係を捉え、その自説から一歩も外へ出ようとしない論争姿勢には生産性を認めなかった。

歴史画論争は美学の狭い枠を越えて、各方面に広がりを持つ御時勢向きの話題であった上、当代論壇の大立者ふたりが、総合雑誌という新興の檜舞台で熱演したのだから、その限りでは樗牛の企画が功を奏し、演出効果満点であったとも言える。しかし肝心の議論方向が主旨とは逆、抽象的な美学理論の演習に傾いていて、双方とも絵画批評の七面倒な現場へは、自ら進んで降り立つ姿勢を示さぬ上、両者とも自説に立籠って防衛と補強に努めるのみ、しかも樗牛は反則的な対策〔逍遙の「再び歴史画を論ず」が一括掲載の約束に反して分載されたこと〕を厭わず、逍遙は隠忍自重しながらも不快であったろう。(119)

この谷沢の見解に代表され、上記にもみてきたように、論者の多くは歴史画論争がほとんど折り合いをみせず、実質的な実りがなかった点を衝いている。そして、それは学説上の理論に限っては正しい。歴史画論争で内容の発展がみられなかったことの原因は、主として、歴史劇論争で用いた主張の核心部をそのままトレースしてしまったことによる。殊に、樗牛と逍遙ともにレッシングを視野に入れながら、時間芸術（脚本）と空間芸術（絵画）の差異を無視したことは致命的であったと評せよう。

ただし、本質論（詩美・人事人心美）と実作論（歴史美）の合理的な総合に手順を踏もうとしたのは、やはり具体例を率先して示そうと試みた逍遙に分があるであろう。樗牛の原理原則論は、まさに原理原則であったがゆえに、個別の事例に抗しきれなかった嫌いがある。しかし、論争というものは、元来、真の意味での回答を求めるよりは、むしろ論争の応酬それ自体に意義を認めた方がよいとも考えられる。未だ二〇代の樗牛が、逍遙や鷗外へ――彼らさえ四〇歳前後である――なりふり構わず向かっていくことを是とした、明治論壇の健全さが思われる。

樗牛は、自身最後の歴史画論である「坪内先生に与へて三度び歴史画の本領を論ずる書」（『太陽』一九〇〇年［明治三三］四月五日）が発表された一か月後に、人生の大きな転機を迎えることになる。吉田の要を得た説明を抄出して経緯をみておこう。

当時の美学界には人材がなく、明治三十年開設された京都大学に文科大学が付加新設されるにあたり、その美学教授には樗牛以外の適任者がないとのことで、三十三年五月候補に内定し、六月十三日付でヨーロッパに三年間美学研究のため留学の発令が官報にのった。樗牛としては嘱望を達する日が来たわけである。大学は東京・京都の二つしかなく、東大の美学の担任者は五年先輩の大塚保治であった。当時の帝大教授は社会的位置も高く、世間の信用も大きかった。華々しい評論家ではあっても、出版社の一傭人とはくらべものにならなかった。(120)

樗牛の生き急いだ人生からすれば、ようやく雌伏のときを終え、雄飛の好機をつかんだ時点で歴史画論争は終結した。いや、終結させたというべきかもしれない。歴史画論争は、事実上、樗牛の動向と向背を決していたからである。だが、時ならずして喀血に見舞われた樗牛は、ひたすらに待ち望んだ留学を断念。この宿痾は、樗牛の雄飛を妨げるどころか、やがては人生そのものを絶ち切ることになる。してみれば、曲がりなりにも健康を維持し、万全を期すことのできた最後の時代を、樗牛は歴史画論争に捧げたことになるであろう。すなわち、本章は歴史画論争が文学史において、閑却され過ぎているとの指摘から説き起こしたが、樗牛の人生にとっても大きな意味をもつ論争であったことは、すでに言を俟たない。

注

（1）稲垣達郎「逍遙・樗牛の〈歴史芸術〉論争」『稲垣達郎学芸文集』一巻、筑摩書房、一九八二年一月、二一〇頁。（初出『明治大正文学研究』一六号、一九五五年五月）
（2）長谷川義記『樗牛――青春残夢』暁書房、一九八二年一一月、九四頁。
（3）高山樗牛「文学と美術と」『樗牛全集』一巻、三四五頁。（初出『太陽』一八九六年三月二〇日）
（4）高山樗牛「歴史を題目とせる美術」『樗牛全集』一巻、四一〇頁。（初出『太陽』一八九七年八月二〇日）
（5）無署名（綱島梁川？）「絵画界の観測」『早稲田文学』一八九七年一二月、一一頁。なお、同号「彙報」の「美術」には、かなり詳細な美術界評があるが、あるいはこれも梁川か。
（6）稲垣達郎「逍遙・樗牛の〈歴史芸術〉論争」『稲垣達郎学芸文集』一巻、同上、二一九頁。
（7）谷沢永一『文豪たちの大喧嘩―鷗外・逍遙・樗牛』新潮社、二〇〇三年五月、一八六頁。
（8）綱島梁川「歴史画家の態度を論じて歴史画の本義に及ぶ」『梁川全集』七巻、六九頁。（初出「歴史画とは何ぞや」『早稲田文学』一八九八年一月）
（9）峰島旭雄「梁川と早稲田」『綱島梁川の生涯と思想』虫明竌　行安茂 編　早稲田大学出版部、一九八一年四月、二五〇頁。
（10）浅野晃『樗牛と天心』（潮文閣、一九四三年四月）がある。本書は題名にかかわらず、両者の関係や比較はほとんど語られない。ただ「天心と樗牛」の章には、次のようにある。「天心は偉大である。天心は屹立してゐる。天心は不動の巌の如く波浪の前に立ち、また不動の剣の如く疾風の中に聳えてゐる。それは、天心の志が、はじめから、日本を護持してゆくといふところに、すつかりと立つてゐたからである。かういふ志が、樗牛には、つひに見られなかつたのである」。一見して、ほとんど内容のない時局的な一文であることがわかる。だが、それゆえに国家主義の側から、樗牛に「日本を護持してゆく」ような志がなかったことを見抜いている。

(11) 斎藤隆三『日本美術院史』中央公論美術出版、一九七四年八月、四三頁。
(12) 名簿の一覧は、『日本美術』(日本美術院、一八九八年一一月)四三頁に掲載されている。
(13) 『日本美術』日本美術院、一八九八年一一月、二九頁。
(14) 斎藤隆三『日本美術院史』同上、五〇頁。
(15) 『日本美術』日本美術院、一八九八年一一月、三一頁。
(16) 『日本美術』日本美術院、一八九八年一一月、三三頁。
(17) 斎藤隆三『岡倉天心』吉川弘文館、一九六〇年一月、一〇〇頁。
(18) 谷沢永一『文豪たちの大喧嘩―鷗外・逍遙・樗牛』同上、一八七頁。
(19) 高山樗牛「歴史画題論」『樗牛全集』一巻、一九頁。(初出「画題論」『太陽』一八九八年一〇月二〇日)
(20) 高山樗牛「歴史画題論」『樗牛全集』一巻、二五頁。
(21) 高山樗牛「歴史画題論」『樗牛全集』一巻、二六頁。
(22) 高山樗牛「歴史画題論」『樗牛全集』一巻、二七頁。
(23) 横山大観「前期日本美術院時代」『日本美術院百年史』二巻(下)日本美術院百年史編集室、一九九〇年一二月、所収、三七六頁。(初出『大観画談』講談社、一九五一年)
(24) フェノロサ『The Japan Weekly Mail』一八九八年一一月一二日、『日本美術院百年史』二巻(下)同上、所収、二八四頁。(鶴岡厚生 訳)
(25) 無署名「屈原」『日本美術院百年史』二巻(上)日本美術院百年史編集室、一九九〇年一二月、所収、五一一頁。(初出『美術評論』一八九九年三月五日)
(26) 横山大観「前期日本美術院時代」『日本美術院百年史』二巻(下)所収、同上、三七六頁。
(27) 綱島梁川「横山大観氏作「屈原」を評す」『梁川全集』七巻、七一頁。(初出未詳)

(28) 清田文武「若き森鷗外とレッシング」や嘉部嘉隆「森鷗外文芸評論の研究（三）――「レッシングが事を記す」改稿の意図――」に詳しい。いずれも『日本文学研究資料叢書 森鷗外Ⅱ』有精堂、一九七九年四月、所収。
(29) 岸美光「レッシング」『集英社 世界文学事典』集英社、二〇〇二年二月、一八八一頁。
(30) レッシング『ラオコオン――絵画と文学との限界について――』斎藤栄治 訳、岩波書店、一九七〇年一月、四五頁。（初刊一七六六年）訳者の斎藤は、空間芸術においてレッシングが彫刻と絵画の区別を無視しているとの異議を紹介し、この異議を肯定する。またレッシングの人となりについては、「彼はつねに論争者であった。彼は自分の気に入らない意見や環境と絶えず戦うのである」と記す。基本的な性向の部分で、レッシングと樗牛はどこか重なりあっていたのかもしれない。
(31) 吉田精一「明治の文芸評論――鷗外・樗牛・漱石――」『吉田精一著作集』三巻、桜楓社、一九八〇年九月、一五五頁。（初出『近代文芸評論史・明治篇』至文堂、一九七五年二月）吉田は樗牛の〝浅さ〟を批判しつつも、「樗牛は「ラオコーン」を根拠として、当時の硯友社系統の小説の「有声の画」的な形容過多・修飾過度の外面描写を難じたのであるが、その意味の提言としては的を射ていなくもない」ともいう。
(32) 高山樗牛「歴史画題論」『樗牛全集』一巻、三七頁。
(33) 斎藤隆三『日本美術院史』同上、五一頁。
(34) フェノロサ『日本美術院百年史』二巻（下）二八四頁。
(35) 高山樗牛「歴史画題論」『樗牛全集』一巻、四一頁。
(36) 高山樗牛「歴史画題論」『樗牛全集』一巻、四三頁。
(37)『日本美術院百年史』二巻（上）同上、八三二頁。
(38) 高山樗牛「歴史画の本領及び題目」『樗牛全集』一巻、五〇頁。（初出『太陽』一〇月二〇日）
(39) 高山樗牛「歴史画の本領及び題目」『樗牛全集』一巻、五一頁。
(40) 高山樗牛「歴史画の本領及び題目」『樗牛全集』一巻、五三頁。
(41) 稲垣達郎「逍遙・樗牛の〈歴史芸術〉論争」『稲垣達郎学芸文集』一巻、同上、一二八頁。
(42) 高山樗牛「歴史画の本領及び題目」『樗牛全集』一巻、五五頁。
(43) 高山樗牛「歴史画の本領及び題目」『樗牛全集』一巻、六一頁。
(44) 安部《ママ》能成「高山樗牛と綱島梁川」『新人』一九一三年一一月、六八頁。ほかにも安倍は二人の人物に次のような対照的理解を示す。「樗牛氏は何処までも自己をはなれて自由に客観の態度をとつたが、梁川氏は自分の主観の中に価値を得させ、一点一画も空しくしないと云ふ風に自己を辿つてをる。此点が梁川氏と樗牛氏とは対照をなしてをる。」

(45)「梁川の思想は生きている」—安倍能成氏の講演から—『山陽新聞』一九五七年九月一六日。

(46) 齋藤勇「綱島梁川」『齋藤勇著作集』別巻、研究社、一九七八年一月、二六七頁。

(47) 齋藤勇「明治文学に親しんだ頃」『齋藤勇著作集』六巻、研究社、一九七六年九月、九八頁。さらに齋藤は、「私は樗牛が「太陽」などに書く名文に魅せられていたが、彼が不治の病におかされてからは「美的生活論」を唱えたりニーチェの天才論を伝えたりして、普通一般人の存在意義を認めないようになったので、私は一凡人として立場がないと思い出した」と語る。

(48) 川合道雄「梁川の全体像を求めて—樗牛への回想とともに—」『綱島梁川とその周辺』近代文藝社、一九八九年四月、三一頁。(初出『国文学論輯』一号、国士舘大学国文学会、一九七九年、一二月)

(49) 綱島梁川「しのぶ草」『梁川全集』八巻、四四五頁。

(50) 綱島梁川「歴史画の本領に対する卑見(高山氏の「歴史画論」を評す)」『梁川全集』七巻、一〇一頁。(初出『大帝国』一八九九年一一月五日)

(51) 高山樗牛「歴史画の本領及び題目」『樗牛全集』一巻、五八頁。

(52)「歴史其者の隠微真相を発揮」の部分、全集では「隠微真相の発揮」と改変されているが、文意から見て、初出時の「を」をとった。なお、初出と『全集』とでは字句や圏点の異同が散見されるが、本書では便宜的に『全集』版を優先させている。

(53) 綱島梁川「歴史画論につきて」『梁川全集』七巻、一〇六頁。(初出「美術雑感」『大帝国』一八九九年一一月二〇日)

(54) 綱島梁川「歴史画論につきて」『梁川全集』七巻、一〇八頁。

(55) 稲垣達郎「逍遙・樗牛の〈歴史芸術〉論争」『稲垣達郎学芸文集』一巻、同上、二二六頁。

(56) 谷沢永一『文豪たちの大喧嘩—鷗外・逍遙・樗牛』同上、一八九頁。

(57) 坪内逍遙「芸術上に所謂歴史的といふ語の真義如何」『逍遙選集』七巻、五五八頁。(初出「美術上に所謂歴史的といふ語の真義如何」一八九九年一一月二〇日、一二月五日)

(58) 坪内逍遙「芸術上に所謂歴史的といふ語の真義如何」『逍遙選集』七巻、五六〇頁。

(59) 坪内逍遙「芸術上に所謂歴史的といふ語の真義如何」『逍遙選集』七巻、五六四頁。

(60) 坪内逍遙「芸術上に所謂歴史的といふ語の真義如何」『逍遙選集』七巻、五七四頁。

(61) 吉田精一「明治の文芸評論――鷗外・樗牛・漱石――」『吉田精一著作集』三巻、同上、一四〇頁。
(62) 橋川文三「高山樗牛」『新版 日本の思想家』（中）朝日新聞社、一九七五年九月、七九頁。この橋川の指摘は特に重要で、樗牛は『時代管見』（博文館、一八九九年）の「自序」で以下の興味深い表明をしている。「世人或は国家主義とし云へば直に保守固陋の思想と速断するあり、されど著者の所謂国家主義は、理想としての個人主義人道主義を是認することに於て所謂世界主義の後に立つものに非ず。」これは樗牛のいう日本主義が果たして如何なる性質であったのかを論じる際に有用な一文である。
(63) 坪内逍遙「芸術上に所謂歴史的といふ語の真義如何」『逍遙選集』七巻、五七八頁。
(64) 稲垣達郎「逍遙・樗牛の〈歴史芸術〉論争」『稲垣達郎学芸文集』一巻、同上、二二六頁。
(65) 坪内逍遙「芸術上に所謂歴史的といふ語の真義如何」『逍遙選集』七巻、五八〇頁。
(66) 坪内逍遙「芸術上に所謂歴史的といふ語の真義如何」『逍遙選集』七巻、五八八頁。
(67) 坪内逍遙「芸術上に所謂歴史的といふ語の真義如何」『逍遙選集』七巻、五九〇頁。
(68) 高山樗牛「再び歴史画の本領を論ず」『樗牛全集』一巻、七六頁。（初出『太陽』一八九九年一二月二〇日）
(69) 高山樗牛「再び歴史画の本領を論ず」『樗牛全集』一巻、七八頁。
(70) 高山樗牛「再び歴史画の本領を論ず」『樗牛全集』一巻、八七頁。
(71) 高山樗牛「再び歴史画の本領を論ず」『樗牛全集』一巻、九二頁。
(72) 高山樗牛「再び歴史画の本領を論ず」『樗牛全集』一巻、九四頁。
(73) 高山樗牛「無題録」『太陽』一八九九年一二月二〇日、六三頁。
(74) 谷沢永一『文豪たちの大喧嘩―鷗外・逍遙・樗牛』同上、一九四頁。
(75) 匿名氏（梁川か）「高山君の歴史画論を評す」『大阪毎日新聞』一月一七日。
(76) 匿名氏（梁川か）「高山君の歴史画論を評す」『大阪毎日新聞』一月一七日。
(77) 川合道雄「綱島梁川」項目。『日本近代文学大事典』一巻、講談社、一九七七年一一月、四〇一頁。
(78) 綱島梁川「再び歴史的美術の本領を論ず（再び高山氏の「歴史画論」を評す）」『梁川全集』七巻、一一五頁。（初出『大帝国』一九〇〇年一月二〇日）
(79) 高山樗牛「再び歴史画の本領を論ず」『樗牛全集』一巻、八三頁。
(80) 綱島梁川「再び歴史的美術の本領を論ず（再び高山氏の「歴史画論」を評す）」『梁川全集』七巻、一二八頁。

(81) 綱島梁川「再び歴史的美術の本領を論ず（再び高山氏の「歴史画論」を評す）」『梁川全集』七巻、一二九頁。
(82) りやうせん「歴史美論に関して」『読売新聞』一九〇〇年一月二二日。
(83) 無署名「文学美術」『太陽』一九〇〇年二月五日、一五一頁。
(84) 無署名「文壇の問題」『太陽』一九〇〇年五月一日、一四九頁。
(85) 五十嵐力「歴史的美術の本領を論ず」『大帝国』一九〇〇年一月二〇日、四一頁。
(86) 五十嵐力「歴史的美術の本領を論ず」同上、四三頁。
(87) 五十嵐力「歴史的美術の本領を論ず」同上、四八頁。
(88) 五十嵐力「歴史的美術の本領を論ず」同上、五〇頁。
(89) 五十嵐力「歴史的美術の本領を論ず」同上、五二頁。
(90) 五十嵐力「歴史的美術論補遺」『大帝国』一九〇〇年二月五日、三五頁。
(91) 五十嵐力「歴史的美術論補遺」同上、三七頁。
(92) 綱島梁川「文学」『大帝国』一九〇〇年二月二〇日、三八頁。
(93) 高山樗牛「坪内先生に与へて三度び歴史画の本領を論ずる書」『樗牛全集』一巻、九八頁。（初出『太陽』一九〇〇年四月五日）
(94) 高山樗牛「抽象美の価値に就て（文芸批評家の反省を要む）」『太陽』一九〇〇年二月五日、二五頁。
(95) 谷沢永一『文豪たちの大喧嘩—鷗外・逍遙・樗牛』同上、一九五頁。
(96) 『太陽』一九〇〇年三月五日。三頁。前号（二月五日）の終わりは、「かく断片的に申すときは、解し誤らゝ《ママ》虞れもあれば、」である。
(97) 坪内逍遙「再び歴史画を論ず」『太陽』一九〇〇年三月五日、九頁。
(98) 谷沢永一『文豪たちの大喧嘩—鷗外・逍遙・樗牛』同上、一九八頁。
(99) 坪内逍遙「再び歴史画を論ず」『逍遙選集』七巻、六〇一頁。（初出『太陽』一九〇〇年二月五日、三月五日）
(100) 坪内逍遙「再び歴史画を論ず」『逍遙選集』七巻、六〇六頁。
(101) 坪内逍遙「再び歴史画を論ず」『逍遙選集』七巻、六一〇頁。
(102) 坪内逍遙「再び歴史画を論ず」『逍遙選集』七巻、六一九頁。

(103)　坪内逍遙「再び歴史画を論ず」『逍遙選集』七巻、六二五頁。
(104)　高山樗牛「無題録」『太陽』一九〇〇年三月五日、三四頁。なお、本章では論じていない長谷川天渓の名が出ているが、天渓は一八九九年一〇月『読売新聞』に「東洋歴史画題に就て」を連載している。ただし、内容は樗牛と逍遙が中心の歴史画論争と密接でない。角田については、複数の論者が匿名や筆名で書いているため、そのうちの誰かと考えられるが、特定はできなかった。あるいは多種の筆名で活動していた角田浩々歌客か。
(105)　高山樗牛「坪内先生に与へて三度び歴史画の本領を論ずる書」『樗牛全集』一巻、一〇〇頁。
(106)　高山樗牛「坪内先生に与へて三度び歴史画の本領を論ずる書」『樗牛全集』一巻、一〇一頁。
(107)　高山樗牛「坪内先生に与へて三度び歴史画の本領を論ずる書」『樗牛全集』一巻、一〇三頁。
(108)　高山樗牛「坪内先生に与へて三度び歴史画の本領を論ずる書」『樗牛全集』一巻、一〇五頁。
(109)　高山樗牛「坪内先生に与へて三度び歴史画の本領を論ずる書」『樗牛全集』一巻、一〇七頁。
(110)　高山樗牛「坪内先生に与へて三度び歴史画の本領を論ずる書」『樗牛全集』一巻、一〇八頁。
(111)　綱島梁川「文壇一筆集」『大帝国』一九〇〇年四月二〇日、三三頁。
(112)　松本伸子「歴史画論」項目『坪内逍遙事典』平凡社、一九八六年五月、三九三頁。
(113)　無署名「文学」『早稲田学報』一九〇〇年五月二五日、六二頁。
(114)　吉田精一「明治の文芸評論——鷗外・樗牛・漱石——」『吉田精一著作集』三巻、同上一四八頁。
(115)　三谷邦明「近代小説の〈語り〉と〈言説〉」『近代小説の〈語り〉と〈言説〉』有精堂、一九九六年六月、九頁。
(116)　三谷邦明「『羅生門』の言説分析」『近代小説の〈語り〉と〈言説〉』同上、二三五頁。
(117)　稲垣達郎「逍遙・樗牛の〈歴史芸術〉論争」『稲垣達郎学芸文集』一巻、同上、二二七頁。
(118)　森谷宇一「歴史画論争」『美と芸術のシュンポシオン』—神林恒道教授退官記念論集—大阪大学美学研究会 編、勁草書房、二〇〇二年二月、一三〇頁。
(119)　谷沢永一『文豪たちの大喧嘩—鷗外・逍遙・樗牛』同上、二〇〇頁。
(120)　吉田精一「明治の文芸評論——鷗外・樗牛・漱石——」『吉田精一著作集』三巻、同上一五六頁。

付論

『滝口入道』の美文解析

一　「美文」と「写生文」

めまぐるしく変転した思想とともに高山樗牛を最も特徴づけたのは、その「美文」であろう。戦前の樗牛研究において先駆的な業績をあげた高須芳次郎は、「日清戦争前後から美文と称する一体が勃興した事、今一つは『ホトトギス』の創刊（一八九七年〈明治三〇〉）と共に写生文が流行した事」を回顧し、両者が「文学青年を風靡した」ことを語る。(1)「美文の底を流れてゐた精神は、ロマンチシズムであり、写生文の内容を一貫してゐたのは、リアリズムの精神である」ということは、同時期に相反する志向性が競いぶつかり合っていたことを意味する。しかし、結局、「美文」は形式美のマンネリズムという欠点を克服できなかったのであろう。高須は「かうして美文の一体は、日露戦争前頃までその命脈を維持したが、自然主義が起らうとする頃には写生文に圧せられて、次第に衰えた」と述べている。

「美文」が流行したという日清戦争前後から日露戦争前頃という時期は、樗牛の活動期と完全に合致している。一八九四年（明治二七）四月に『滝口入道』の連載が始まり、七月に日清戦争は開戦した。この時を皮切りに、樗牛は八年間にわたって怒涛の勢いで活動し、日露戦争開戦に先立つこと一年二カ月の一九〇二年（明治三五）一二月に三一歳の生涯を閉じた。いわば、樗牛は「美文」とともにあり、「美文」は樗牛の死をもって衰退へと向かっていったのである。

ところで、夏目漱石最初の新聞小説『虞美人草』が「美文」で書かれたことは、文学研究において周知の事実であろう。『虞美人草』は『大阪朝日新聞』・『東京朝日新聞』に一九〇七年（明治四〇）に発表されているので、日露戦争終結から約二年後、樗牛没後約五年の時が流れている。この日本文学が写実主義や自然主義へと舵を切ろうとしていているなか、漱石がわざわざ衰微していっている美文調を用いたことは、当時より議論されてきた。『虞美人草』は、正宗白鳥により吐かれた「近代化した馬琴と云つたやうな物知り振りと、どのページにも頑張つてゐる理屈に、私はうんざりした(2)」という感想、唐木順三の「美辞麗句の洪水、伏線への関心、其処から生れる匠気、なんとなく品のない、また思想のない小説である(3)」という説に長らく規定され、漱石みずからも「出来栄よろしからざるものに有之(4)」と「失敗作」であることを認めていた。そして、漱石は『虞美人草』以後「美文」を使用しなくなった。

だが時代が下ると、平岡敏夫が「漱石の場合、平均的一般的性格の散文をとり得ないほどに強烈な主体があるわけで、「勧懲」と「美文」は見合っていることになる(5)」として、そこに当時の「西洋文明」批判の読みを提案したり、桶谷秀昭が「『虞美人草』のおもしろさは、意外なことには、これが「勧善懲悪」のあの古くさいイデーに支えられた世界にほかならぬからであった。そして、そういう世界の中で生きる人物たちの「性格」(キャラクター)が、単純な強い線で描かれているからであった(6)」と再評価が試みられた。

否定派、肯定派の両方に共通しているのは、『虞美人草』が「美文」と「勧善懲悪」による「近代化した馬琴(白鳥)」という理解である。柄谷行人は「『虞美人草』はある意味で馬琴に似ている。すなわち、坪内逍遙が「近代小説」の確立のために否定した「勧善懲悪」にもどっている(7)」といったが、樗牛は曲亭馬琴を評価していた。樗牛は馬琴の意義を「吾人の尤も馬琴に於て貴しとする所は、我が国民が彼れの作によりて慰藉と教訓とを求むることに於て、同時に国民性情に尤も健全なる進歩の動機を与へ得べき事にあり(8)」と述べる。樗牛は敢然として「勧善懲悪の大主義」の再評価へ踏み切っていたのである。

この樗牛の態度は、むろん坪内逍遙が『小説神髄』に対する疑念より発する。それは、「『小説神髄』説く所に二面あり。一面は写実主義の唱導にして、他の一面は勧懲主義の打破なり(9)」という志向が樗牛とは決して相容れず、

「明治二十年以後の小説は、其の進歩と共に漸く国民性情に遠かれり。是れ今日の極衰を致したる所以也。而して是の極衰の萌芽は、実に逍遙が『小説神髄』の一巻に包蔵せられてありしなり」という現状認識にあった。さらに樗牛はいう。

蓋し『小説神髄』の写実主義は、他方より見れば即ち文学独立論なり。已に所謂る写情を以て小説の神髄となす、世と人との関係の如きは、素より其の度外視する所なり。已に所謂る人物事件を作るに於て、自己の意匠を用ひて善悪正邪の感情を挟むことを為さず、只傍観して其の自然の径行を摸写すべしとなす。是の間、実世間をして毫糸の累を及ぼさしむるを許さざるや素より論なし。(10)

樗牛が写実主義を「文学独立論」と非難しているのは、写実主義が個人の心理（人情）を写すことによって「実世間」から離れてしまっているからである。ここでいう「実世間」は、今の社会や国家と見なしてよく、「勧善懲悪」が社会的な啓蒙（一種の情操教育）を兼ねているところに樗牛の肯定の要がある。

もっとも、注意しておかなければならないのは樗牛の場合、「勧善懲悪」によってもたらされる国民的性情の満足が幸福のためであるとされ、その幸福とは「我が性情の要求を満足するが為のみ」と最終的には個人の幸福へと還元されていることである。この（おそらくは）無意識的な変換は、のちに「美的生活を論ず」で自覚的に主張されることになる。

ともあれ樗牛の写実主義批判は、それが時代の趨勢であったと一面認めつつも、一貫して批判的立場を保持したのである。樗牛が逍遙の『小説神髄』理論と距離をとり続けたことは、「美文」の可能性を将来的に残していこうとする試みでもあったと推測されるが、その微妙な関係を「明治の小説」（『太陽』一八九七年［明治三〇］六月一五日）

に書いている。

〔『小説神髄』〕其の説く所必ずしも正鵠を得たりと謂ふべからず。其の写実の意義の褊狭に失したる、伝奇及びノベルの並立を認めざる、心理的描写を過重したる、又心理的描写の適用せられ得べき小説の如何なる種類なるかを究めざる、理想小説の真価を認むることを欲せざる、今日より見れば、疑はしきふし少からずと雖も、是れはた旧来小説に対する反動として、已むを得ざるの弊なりしならむ。[11]

『小説神髄』の理論は近代小説の道を開くと同時に、その新たな規定によって旧来の文学を否定してもしまった。「伝奇及びノベルの並立を認めざる」と樗牛がいっているように、「伝奇」は明らかに切り捨ての対象となってしまったのである。小瀬千恵子は「樗牛の指摘は、『小説神髄』が抱えている多くの問題点を的確に衝いている感が深い[12]」と感想を述べるが、樗牛がどの地点から「問題点を的確に衝いている」のかといえば、『滝口入道』の自評から窺える。

樗牛は「明治の小説」において、みずから「『滝口入道』の如きは、小説と云はむよりは寧ろ抒情的叙事詩として見るべかりき」と評した。この自作評に、樗牛が「小説」ではなく「抒情的叙事詩」の「美文」を意識的に選択したことがあらわれており、ここから「ノベル」とは別の可能性を探っていたのである。だが、論敵の逍遙からも「処女作にすらあの位の技倆をを《ママ》示された同君が、何故其後創作の筆を絶たれたか、私にはいまだに合点がいきません[13]」と惜しまれながらも、樗牛は『滝口入道』以後「美文」の創作を物さなかった（ただし笹原儀三郎により、一八九六年（明治二九）七月『文藝倶楽部』――海嘯義捐小説――にある「おきく」の作者「無名氏」は樗牛と断定されている[14]）。

しかし、その「美文」の可能性を樗牛没後わずかに示したのが冒頭部から言及してきた『虞美人草』であったであろう。「「虞美人草」と〈美文〉の時代」を書いた北川扶生子は、ヒロイン藤尾の造形に「美文」の特性を解析し、「〈美文体〉で描かれる藤尾は、読者と同じ明治社会を生きる存在ではなく、観念の中の美的世界の住人として現われる」として、以下の結論を導き出した。

> 藤尾の魅力は〈美文体〉でこそ実現できた。〈美文体〉は藤尾を、絵の中の存在にしてしまう。それは当時の「恋愛」概念と結びついた、詩的別世界の存在である。藤尾の魅力はこのような他界性とでもいうべきものを持ち得た点にあった。性的な側面は、この他界性の基盤の上に積み重ねられて効果を発揮することで、現実的な肉体性に転落することを免れている。それは『八犬伝』の毒婦には決してなかった、明治的な〈宿命の女〉《ファム・ファタール》の誕生でもある。[15]

北川論は〈美文体〉が美的世界、詩的世界を醸成していく機制をよく捉えている。第一章で『滝口入道』に内在する美意識に言及したが、その機制とほぼ重なりあうことがわかる。ただ『虞美人草』の方は、現代小説であったために「美文」の観念化が「他界性」を獲得させたのに比し、『滝口入道』の方は歴史小説であるから、前提が「他界性」を包含しており、観念化はむしろ現代思想を取り込む方向へと働いた。

先にも述べたように、漱石は『虞美人草』以後「美文」を用いなかった。しかし、北川が「矛盾に満ちそれゆえ人を引き付けてやまない複雑なヒロイン像は、当時もはや衰退期に入っていた〈美文〉に新しい生命を盛ることで可能になったのである」というとき、そこには「散文」とは異なったもうひとつの日本近代文学の可能性が蔵されていたはずである。そのことを平岡敏夫は次のようにいっている。

「虞美人草」にはその類を見ない卓抜な小説の方法をふくめてさまざまな可能性がふくまれているが、それは程度の差はあれ、大方の「明治の小説」が現在なお内に持ちつづけているものなのである。[16]

平岡が『虞美人草』に見た可能性は、「明治の小説」たる『滝口入道』にも同様にあてはまるであろう。樗牛が帝国大学へ入学した年に漱石は卒業した。もし樗牛が喀血しなければ、漱石と同じ船で横浜から洋行するはずであった。樗牛が文壇で華やかに注目を浴びていたころ、漱石は不遇をかこち「何の高山の林公抔《など》と思つてゐた」[17]。そして、漱石が小説を書き始めたときには、樗牛はすでにこの世の人ではなかった。山田輝彦は、当時の潮流を「道徳や教訓を口にすることが、文芸上の異端であり、時勢後れであったということは、『小説神髄』によって開かれた文学近代化路線が馬琴的世界を、その包含する豊かな可能性をもふくめて、いかに強烈に排除していったかを語って余りがある」[18]といっているが、そんな逆風にもかかわらず「美文」によって物された新聞小説『虞美人草』は、樗牛が生きていた場合の「美文」の可能性[19]を彷彿とさせてくれるのである。『虞美人草』論に紙枚を割いた所以である。

二　エクリチュールの物語構造

ただし、本論でここまで述べてきたことは、「作者」たる高山樗牛の視座に前提を据えた議論であって、一方には「作者の死」がもたらした豊饒な作品論の見地が存在する。もはや説明の必要を感じさせないほど文学研究に行き渡った理論ではあるけれども、簡潔にふれておけば、それは〝エクリチュール〟に象徴されるものである。

エクリチュールとは、周知のように一九六〇年代のフランスで提唱され、現在まで文学・哲学の分野で広範に機能してきた重要概念である。その特徴は「書かれたもの」へと特化した自律性と他者性の定立を基礎とするが、ロラン・バルトによると「まさにエクリチュールは、あらゆる声、あらゆる起源を破壊する」ものとして、次のように説明される。

> エクリチュールとは、われわれの主体が逃げ去ってしまう、あの中性的なもの、混成的なもの、間接的なものであり、書いている肉体の自己同一性そのものをはじめとして、あらゆる自己同一性がそこでは失われることになる、黒くて白いものなのである。[20]

「黒くて白いもの」という比喩が示すごとく、そこに自己同一性はない。つまりは、黒くもあり白くもあるのだ。これはいうまでもなく、テクストの多元化を徹底する事態であるが、その収斂を成すのが読者である。決して作者ではないのである。このことをバルトは「読者の誕生は、「作者」の死によってあがなわなければならないのだ」と言明した。

第一章の『滝口入道』論は、「高山樗牛　作」としての『滝口入道』、いわば作者と内在関係にあることを前提とした研究態度から論究していった。本論ではエクリチュール論を援用するかたちで、「書き手」によって描かれた独立した作品『滝口入道』を解析していくことを主眼にする。特に文体の複雑と主体の錯綜性に着目することであらわれてくる外在関係を、意識的に浮き彫りにしていく『滝口入道』研究は、現在までのところほぼ皆無だからである。さらに、この試みはある種の言説分析と近接的であろうが、三谷邦明の「言説分析は、〈読者〉と〈意味不決定性〉などを磁場としたテクスト分析の延長線上に展開される方法だが、より言語学や日本語学などの文章・文体研究に近づくことで、さらなる厳密さと混沌性との振幅と、意味の輻輳を生成することになるだろう」[21]という表明は重大な意味を有していよう。むろん、ここでその「生成」の中核を浮き彫りにすることは難しい。だが、一先ずは構造的な問題を解きほぐすことで、その糸口を求めようと考える。

さて、論を展開するに先立って思い起こしておきたいのが、『滝口入道』は新聞連載を前提にした、いわゆる「続きもの」であったことである。つまりは、全三三回の日々の連載で読者にあきられないことを意図して作られ、さらに一回ごとの分量と物語の推移にも緻密な表現技法の努力が払われているのである。『滝口入道』に窺える表現技法の特徴は、【図2】のような物語構造をもっていることであろう。

【図2】

物語構造
- 《間接表現（話法）》
  - ①〈客観的客観〉
    - ・外部表面のみ
    - ・登場人物の心事一切が不明
    - ・語り手にもわからない
  - ②〈主観的客観〉
    - ・語り手が人物の心事を語る
    - ・例：「滝口～」
- 《直接表現（話法）》
  - ③〈客観的主観〉
    - ・語り手が人物となって語る
    - ・例：「我～」
  - ④〈主観的主観〉
    - ・登場人物の台詞
    - ・自身の台詞として語る

機械的な分類ではあるが、大きくは《間接表現（話法）》と《直接表現（話法）》に弁別でき、そのうえになおそれぞれが二つの小区分をもつ。それが《間接表現（話法）》の①〈客観的客観〉②〈主観的客観〉／《直接表現（話法）》の③〈客観的主観〉④〈主観的主観〉の四区分である。

①〈客観的客観〉は、外部表面のみの記述で登場人物の心情など一切が不明である。場合によっては、かえって読者に推測を呼び起こさせることを意図した言い回しもとられており、ある意味挑戦的ですらある。

②〈主観的客観〉は、語り手が登場人物の心事にまで踏み込む。ただし、「滝口〜」のようなかたちで、語り手は語り手の客観性を維持しているから依然として《間接表現（話法）》のままである。

③〈客観的主観〉になると、語り手が登場人物と混在して客観描写がいつの間にか「我〜」というふうに主観と入れ替わる。

④〈主観的主観〉は、直截に登場人物が自分の言葉で語る直接話法のシンプルな形式である。

『滝口入道』のエクリチュールにおいて重要なのは、ひとつながりの文章中にこれらの表現が複合的に宿っていることであろう。この複合関係が書き手によってどこまで意識的に選び取られたかはわからないが、一連の文に含まれる分裂と統一のせめぎ合いのごとき表現方法は、明治二〇年代をへて形成される「一人称小説」の本流とは違った——さきに漱石『虞美人草』を例に説明したように——文語的美文調の可能性であったと考えられる。

全三三回にわたる『滝口入道』の本文検討に入ると、「第二」で未だ主人公・斎藤時頼と明かされていない「件《くだん》の侍」が登場する。侍の挙動不審は、語り手によって「時に冷やゝかに打笑む様仔細ありげなり」とあらわされている。ここの部分は、「時々冷ややかに打ち笑ったりするさまは、何か深い訳がありそうだ」と語り手にも侍の心情が不明な点で〈①客観的客観〉である。

「第三」で「件の侍」が「斎藤滝口時頼」という平重盛に仕える、清涼殿の北、滝口の陣につめる武士であることがわかる。これらの説明は〈①客観的客観〉の外面記述で進行していく。そして、「第三」の末尾は以下のようにある。

此夜、御所の溝端に人跡絶えしことろ、中宮の御殿の前に月を負《おひ》て歩むは、紛ふ方なく先の夜に老女を捉へて横笛が名を尋ねし武士なり、物思はしげに御門の辺《ほとり》を行きつ戻りつ、月の光に振向ける顔見れば、まさしく斎藤滝口時頼なりけり(22)

ここで「紛ふ方なく」と判断しているのは誰か。やはり語り手であろう。さらに、「月の光に振向ける顔見れば」とあるのも、見ている主体は語り手と判断される。池内輝雄は「臨場感を強める表現」と注釈しているが、語り手がいきなり物語中に「越境」してくるさまは、強弱の変化――平易な散文調とは異なった――を違和感なく取り込める美文的な文語の方が適していたと考えられる。

このような傾向は、ロマン主義文体の一環として位置づけられるが、根岸正純はロマン主義文体を明治二〇年代の試みとして、次のように説明を施している。

鷗外の新文体試行を支えたものの一つは落合直文の新国文運動であった。直文も共訳者のひとりであった訳詩集『於母影』(明二二)の基調は和文体だったが、和文体の伝統的な特徴が視点の動きの少ない謙抑さにあったのを、「き・けり・つ・ぬ・たり・り」の過去・完了の助動詞の駆使などによって活性化し、それに西洋文学で培われた内的な思考や情調を加えて、日本語による内奥の世界の言表への道を切り拓いた。それとともに、漢文訓読体の力強さと概念的明断さ、洋(欧)文体の一特性である論理性をまじえて、「舞姫」(明二三)などの小説や「即興詩人」（明二五～三四）の翻訳におけるロマン主義文体を達成した(23)。

『滝口入道』が一八九三年（明治二六）末に書き始められたことを鑑みれば、視点の活性化や「日本語による内奥の世界への道を切り拓いた」試みと同道していたことは、確実であるだろう。塩田良平は『滝口入道』の文章について、「韻律的ではあるが出来るだけ読本体の七五調をさけて新味を出し対句法を用い、仏語、漢語をもつて飾り、文章はやや長めにして嫋々の余韻を帯びさせている。特に結句に懸り結びのける、べけれ、反語のかは、感嘆の助詞や、よ、かを用い、なりけり、あらざりけりの如く詠嘆の意味をもつ助動詞けりを頻用している(24)」と分析したが、まさにロマン主義文体の範疇にあることがわかる。根岸は、「この当時の内面的あるいは美的意識の表現を追求する局面で、情報提供や説明文以外ではまだ実績の少ない言文一致文を選ばなかったのは当然である」とまとめているが、もちろん、これも美意識の横溢する『滝口入道』にあてはまることである。

「第六」書き出しからの一文を次にあげてみよう。

> 思へば我しらで恋路の闇に迷ひし滝口こそ哀なれ、鳥部野《とりべの》の煙絶ゆる時なく、仇し野の露置くにひまなきまゝならぬ世の習はしに漏るゝ我とは思はねども、相見ての刹那に百年の契をこむる頼もしき例なきにもあらぬ世の中に、いかなれば我のみは、天の羽衣撫で尽すらむほど永き悲みに、只一時の望だに得協《えかな》はざる、思へば無常の横笛や(25)

時頼が横笛への届かぬ想いを表現した箇所である。一行目の「滝口こそ哀なれ」と同情的に説明する語り手の立場は、《間接表現（話法）》で〈②主観的客観〉の範疇であることがわかる（「滝口～」）。ところがその後、主語は

「我」に変じており、「いかなれば我のみは、天の羽衣撫で尽すらむほど永き悲しみに」と《直接表現（話法）》〈③客観的主観〉の詠嘆調に取って代わられている。しかも、それが一連の文章で違和感なくメタモルフォーゼを遂げているのは、散文では不可能な営為といえるであろう。

また、「第六」は末尾にも新聞小説独特の工夫がなされている。「恋の奴」となった時頼が夜中に煩悶する様子が描かれている場面である。

一夜《あるよ》時頼、更闌《かうた》けて尚眠りもせず、意中の幻影を追ひながら為す事もなく茫然として机に凴《よ》り居しが、越し方、行末の事、端なく胸に浮び、今の我身の有様に引き比べて思はず深々と太息《といき》つきしが、何思ひけん、一声高く胸を叩て踊り上り『嗚呼過てり〳〵』[26]

「今の我身の有様に引き比べて思はず深々と太息つきしが」と〈③客観的主観〉によって心情が述べられながら、直後に突然反転し、「何思ひけん」と語り手から時頼の存在が離れ〈①客観的客観〉へと飛躍している。「何思ひけん、一声高く胸を叩て踊り上り『嗚呼過てり〳〵』」と「第六」の幕を引くのは、時頼が何を思ったのかを読者に推測させ、「嗚呼過てり〳〵」が何を過っていたのかを考えさせる技法である。

こうして「第七」へと引き継がれた問いは、「初て悟りし今の刹那に滝口が心は如何なりしぞ」と翌日の新聞で答えを得る。ここで「初めて悟りし今の刹那」とあるから、何かを悟っていることは語り手にも理解されるであろう。しかし、あくまで「滝口が心は如何なりしぞ」と、語り手は〈①客観的客観〉の観点にいて主人公の気分は分からない。これを解きほぐすのが、時頼自身による《直接表現（話法）》の台詞である。

「嗚呼過てり〳〵、弓矢の家に生れし身の天晴功名手柄して、勇士の誉を後世に残すこそ此世に於ける本懐なれ、何事ぞ、真の武士の唇頭《くちびる》に上《の》するも忌はしき一女子の色に迷うて、可惜《あたら》月日を夢現《ゆめうつつ》の境に過さんとは、あはれ南無八幡大菩薩も照覧あれ、滝口時頼が武士の魂の曇なき証拠、真此の通り(27)」

この時頼の鉤括弧《かぎかっこ》つきの独白によって、ようやく「嗚呼過てり〳〵」の内容が詳らかになる。それは、「弓矢の家」に生まれた真の武士たる自分が、たかだか女ひとりの色香に迷ってしまったという武士のプライドからの「嗚呼過てり〳〵」であった。これを〈④主観的主観〉で表現したのは、おそらくは時頼の苦痛により臨場感を持たせることを意図したためと考えられる。

物語構造において、〈①客観的客観〉を駆使することで読み手を引き寄せ、〈④主観的主観〉の主人公によって話を展開させる。しかも、間あいだに〈②主観的客観〉と〈③客観的主観〉の視点も混在している。これは、まさしく物語の多重構造を「美文」によって統一的に表現しようとの試みにほかならないであろう。

「第十三」の「立上がりつ、築垣《ついがき》の那方《あなた》を見やれば、琴の音の微に聞こゆ、月を友なる怨声は若しや我慕ひてし人にもやと思へば、一期の哀自《おのづか》ら催されて、ありし昔は流石《さすが》に空《あだ》ならず、あはれよりても合はぬ片糸の我身の運は是非もなし」などは、見ているのも聞いているのも哀れを催しているのも主人公時頼の視点であるし、「我身」とあるように語り手は完全に時頼と一致している。〈③客観的主観〉の手法であるとわかるが、この次の段落では、さらに『平家物語』の歴史的無常観と、それを亢進する情景描写が加味されている。

先緒万端の胸の思を一念「無常」の溶炉に溶し去て、澄む月に比べん心の明るさ、何れ終は同じ紙衣玉席、白骨を抱きて栄枯を計りし昔の夢、観い来れば、世に秋風の哀もなし、君も、父も、恋も、情も、さては世に産声挙げてより二十三年の旦夕《たんせき》に畳み上げ折重ねし一切の衆縁、六尺の皮肉と共に夜半の嵐に吹き籠めて、行衛も知らぬ雲か煙、跡には秋深く夜静にして亘る雁の声のみ高し(28)

「二十三年の旦夕」とあるから、これが二十三歳の時頼の詠嘆や嘆息を基点としたものであることは間違いない。しかし、にもかかわらず、無常を語り、死してのち「跡には秋深く夜静にして亘る雁の声のみ高し」といったフレーズは、語り手による一種のナレーション効果も含んでいることがわかろう。

もとより、時頼の視座が侵入しない〈①客観的客観〉のナレーションも存在する。「第十五」では横笛が住む御所の場面へと移り、「更闌《かうた》けて、天地の間にそよとも音せぬ午夜の静けさ、やゝ傾きし下弦の月を追うて、冴え澄める大空を渡る雁《かりがね》の影遥なり」といった語り手による描写がつづく。この場面では外部の第三者的なパースペクティブを強調するために、「横笛」ではなく「主《あるじ》」という主語が用いられ、「主が年の頃は十七八になりもやせん、身には薄色に草模様を染めたる小袿《こうちぎ》を着け」と情景や身体の説明を尽したうえで、「主は誰ぞ、是ぞ中宮が曹司横笛なる」と明かされる。しかも、横笛と明かしてなお描写は書き継がれる。

其の振上ぐる顔を見れば、鬚眉《すうび》の魂を蕩して、此世の外ならで六尺の躰を天地の間に置き所無きまでに狂はせし傾国の色、凄き迄に美はしく、何を悲みてか、眼に湛ゆる涙の珠、海棠の雨も及ばず、膝の上に半繰弘《くりひろ》げたる文は何の哀を籠めたるにや、打見やる眼元に無限の情を含み、果は恰も悲に堪へざるもの、如く、ブル〳〵と身震ひして、文もて顔を掩ひ、泣音を忍ぶ様いぢらし(29)

横笛の「振上ぐる顔」を見ているのは語り手であろう。ここでの語り手は、横笛が「何を悲みて」いるのかを理解しておらず、ただ横笛が「泣音を忍ぶ様」を見て「いぢらし」と感想をもらすだけである。これらは、先にあげた「第十三」の時頼の視点が混在した語り手とは明確に異なっている。

むろん、横笛の人物像も〈①客観的客観〉を中心にしてだけ描かれているわけではない。むしろ〈語り手＝時頼〉よりも〈語り手＝横笛〉の方が距離が遠いため、「美文」における主体の交錯が複雑なかたちで示される場合もある。たとえば、時頼の想いに応えないままになってしまったことにつき、横笛は「エ許し給はれ」とひとり言をつぶやくが、それにつづく部分はこうである。

> 良しや眼前に屍の山を積まんとも、涙一滴こぼさぬ勇士に、世を果なむ迄に物の哀を感じさせ、夜毎の秋に浮身をやつす六波羅一の優男《やさをとこ》を物の見事に狂はせながら、「許し給はれ」とは今更何の酔興ぞ、吁々《ああ》然に非ず、何処《いづく》までの浮世なれば、心にもあらぬ情《つれ》なさに、互の胸の隔てられ、恨みしものは恨みしまゝ、恨みられし者は恨みられし儘に、あはれ皮一重を堺に、身を換へ世を隔てゝも、胡越の思をなす、吾れ人の運命こそ果敢なけれ、横笛が胸の裏《うち》こそ、中々に口にも筆にも尽されね(30)

恋文の返事も出さずにおきながら、今さら「許してください」とは何の酔狂であるか、ああそうではない、……という箇所は、一見、語り手になるひとり芝居の掛け合いに思える。しかし主語の省略を考慮すれば、「今更何の酔興ぞ」といっているのは語り手で、「吁々然に非ず」と否定しているのが横笛というふうに、両者〈語り手と横笛〉の掛け合いにもとれる。さらには、横笛自身による自問自答としてのひとり言にも読めてしまうのである。

これら幅のある解釈を可能にしているのは、「美文」に内在する読みの可能性であろう。この原則を前提にしてこそ、引用末尾の「横笛が胸の裏こそ、中々に口にも筆にも尽されね」の一文がより一層の意味をもってくるのである。すなわち、口にも筆にも尽されることのない横笛の胸の内があらわされ、しかも「浮世」や「運命」の一般論までもを包摂しているのである。

横笛は「第十七」の回では、〈③客観的主観〉の観点から〈横笛＝「我」〉として語る箇所が多い。そこでは、「我」より見られる時頼は「滝口殿」と敬称をつけて呼ばれる（横笛の視点だから）が、「滝口」とのみもある。もちろん、「我」と「横笛」が突如として入れ替わっているところも存在する。

このような入り組んだ文章表現は、重層構造と把握してよいであろう。「文章における重層・背景」を分類的に研究した前川清太郎は、「重層構造とは、地学的概念における、地層がそれ自身一の完結体としての価値を持ちながら、他の地層と対比されることによって一層その個性を発揮する、それにも似た美的構造に対する仮称である」[31]と定義している。前川は、「時間による重層」、「空間による重層」、「主題による重層」など様々に分類化するが、『滝口入道』のエクリチュールにおいては、特に「視点による重層」、「話し手と読者の距離の操作による重層」の二つが肝要である。

「視点による重層」とは、視点の遠近法やその分散から多角的な物語構造を生み出す謂いであろう。

小説の場合、オールマイティの立場からあらゆる人物の心理に自由に立ち入って述べる場合がある。これは超越的な立場に立って公平に各人物を操るのである。これに対して、ある特定の人物に視点を限定して、そこから種々のものを眺める場合がある。前者においても、A・Bという人物の心理を対照的に説明したりすると、そこに重層性が生じるが、複数の人物のそれぞれに視点を置いて一つの事件を眺めるとすると、そこに意識的に重層感覚が生じる。[32]

『滝口入道』においては――時頼と横笛に見てきたとおり――、「オールマイティの立場」と「特定の人物」の明確な腑分けが極めて困難なところに、より重層の特異性が発現している。前川は、層と層の「断層」に遠近法の効果を見てとったが、『滝口入道』は「断層」すらも遠近化する手法がとられているのである。

そして、当然、このことは「話し手と読者の距離の操作による重層」につながってくる。前川自身も「前項〔視点による重層〕と関係が深いが、前項が登場人物の一から他に視点を転移するのに対して、これは話し手と読者の距離をのばしたり（この時語り手の姿は隠れる）、ちぢめたり（この時語り手の姿は顕れる）することによって重層が成立する」と述べる。前川は谷崎潤一郎の歴史小説を例に出して説明しているけれども、つまりは物語世界への出入りを誘導する役割を語り手が担うことによって臨場感を高めるということである。しかも、それは歴史小説という様式で一層効果的になるという。

作者（語り手）が読者の前に姿を現わしたり隠したりすることは、歴史小説の場合特に深い意味を持つ。前者において作者が作品のメカニズムを読者の前に露呈して手のうちをさらけ出し、そのことによって作品の合理性を保ちつつ説得力を確保し、合せて読者に対する親近感を与え、後者において現在と全く異った次元に属する物語の世界に読者を遊ばせることができるからである。(33)

これを見ると、語り手が外部（読み手側の世界）と内部（物語内の世界）の狭間に位置し、両者の関係性を調整することで物語構造を豊潤にしていることがわかる。ただし、『滝口入道』の特異な点は、語り手が出ることで「合理性を保ちつつ説得力を確保」するのではなく、逆に非合理性を持ち込むところにある。それは今まで見てきたように、登場人物ひとりのなかにあらわれる「距離」に関しても同断である。

少し長いが、平家の都落ちによる京の混乱が描かれている「第二十六」の一段落を抄出してみよう。

滝口はしばし、無念の涙を絞りしが、せめて焼跡なりとも弔《とむら》はんと、西八条の方に辿り行けば、夜半にや立ちし、早や落人《おちうど》の影だに見えず、昨日まではさしも美麗に建て連ねし大門高台、一夜の煙と立昇りて、焼野原、茫々として立木に迷ふ鳥の声のみ悲し、焼け残りたる築垣《ついがき》の蔭より、屋方《やかた》の跡を眺むれば、朱塗の中門のみ半残りて、門もる人もなし、嗚呼、被官郎党の日頃寵に誇り恩を恣にせる者、そも幾百千人の多きぞや、思はざりき主家仆れ城地亡びて、而も一騎の屍を其焼跡に留むる者無らんとは、げにや栄華は夢か幻か、高廈十年にして立てども一朝の煙にだも堪へず、昨夕玉趾珠冠に容儀を正し、参仕拝趨《さんしはいすう》の人に冊《かしづ》かれし人、今朝長汀の波に漂ひ旅泊の月に跄跰《さすら》ひて、思寝に見ん夢ならでは還り難き昔、慕うて益なし、有為転変の世の中に、只最後の潔きこそ肝要なるに、天に背き人に離れ、いづれ遁れぬ終をば、何処まで惜まるゝ一門の人々ぞ、彼を思ひ是を思ひ、滝口は焼跡にたゝずみて、暫時感慨の涙に暮れ居たり(34)

時頼が平家都落ち後の京を眺めている図であるが、傍線部は時頼の心情が《直接表現（話法）》であらわされている。冒頭、「滝口」の視点で述べられていた風景が、平家とそれへ仕える者たちへの批判と無常に転じるや否や、突如として〈④主観的主観〉に切り替わっているのである。しかも無常の感嘆を表白している箇所は、時頼のものであるとともに俯瞰的なメタ視点を孕んでいるであろう。たとえば、「昨夕玉趾珠冠に容儀を正し、参仕拝趨の人に冊かれし人」などという説明調は、あえて時頼の心情に託す必要性を感じない。すなわち時頼の物思いに、巧妙に語り手の視点が忍び込んでいるのである。

この場合、非合理的な重層性が物語構造を複雑化させることによって、読み手側の可能性を広げているといってよい。また傍線部のあと、再び「滝口」に主語を戻し段落を締めているのは、『滝口入道』の文章構造をよく象徴している。

池内輝雄は、「この作品を特徴づけるのは、柔軟な語りの文体である。語り手は人物を客観的に観察し、また、人物の心中に立ち入り、あるいは、人物の声を直接伝える。さらに、物語の展開をわざとぼかして読者の想像に任せ、興味を次回に継続させる。このように新聞連載のテクニックを駆使した自由自在な文体なのである[35]」と評したが、このような機能的な美文調が内在させた〈非合理的な重層性〉は、「散文」が規定した〈合理的な重層性〉とは違った日本近代の文体の可能性であったと考えられる。むろん逆にいえば、「美文」の可能性を放棄することによって、簡潔で広範な読者層を獲得してきたことの証しにもなるであろう。

三　「美文」の効能から可能性へ

『滝口入道』のエクリチュールには、整然と秩序だった表記をもつ近代小説というよりは、複合的な要因（人物・情景）が「美文」によって統合され、しかもそこには多数の間テクスト性が介在していたというのが、本章での結論である。このような機制をもつ小説が、すでに「近代的」な読みから逸脱した作品として捉えられ、われわれから縁遠くなってしまったのはやむを得ないことである。

中村武羅夫などは太平洋戦争中には、もはや「近代の小説と同じ意味に於いて、「滝口入道」も小説であるとするには、少くも自分は憚るものである」と表明し、『滝口入道』の価値をほとんど文学史上に認めなかった。

「滝口入道」は「樗牛全集」中純粋の創作の形式を備へてゐるところの唯一の作品と言つてよからう。尤も、この作品の書かれた年代といひ、且つは高山樗牛その人の資質として、これを純粋の創作の形式を備へた作品とするも、我れ〳〵が現在多く見てゐるところの近代小説とは、内容形式ともに大いにその趣きを異にしてゐることは、もちろんである。(36)

ここに窺えるのは、「近代小説」理解における内容形式の確立である。こうした観点から――当時の常識的理解から――『滝口入道』を捉えれば、当然、「大いにその趣きを異にしてゐる」ということになる。だが現在、すでにその構築された「近代小説」自体を問い直すことが可能な時機にあることはいうまでもない。

精度の高い『滝口入道』典拠研究を成し遂げた後藤丹治であるが、その後藤が生前最後に補訂した「滝口入道再説」のまとめの書き出しは、「明治の文学も今日では既に古典の領域に入り、その大部分のものは書誌的、文献学的な調査の要に迫られてゐる」という時代の変化である。後藤はさらにつづける。

滝口入道の文章も現代の人には既に難解になつてゐる。改訂註釈樗牛全集は大正末年から昭和の初年にかけて、第三次の全集として編纂されたもので、新発見の材料を増加し、脚註を施したのが特色である。何故脚註を施したかといふに、同全集の編纂者の言によると、樗牛の書き物には、漢文の風韻を帯びたものが多く、また晩年には仏語を用ひ、仏典を使用してゐるが、これ等の文字はその当時の人には段々耳遠くなつて来て居り、その引用してゐる漢籍仏典中の故事の如きは、註釈を要するものが多いからといふのである。大正の末年、既に一般の人々には難解であつた樗牛の作品が、今日一層縁遠くなつたのは当然である。(37)

ここには、戦後の学生に古典の読解力がないことを嘆いていた後藤の感慨が入り交じっているようにも思われる。(38)

この後藤の文章が補訂発表されたのは、一九六二年のことで、すでに半世紀も過去のことになり、現在ではもはや後藤の旧仮名遣いの論文すら読み難いのが現状である。しかし逆にいえば、先に引用した中村の発言、「我れ〳〵が現在多く見てゐるところの近代小説」を相対化できるほどの時間が経過したことをも意味するはずである。

もし、日本の近代文学が加速度的に排除してきた〝可能性〟を『滝口入道』が孕んでいるならば、それを見直すことによって、われわれの文学研究は過去の作品の読みの豊饒さを感得することができ、また同時に未来に登場するかもしれない日本語作品の〝可能性〟にまで射程をのばすことができると考えられるのではなかろうか。

注

（1）高須芳次郎「美文及び写生文流行時代」『早稲田文学』一九二六年四月一日、一二八頁。
（2）正宗白鳥「夏目漱石論」『正宗白鳥全集』第二〇巻、一二四頁。初出は『中央公論』一九二八年六月。
（3）唐木順三「漱石概観」『唐木順三全集』一一巻、筑摩書房、一九八二年五月増補版、二六頁。（初出『現代日本文学序説』春陽堂、一九三二年一〇月）
（4）【書簡】夏目漱石→高原操、一九一三年一一月二一日付。『漱石全集』二四巻、岩波書店、一九九七年二月、二二〇頁。高原操が『虞美人草』の独訳を企図したことに対する返信である。さらに漱石は、「虞美人草なるものは第一に日本の現代の代表的作者に無之第二に小六づかしくて到底外国語には訳せ不申、第三に該著作は小生の尤も興味なきもの」と、「単に芸術上の考よりはとくに絶版に致し度と存居候」と表明する。
（5）平岡敏夫「「虞美人草」論」『日本近代文学』第二集、一九六五年五月、一二〇頁。
（6）桶谷秀昭『増補版　夏目漱石論』河出書房新社、一九八三年六月、七一頁。
（7）柄谷行人「解説」『虞美人草』（新潮文庫）一九八九年九月改版、四一三頁。
（8）高山樗牛「曲亭馬琴」『樗牛全集』第二巻、五五七頁。
（9）高山樗牛「小説革新の時機」『樗牛全集』第二巻、四三七頁。
（10）高山樗牛「小説革新の時機」同上、四三八頁。

(11) 高山樗牛「明治の小説」『樗牛全集』第二巻、三四八頁。ちなみに「明治の小説」は、谷沢永一によって「問題意識を以て一応の史的叙述を貫き、初めて出現した明治文学史であるにとどまらず、文学史を意図した我が国で最初の成果となっている」と評価されている。
(12) 小瀬千恵子「坪内逍遙」『近代小説の表現一』表現学大系各論篇、第九巻、冬至書房、一九八八年五月、三〇頁。
(13) 坪内逍遙「樗牛を憶ふ」『樗牛兄弟』太田資順 編、有朋館、一九一五年六月、一九一頁。
(14) 笹原儀三郎『ふるさとへ』笹原儀三郎作品集刊行会、一九七九年八月、二八頁。『文藝倶楽部』のこの号は「海嘯義捐小説」と銘打たれているように、一八九六年六月一五日に三陸海岸を襲った大津波罹災者のために出され、原稿料はすべて寄付されたという。「おきく」が樗牛作であることについては、ほかに小野寺凡と片岡良一の言及がある。
(15) 北川扶生子「「虞美人草」と〈美文〉の時代」玉井敬之 編『漱石から漱石へ』翰林書房、二〇〇〇年五月、八三頁。
(16) 平岡敏夫「「虞美人草」論」『日本近代文学』第二集、同上、一二五頁。
(17) 夏目漱石「時機が来てゐたんだ」『漱石全集』第二五巻、岩波書店、一九九六年五月、二八二頁。初出『文章世界』一九〇八年九月。ほかにも一九〇七年八月一五日に小宮豊隆に宛てた手紙でも「樗牛なにものぞ。豎子只覇気を弄して一時の名を貪るのみ。後世もし樗牛の名を記憶するものあらば仙台人の一部ならん」と辛辣である。
(18) 山田輝彦「『虞美人草』論」『夏目漱石の文学』桜楓社、一九八四年一月、五〇頁。
(19) なお『虞美人草』と並んで『草枕』も同系統の作品と捉えられるが、上田正行は「『草枕』――典拠を無化するテクスト――」(『国語と国文学』二〇一〇年五月)において、「和漢洋のテクストがそれぞれ自己を主張し、この三者のせめぎ合いの中で一編の新しいテクストが誕生したと取るのが最も妥当なように思う」と述べ、証明を試みている。中国美術やレッシング『ラオコーン』、『求塚』などを自在に駆使して『草枕』に内在する世界を見事に浮き彫りにしている。
(20) ロラン・バルト「作者の死」『物語の構造分析』(花輪光訳)みすず書房、一九七九年一一月、七九頁。
(21) 三谷邦明「近代小説の〈語り〉と〈言説〉」『近代小説の〈語り〉と〈言説〉』有精堂、一九九六年六月、九頁。
(22) 『滝口入道』三三一頁。
(23) 根岸正純「総説」『近代小説の表現一』同上、一四頁。
(24) 塩田良平「解説」『滝口入道』(角川文庫)一九五八年二月、一〇七頁。
(25) 『滝口入道』三三六頁。

(26)『滝口入道』三二九頁。
(27)『滝口入道』三三〇頁。
(28)『滝口入道』三四九頁。
(29)『滝口入道』三五三頁。
(30)『滝口入道』三五六頁。
(31)前川清太郎「文章における重層・背景」『表現学の理論と展開』表現学大系総論篇、第一巻、冬至書房、一九八六年七月、一一一頁。
(32)前川清太郎「文章における重層・背景」『表現学の理論と展開』同上、一一八頁。
(33)前川清太郎「文章における重層・背景」『表現学の理論と展開』同上、一一九頁。
(34)『滝口入道』三八四頁。
(35)池内輝雄「歴史小説「滝口入道」の誕生」『明治名作集』（新日本古典文学大系 明治編 三〇）岩波書店、二〇〇九年三月、四八九頁。
(36)中村武羅夫「高山樗牛と創作」『古典研究』明治文学研究―高山樗牛― 雄山閣、一九四二年三月、一七頁。概して樗牛の創作に批判的であった中村も、樗牛の文章家としての「美文」だけは認めている。「殊にその美文調の名調子は、恰も樗牛の熱情を盛るには適当のリズムを持つているし、朗々誦して甚だ快適である。そこが樗牛の感情の高さをも感じさせれば、また、青年のこゝろに尽きない魅力の源泉ともなつてゐる。」
(37)後藤丹治「滝口入道再説」『学大国文』六号、大阪学芸大学国語国文学研究室、一九六三年二月、二二六頁。樗牛研究史で言及されることが少ない後藤の研究成果であるが、佐伯真一は「後藤の論証は詳細をきわめ、首肯すべきものに見える」（『滝口入道』の武士観」『月報』26（新日本古典文学大系 明治編））と感想をもらす。中世文学はもちろん、馬琴や近松から村上浪六などに至るまで広範なテクストと知識を動員しての典拠研究は、間違いなく『滝口入道』研究の最高峰。その中心となる部分は多く『中世国文学研究』（磯部甲陽堂 一九四三年）に収められている。
(38)岡本彦一「後藤先生と御所」『論究日本文学』二一号、立命館大学日本文学会、一九六三年九月、五一頁。

あとがき

樗牛こと、高山林次郎は三一歳で不帰の人となった。それと同じころ、私は樗牛の研究で博士号（文学）の学位を授与された。本書はその学位論文を基底にしているのだが、授与の日付を見ると、「平成二十四年三月十七日」で、あの東日本大震災のほぼ一年後であることがわかる。

未曽有の大震災であったが、しかし一一五年前にも、これに匹敵する地震と津波が同地域を襲っていた。すなわち、一八九六年（明治二九）六月一五日に起こった明治三陸地震・大津波である。記録文学を得意とした吉村昭の『三陸海岸大津波』（文春文庫）を参照すると、二万人を超える死者を出し、なかでも釜石や大船渡、女川、という東日本大震災でもたびたび耳にした地域が甚大な被害を被っている。このとき『文藝倶楽部』（博文館）は「海嘯義捐小説」号を臨時増刊で出したが、目次には森鷗外、尾崎紅葉、坪内逍遙、幸田露伴、樋口一葉、田山花袋を始めとし、明治文壇の錚々たる人物が一〇〇名近くも並んでいる。そのなかで、ただひとりだけが匿名で作品を提供している。当時、帝国大学卒業を目前に控えていた樗牛は鷗外と論争中で、すでに江湖に文名を馳せていたが、『滝口入道』以来、決して創作に筆をとろうとしなかった。その樗牛唯一の例外が、この被災者支援のための臨時増刊号に「無名氏」の匿名で書いた「おきく」である。渾身――時に見苦しいほどに――、名誉欲の塊であった樗牛が、名を明かさずに義捐小説を執筆していたことは、やはり尋常でないものを感じさせる。ちなみに昨年、『文藝倶楽部』のこの号は坪内祐三氏によって大部分が復刻されている（『明治二十九年の大津波』毎日新聞社）。残念ながら「おきく」は省略されてしまっているが、復刻は坪内氏の見識の高さを示すものであり、印税は義捐金として被災地に送られる旨が記されている。

時に、震災時の私はといえば、風邪をこじらせ熱を出しており、診察を終えた病院（都内）の待合室で罹災した。揺れが強くなると、悲鳴が上がり、看護師は患者のケアに動いたが、多くの人は周章狼狽し、私は建物が潰れるのではないかと恐れ外へ飛び出した。病院内に限らず、近隣の建物から続々と人が出てきて、揺れに耐えながら携帯電話を操作していた。揺れが収まり、再び病院の待合室に戻ると、テレビのニュース速報には東北の震度が「7」と映っていて、辺りはどよめいた。茫然自失となって帰宅した私は、棚から散らばった書籍類を片付け、それから数日テレビの前で釘付けとなった。その間にスーパーやコンビニから水や食料はもとより、トイレットペーパーなどの生活必需品までもが消え、私の熱でぼやけた頭には、福島原発事故について会見する官房長官・枝野幸男氏の顔色の悪さがやたらと記憶に残った。当然、それまで一気呵成に書き進めていた学位論文は中断を余儀なくされ、私は思い悩んだ。樗牛は匿名で義捐小説を書いたが、私は何かしようにも一介のオーバー・ドクターに過ぎなかったのである。結局、今やるべきは論文を進めることと思い定めたのは、震災から半月ほども経ったころであろうか。

ところで、先に名を出した明治の三陸災害をルポルタージュした吉村昭であるが、吉村は修行時代を回想した自伝（『私の文学漂流』ちくま文庫）で、「原稿用紙に字を刻みつけていないと小説を書く頭の働きは鈍り、その期間が長くなればなるほど、それは恢復《かいふく》不能の状態になることを経験で知っていた。泉は絶えず汲《く》み上げていれば清らかな水が豊かに湧くが、汲むことがない折には、涸《か》れる」という、印象的な至言を述べている。いうまでもなく研究も同様で、論文はコンスタントに書いていなければ、書けなくなる。しかし、頻発する余震という外的要因も加わって、私はなかなか以前のリズムを取り戻すことができずにいた。

だが、今になって思うことは、主題が樗牛であったことが幸いしたということである。ちょうど年齢で樗牛の晩年に差し掛かっていた私は、単なる研究対象という以上に樗牛と体感的な間柄にあったのである。樗牛の墓碑銘には、「吾人は須《すべか》らく現代を超越せざるべからず」と刻まれている。これは私の解釈によれば、我は孤独であっても真理とともに行かん、という自主独往の宣言にほかならない。論敵として代表的な鷗外や逍遙はむろんのこと、周囲に多くの批判者をつくりながら、論争を重ねた樗牛をよく象徴している銘であろう。いうなれば、樗牛にとって論争は、すべてを「敵」としたわけではなく、やはり真理を希求する経路であったと考えられるのである。そうでなければ、二〇歳代の青年が一時代のこととはいえ、あれほどに多くの人間を惹きつけ、世の中を牽引することなどできなかったのではなかろうか。

ただし反動も大きく、樗牛の「超越」は当時の知的な若者たち――安倍能成や齋藤勇に代表されるような――に寂しさや不満を抱かせた。樗牛特有の個我主義は、昭和期に入って樗牛が急速に忘却されていくことと無縁ではない。また、樗牛の真理希求の態度は、それがいかに真剣であっても、時評的、即応的な能力と結びついて渡世上手な俗物根性の相貌を見せてしまうこともあった。当然、これは反発を呼び、谷崎潤一郎などは「下らない人間がエラさうな墓碑銘を遺すと、後世迄も恥を曝すことになる」(「青春物語」)と仮借なく罵倒した。

樗牛のこうした面は、樗牛が真剣であればあるほど格好のカリカチュアになるという悲劇的な副作用を生んだ。一九〇〇年(明治三三)、『帝国文学』の大会で「大天狗小天狗無慮百余名」のなかで、「例の高林《たかりん》先生」が「真赤に成つて怒つた」様子が茶化されている(『大帝国』四月五日)。しかしながら、樗牛の偉大さは、こうしたある種の滑稽さを纏いながらも、一方で清澄な心と純真なロマンティシズムを最後まで保持したことであろう。良くも悪くも、樗牛はこの両極のなかにしか存在できなかった。もちろん、樗牛の孤独な真理希求が、その短い人生の内で相応の完結を得たのかどうかはわからない。それでも、ただ一つだけ確かなことがある。それはカリカチュアの樗牛を嘲笑していた側には、決して真理は宿らなかったという厳然たる事実である。これを見るにつけ、私もまた、嘲笑しているだけの傍観者より、嘲笑されても当事者であることを選び取りたいと強く願う。

本書は既述のとおり、学位論文が基礎となっている。審査にあたってくださったのは、主査・池内輝雄先生、副査・傳馬義澄先生、上田正行先生、石川則夫先生の四名である。第一に、私の論究は、ほとんどが池内先生との二人三脚（というと失礼な気もするが）で乗り切った成果である。あまり聞き分けのよい方でない弟子に、先生は地道に着実で懇切な指導をしてくださった。ふたりで飲みに行ったときは、吉田精一先生や、堀辰雄、大岡昇平などの話題で時間が過ぎるのを忘れた。学恩深甚なるをここに謝す。傳馬先生は成島柳北や斎藤緑雨を通して明治文学の面白さを教えてくださり、おかげで当初の研究計画は変更を余儀なくされ、樗牛研究の遠因ともなった。その稀有な文人気質を讃すとともに謝意を呈したい。上田先生には、本書を上梓するにあたり一方ならぬご苦労をお掛けし、また最後まで原稿をチェックする労もとってくださった。若かりし四方田犬彦氏に「決定的な影響」（『ハイスクール1968』新潮文庫）を与えた、先生の恐るべき文学センスと該博な知識には私も魅了されている。心底より謝意を表す。石川先生からは、最も直截で具体的なご指摘をいただいた。危うく本論と関係する重要な論者を見落とすところであった。小林秀雄研究の第一線に立ち、おそらくは研究者として脂が乗った時期に差し掛かりつつある先生の視野の広さには敬服させられる。心よりお礼申し上げる。

以上、ここに名を記したうえでの謝意の表明は、学位審査にあたってくださった先生方に限った。いうまでもなく、実際にはこれより多くの諸先生のお世話になっているし、周囲の方々にもご厚意をいただいた。殊に友人のなかには、木で鼻を括ったような付き合いに興醒めした人もあろう。しかし、梼牛でなくとも「吾人は須らく現代を超越せざるべからず」の気宇で臨まねば、何事も成らない。本を読み、書く時間が必要であった。深い反省を表すとともに、私の非情を了とされたい。

なお、本書は國學院大學課程博士論文出版助成金による援助を受けている。末筆ながら深謝す。

平成二四年一二月

花澤哲文

「北条義時の死は自然か，人為か？」 139
『ホトトギス』 230
『沓手鳥孤城落月』 114

【ま行】
『舞姫』 239
前川清太郎 245, 246, 252
前田愛 46, 47, 91
『前田愛著作集』 91
『牧の方』 114-118, 125, 129, 130, 139
正宗白鳥 231, 250
『正宗白鳥全集』 250
松本伸子 216, 227
松本楓湖 161
三谷邦明 217, 227, 236, 251
峰島旭雄 221
虫明訊 221
「無題録」 186, 190, 211, 225, 227
村上浪六 21, 252
「明治三十四年の文芸界」 150
『明治大正見聞史』 93
『明治大正文学研究』 90, 92, 142, 221
「明治二十八年の文学界」 140
「明治の小説」 150, 232, 233, 251
『明治文学作家論』 16
『明六雑誌』 24
『求塚』 251
『物語の構造分析』 251
森有礼 24
森鷗外 21, 92, 110, 133, 157, 190, 203, 217, 220, 239
森谷宇一 218, 227

【や行】
保田與重郎 15, 16
『山形日報』 11, 53, 93, 96
『山崎合戦』 42
山路愛山 21
山田敬中 150, 151
山田輝彦 235, 251
行安茂 221
横山大観 12, 148, 149, 152-157, 159, 160, 163, 181, 222
「横山大観氏作「屈原」を評す」 156, 222
吉田精一 159, 178, 216, 217, 220, 223, 225, 227
『吉田精一著作集』 223, 225, 227
『義時の最後』 116
依田学海 18, 99, 102, 103, 106-111, 114, 137, 138
『読売新聞』 9, 18, 88-92, 102, 103, 106, 108, 134, 137, 138, 148, 163, 167, 171, 194, 226

【ら行】
『ラオコーン』（『ラオコオン』） 157-159, 164, 223, 251
『羅生門』 217
『立教大学 日本文学』 92, 94
「離別に臨みて我妹に残せる」 77, 94
『梁川全集』 168, 172, 221, 222, 224-226
『梁川文集』 144
「歴史画題論」→「画題論」
「歴史画とは何ぞや」（「歴史画家の態度を論じて歴史画の本義に及ぶ」） 144-146, 168, 221
「歴史画の本領及び題目」 162, 163, 168, 171, 223, 224
「歴史画の本領に対する卑見」 168, 171, 190, 224
「歴史画論につきて」→「美術雑感」
「歴史小説に就きて」 89, 103-106, 134, 137
「歴史小説の尊厳」 89, 103, 134, 137
「歴史的美術の本領を論ず」 195, 226
「歴史的美術論補遺」 199, 202, 226
「歴史美論に関して」 194, 226
「歴史を題目とせる美術」 144, 221
レッシング 157-160, 164, 187, 192, 220, 223, 251
「老子の哲学」 96
ロラン・バルト 236, 251
『論究日本文学』 252

【わ行】
「吾妹の墓」 65, 93
『若きウェルテルの悩み』 11, 53-58, 60, 61, 92, 93
「我が国の史劇」 98, 100, 102, 103, 107, 137
『早稲田学報』 216, 227
『早稲田文学』 18, 78, 94, 96, 98, 102, 104, 114, 115, 119, 126, 136, 137, 139, 144-147, 168, 175, 190, 221, 250

『東京朝日新聞』 230
『東京日日新聞』 42
『当世書生気質』 24, 25, 88, 89
徳富蘇峰 149
外山正一 163

【な行】
中井錦城 92
中桐確太郎 23, 195
中村武羅夫 50, 92, 124, 139, 248, 250, 252
『名残の星月夜』 115
夏目漱石 19, 169, 230, 231, 234, 235, 238, 250, 251
『夏目漱石の文学』 251
ニーチェ 224
『日清戦争と東アジア世界の変容』 88
『日本』 148
『日本近代文学』 91, 250, 251
『日本近代文学大事典』 225
『日本現代文学全集』 15, 16
『日本古典文学大系』 91
『日本書紀』 163
『日本美術』 149, 222
『日本美術院史』 148, 222, 223
『日本美術院百年史』 222, 223
『日本文学研究資料叢書』 223
『日本文芸鑑賞事典』 92
根岸正純 239, 251

【は行】
橋川文三 178, 225
橋本雅邦 148, 161, 163
長谷川天渓 156, 211, 227
長谷川義記 24, 89, 143, 221
『八犬伝』 234
『ハムレット』 97
ハルトマン 203
「春の家が『桐一葉』を読みて」 111, 138
「春のや主人の『牧の方』を評す」 114, 120, 125, 138, 139
番匠谷英一 54, 92
『ハンブルク演劇論』 158
樋口一葉 31, 105, 137
「美術雑感」(「歴史画論につきて」) 168, 172, 224
「美術上に所謂歴史的といふ語の真義如何」(「芸術上に…」) 168, 175, 180, 182, 206, 224, 225
『美術評論』 156, 222
「美的生活を論ず」(「美的生活論」) 51, 170, 224, 232
『人及び思想家としての高山樗牛』 15, 88, 89, 94
『美と芸術のシュンポシオン』 227
『人と文学 高山樗牛』 140
「批評眼」 138
『表現学大系』 251, 252
『評言と構想』 87, 94
平岡敏夫 231, 234, 235, 250, 251
平田骨仙 190
廣島一雄 51-53, 92
フェノロサ 149, 150, 156, 160, 161, 222, 223
フォイエルバハ 153
『藤房卿』 149
プラトン 137
福地桜痴(源一郎) 88, 100, 101
「再び歴史画の本領を論ず」 179, 182, 185, 186, 188, 191, 203, 206, 225
「再び歴史画を論ず」 202-204, 211, 219, 226, 227
「再び歴史的美術の本領を論ず」 190, 194, 195, 225, 226
二葉亭四迷 31, 174
『ふるさとへ』 251
古田光 131, 140
『文学時評大系 明治編』 91
『文学者となる法』 21, 88
「文学者の信仰」 96
「文学と美術と」 143, 221
『文学論藻』 92
『文学会雑誌』 96, 97, 137
『文藝倶楽部』 233, 251
『文豪 高山樗牛』 16
『文豪たちの大喧嘩—鷗外・逍遙・樗牛』 138, 140, 221, 222, 224-227
『文章世界』 251
『文は人なり』 15
「平家雑感」 40, 41, 67, 91, 93, 170
『平家物語』 18, 22, 40, 51-55, 58, 62, 65, 66, 68, 90-92, 112, 125, 168, 242
ヘーゲル 186, 190
『ヘンリー四世』 120

下村観山　12, 148, 150, 160, 161, 163
『闇維』　12, 150, 160, 161
「社会主義は闇に面するか光に面するか」131
『ジャパン・デーリー・メール』　150
『集英社 世界文学大事典』　137, 223
『春日芳草之夢』　23, 89
『尚志会雑誌』　96
「小説革新の時機」　250
『小説神髄』　100, 231-233, 235
『逍遙選集』　89, 137-140, 175, 225-227
『女学雑誌』　25, 28, 90
ショーペンハウエル　186
『新小説』　114
『新人』　223
『新体詩抄』　163
『新潮』　137
『新日本古典文学大系』　87-89, 92-94, 252
『新版 日本の思想家』　225
『新聞小説史 明治篇』　91
末松謙澄　98
『素尊』　163
関大和（如来・厳二郎）　30, 49-51, 90-92, 105-107, 110, 156
瀬沼茂樹　9, 15
先崎彰容　139
『全集 樋口一葉』　137
『漱石から漱石へ』　251
『漱石全集』　250, 251
『増補版 夏目漱石論』　250
『楚辞』　154
「即興詩人」　240

【た行】
『第一高等中学校 校友会雑誌』　138
『大観』　139, 140
『大観画談』　222
『大帝国』　168, 171, 172, 175, 190, 194, 195, 199, 201, 202, 215, 224-227
『太陽』　9, 18, 40, 91, 109-111, 114, 118, 121, 128, 129, 136, 138-140, 143, 144, 150, 152, 160, 163, 168, 170, 175, 182, 186, 190, 191, 195, 202-206, 211, 215, 220-227, 232
高木健夫　91
高須芳次郎　21, 88, 133, 140, 230, 250
高田半峰（半峯・早苗）　18, 98, 102, 149
高橋捨六　149, 152
高橋通　78, 84, 94
高原操　250
高村光雲　148
高山久平　20, 88
「高山君の歴史画論を評す」　188, 225
『高山樗牛― 31 歳の生涯―』　94
『高山樗牛―美とナショナリズム―』　139
『滝口入道』　8-11, 14, 15, 18-22, 25, 26, 28-31, 33, 37, 38, 41, 42, 47, 52-58, 60-62, 64, 65, 70, 77, 78, 81-94, 102-106, 113, 124, 125, 139, 230, 233-238, 240, 245, 246, 248-252
『竜田姫』　150
谷崎潤一郎　246
谷沢永一　94, 110, 132-134, 138, 140, 144, 145, 175, 187, 204-206, 219, 221, 222, 224-227, 251
玉井敬之　251
近松門左衛門（巣林子）　98, 99, 138, 252
『中央公論』　250
「抽象美の価値に就て」　202, 226
『中世国文学研究』　93, 252
『樗牛兄弟』　89, 137, 251
『樗牛―青春残夢』　89, 221
『樗牛全集』　8, 18, 40, 87-91, 93, 94, 137-140, 221-227, 248-250
『樗牛と天心』　221
塚原渋柿園　42, 91
綱島梁川　12, 13, 144-147, 156, 157, 168-175, 182, 184, 186, 188, 190-197, 201-203, 211, 215, 221, 222, 224-227
『綱島梁川とその周辺』　224
『綱島梁川の生涯と思想』　221
坪内逍遙　8, 9, 11-13, 18, 19, 21, 22, 24, 66, 86, 88, 89, 96, 99-115, 117-140, 143-147, 149, 154, 158, 162, 168, 171, 172, 175-192, 195, 196, 201-220, 224-227, 231-233, 251
「坪内逍遙が『史劇に就いての疑ひ』を読む」　121, 139
『坪内逍遙事典』　227
「坪内先生に与へて三度び歴史画の本領を論ずる書」　203, 211, 215, 220, 226, 227
鶴岡厚生　222
『帝国文学』　158
寺崎廣業　151, 163
東海散士　24

河合靖峯　54, 55, 85, 92, 94
河上肇　130-132, 140
『河上肇』　140
『河上肇全集』　140
川副國基　54, 92
河竹黙阿弥（古河黙阿弥）　98, 99
「戯曲に於ける悲恋の快感を論ず」　97, 137
『菊の精』　151
岸美光　158, 223
北川扶生子　234, 251
北村透谷　10, 21, 28, 29, 31, 34, 90, 113
曲亭馬琴　231, 235, 252
「曲亭馬琴」　250
清田文武　223
『桐一葉』　104-108, 110, 111, 113, 116, 118, 129, 134, 137, 138
「桐一葉の評」　106, 137
「桐一葉を読みて」　108, 138
『近代小説の〈語り〉と〈言説〉』　227, 251
『近代日本の作家たち』　89
『近代文学評論大系』　188
『近代文芸評論史・明治篇』　223
九鬼隆一　148
『草枕』　251
櫛田民蔵　130-132, 140
『屈原』　12, 149, 150, 152-157, 159-161, 181
國木田独歩　88
工藤恆治　16
『虞美人草』　230, 231, 234, 235, 238, 250, 251
黒岩涙香　21
桑木厳翼　78, 136
「芸術上に所謂歴史的といふ語の真義如何」→「美術上……」
ゲーテ　11, 52-54, 61, 65, 93
『現代日本思想大系』　140
『現代日本文学全集』　90
『現代文』　18
『源平盛衰記』　18, 78, 125
『光陰誌行』　23, 38, 89, 90
幸田露伴　21, 88, 148
『国語と国文学』　251
『国文学』　92
『国文学論輯』　224
『国民之友』　92, 97, 137
『古事記』　144, 163
『五重塔』　21
小瀬千恵子　233, 251
「国家至上主義に対する吾人の見解」　129
『古典研究』　92, 139, 312
後藤丹治　65, 77, 87, 93, 94, 249, 250, 252
後藤宙外　158, 175, 203
小堀鞆音　149
小宮豊隆　251
小谷野敦　31, 54-57, 90, 92, 93

【さ行】
「妻妾論」　24
斎藤栄治　223
斎藤親平　20
齋藤勇　169, 170, 224
『齋藤勇著作集』　224
斎藤親信　19, 20, 38
斎藤直子　77
斎藤芳子　38
斎藤隆三　148, 150, 160, 222, 223
佐伯真一　252
笹原儀三郎　233, 251
笹淵友一　53, 83-85, 90, 92, 94
「作家の道念と観念」　150
佐藤勝　188
『三人妻』　21
『山陽新聞』　224
「詩歌の所縁と其対象」　158, 175
シェークスピア（シェークスピヤ・沙翁）　12, 118-120, 123, 125-127
塩田良平　86, 94, 240, 251
塩谷賛　139
『詩学』　137, 218
志賀重昂（矧川）　149, 152
「史劇及び史劇論の変遷」　134, 140
「史劇に関して再び坪内逍遙に答ふ（一）」　128, 129, 139, 140
「史劇に関する疑ひを再び『太陽』記者に質す」　126, 129, 135, 139, 144
「史劇に就きての疑ひ」　119, 135, 139
『自己中心明治文壇史』　88, 138
『自叙伝』　130, 131, 140
『時代管見』　152, 225
『嫉妬する人、される人』　94
「しのぶ草」　224
『資本主義経済学の史的発展』　131
島村抱月　136, 156, 195, 203

索引

【あ行】
赤木桁平 9, 15, 20, 23, 78, 88, 89, 94
芥川龍之介 216, 217
『朝顔日記』(『生写朝顔話』) 97
朝賀貫一 195
浅野晃 221
『欺かざるの記』 88
姉崎嘲風 9, 15, 50, 88, 89, 92
安倍能成 169, 170, 223, 224
アリストテレス 137, 218
五十嵐力 12, 13, 195-203, 208, 211, 213, 226
池内輝雄 23, 54, 69, 78, 80, 87, 89, 92-94, 239, 248, 252
石橋忍月 157
石丸久 50, 51, 92
泉鏡花 31
伊藤整 169
伊藤博文 21
稲垣達郎 16, 100, 129-132, 134, 137, 140, 142, 145, 166, 174, 175, 179, 193, 212, 217-219, 221, 223-225, 227
『稲垣達郎学芸文集』 137, 140, 221, 223-225, 227
井上哲次郎 21
巌本善治 25
上田敏 106, 108, 109, 138
上田正行 251
『ウェルテル』→『若きウェルテルの悩み』
内田魯庵 21, 88, 105, 137
『内田魯庵全集』 137
内村鑑三 21
生方敏郎 93
「馬骨人言」 219
江見水蔭 88, 138
『淮亭郎の悲哀』→『若きウェルテルの悩み』
「演劇界の近時」 110, 138
「厭世詩家と女性」 28, 90
大内兵衛 131, 140
『大阪朝日新聞』 230
『大阪毎日新聞』 171, 188, 225
太田資順 20, 251
大谷正 88
大塚保治 220
大西祝 97, 137, 145
『大西祝全集』 137
大橋乙羽 149, 151, 152
大町桂月 18
岡倉天心 12, 143, 148, 156, 157, 163, 221, 222
『岡倉天心』 148, 222
岡崎義惠 10, 28, 31, 90
岡道男 137
岡本彦一 252
「おきく」 233, 251
桶谷秀昭 231, 250
尾崎紅葉 18, 19, 21, 102, 149, 151, 152
小島祐馬 140
小田切秀雄 22, 89
落合直文 239
『〈男の恋〉の文学史』 90, 92
小野寺凡 18, 82-85, 87, 94, 251
『於母影』 239
『恩賜の御衣』 149

【か行】
「絵画界の観測」 144, 145, 147, 221
『解釈と鑑賞』 87, 94
『改造』 131
開東新 62, 93
『学大国文』 94, 252
角田浩々歌客 211, 227
『佳人之奇遇』 24
「画題論」(「歴史画題論」) 152, 157, 162, 164, 222, 223
片岡良一 10, 28, 54, 82, 90, 92, 94, 251
『片岡良一著作集』 90, 92, 94
片山宏行 53, 92
「画談一束」 144
金子築水 195
『歌舞伎』 92
嘉部嘉隆 223
唐木順三 231, 250
『唐木順三全集』 250
柄谷行人 231, 250
川合道雄 169, 170, 191, 224, 225

【著者略歴】
花澤哲文（はなざわ　てつふみ）
1980年岡山県生まれ。武蔵大学人文学部卒。
岡山大学大学院文化科学研究科博士課程前期修了。
國學院大學文学研究科博士課程後期単位取得満期退学。
博士（文学）。現在、國學院大學兼任講師。
日本近現代文学・思想史専攻。

高山樗牛　歴史をめぐる芸術と論争

発行日	2013年2月20日　初版第一刷
著　者	花澤 哲文
発行人	今井 肇
発行所	翰林書房
	〒101-0051 東京都千代田区神田神保町 2-2
	電 話　(03) 6380-9601
	FAX　(03) 6380-9602
	http://www.kanrin.co.jp/
	Eメール● Kanrin@nifty.com
装　釘	須藤康子＋島津デザイン事務所
印刷・製本	株式会社 メデューム

落丁・乱丁本はお取替えいたします

ISBN978-4-87737-343-6